Friedrich von Wicht • Evolution

Friedrich von Wicht

Evolution

Roman

Weimarer Schiller-Presse
FRANKFURT A.M. MÜNCHEN LONDON NEW YORK

Das Programm des Verlages widmet sich
– in Erinnerung an die
Zusammenarbeit Heinrich Heines
und Annette von Droste-Hülshoffs
mit der Herausgeberin Elise von Hohenhausen –
der Literatur neuer Autoren.
Das Lektorat nimmt daher Manuskripte an,
um deren Einsendung das gebildete Publikum
gebeten wird.

©2009 FRANKFURTER LITERATURVERLAG FRANKFURT AM MAIN
Ein Unternehmen der Holding
FRANKFURTER VERLAGSGRUPPE
AKTIENGESELLSCHAFT AUGUST VON GOETHE
In der Straße des Goethehauses/Großer Hirschgraben 15
D-60311 Frankfurt a/M
Tel. 069-40-894-0 ✱ Fax 069-40-894-194
email: lektorat@frankfurter-literaturverlag.de

Medien und Buchverlage
DR. VON HÄNSEL-HOHENHAUSEN
seit 1987

Websites der Verlagshäuser der Frankfurter Verlagsgruppe:

www.frankfurter-verlagsgruppe.de
www.frankfurter-literaturverlag.de
www.frankfurter-taschenbuchverlag.de
www.august-goethe-literaturverlag.de
www.fouqué-literaturverlag.de
www.weimarer-schiller-presse.de
www.deutsche-hochschulschriften.de
www.deutsche-bibliothek-der-wissenschaften.de
www.haensel-hohenhausen.de

Bibliografische Information Der Deutschen Bibliothek
Die Deutsche Bibliothek verzeichnet diese Publikation in der Deutschen
Nationalbibliografie; detaillierte bibliografische Daten sind im Internet
über http://dnb.ddb.de abrufbar.

Satz und Lektorat: Frank Hering
ISBN 978-3-8372-0502-2

Die Autoren des Verlags unterstützen das Albert-Schweitzer-Kinderdorf in Hessen e.V.,
das verlassenen Kindern ein Zuhause gibt.
Wenn Sie sich als Leser an dieser Förderung beteiligen möchten, überweisen Sie bitte
einen – auch gern geringen – Beitrag an die Sparkasse Hanau, Kto. 19380, BLZ 506 500 23,
mit dem Stichwort „Literatur verbindet". Die Autoren und der Verlag danken Ihnen dafür!

Dieses Werk und alle seine Teile sind urheberrechtlich geschützt.
Nachdruck, Speicherung, Sendung und Vervielfältigung in jeder Form,
insbesondere Kopieren, Digitalisieren, Smoothing Komprimierung, Konvertierung in andere Formate,
Farbverfremdung sowie Bearbeitung und Übertragung des Werkes oder von Teilen desselben in andere Medien
und Speicher sind ohne vorgehende schriftliche Zustimmung des Verlags unzulässig und werden auch strafrechtlich verfolgt.

Gedruckt auf säurefreiem, alterungsbeständigem Papier,
hergestellt aus chlorfrei gebleichten Zellstoff (TcF-Norm)

Printed in Germany

1. Kapitel Rinja tritt in mein Leben

Ich lebte mit meiner Sippe in einer Höhle, wo wir alle einen kleinen Platz für uns hatten und unser aller Vater, seine Brüder und unsere älteren Brüder, die auf uns aufpassten. Das Essen war immer knapp und wenn sie einen Hirsch, ein Reh oder ein Wildschwein erlegt hatten musste es immer schnell gegessen werden, weil es sonst durch den Fleischgeruch wilde Tiere anlockte, die uns das Fleisch abzujagen versuchten. Die Hierarchie war klar – unser aller Vater war der Stärkste, war sehr geschickt mit dem Speer und hatte ein gutes Gefühl für das Fallen stellen. Er trug am meisten dazu bei, dass wir etwas zu Essen hatten. Er kümmerte sich auch um unsere Mütter und achtete sehr darauf, dass keiner von seinen Brüdern mit einer seiner vier Frauen schlief. Dadurch entstand oft Streit und unser Vater musste sich oft verteidigen, achtete aber auch darauf, dass seine Brüder sich nicht zu stark verletzten, denn er brauchte sie für die Jagd und zum Bäume schleppen für das Brennholz. Alleine ohne seine Sippe war man so gut wie tot, es gab wilde Bären, Wölfe und große Raubkatzen, für die ein einzelner Mensch eine leichte Beute wäre und deswegen blieb man in seiner kleinen Sippe die doch einen gewissen Schutz bot. Wie ich mein Mannesalter erreicht hatte, kam ein Wandervolk vorbei und machte bei uns in der Nähe Rast. Die Menschen waren anders angezogen, ihre Felle, die sie trugen, waren weicher und nicht so hart wie unsere. Die Männer waren größer und feingliedriger als wir, die Frauen etwas kleiner als die Männer aber auch nicht so gedrungen wie unsere Frauen. Sie hatten lange Haare, die sie regelmäßig mit einem Gegenstand, den sie Kamm nannten, pflegten. Dadurch sahen die Haare glänzend und immer sauber aus, sie reinigten sich bei jeder Gelegenheit, die sich bot, wir taten dies höchstens alle paar Wochen mal. Als die Gruppe nach ein paar Tagen weiterzog, ließen sie eine junge Frau zurück, sie weinte und schrie Worte, die wir nicht verstanden.

Sie konnte nicht laufen, weil sie ein Bein gebrochen hatte und so lag sie den ganzen Tag im Schatten, zwischendurch kroch sie hilflos in der Gegend herum. Aber nachts hilflos in der freien Natur zu liegen, wäre ihr sicherer Tod gewesen.

Also nahm ich mir ein Herz und ging zu ihr, um sie in unsere Höhle zu tragen. Als wir bei unserer Höhle angekommen waren, gab es ein großes Geschrei, was mir einfallen würde, eine kranke Frau mit in die Höhle zu schleppen.

Das Bein war sehr gut gerichtet und geschient, es war keine Endzündung im Bein, sie hatte kein Fieber und hatte auch ganz klare schöne Augen, zwar voller Angst aber gesund. Mein Vater sprach ein Machtwort, wenn der jungen Frau das Bein wieder zusammengewachsen ist, muss sie die Sippe verlassen.

So lebte sie sechs Wochen bei uns und ich fand sie immer sympathischer. Verstehen konnte ich sie nicht, aber sie war für jede Hilfe, die man ihr zuteilwerden ließ, sehr dankbar. Ihr Name war Rinja.

Die Zeit verging wie im Flug, Rinja massierte ihr Bein regelmäßig und sie konnte wieder laufen genau wie jeder andere. Da meldete sich mein Vater zu Wort und sagte, dass sie jetzt die Sippe verlassen müsste. Ich sagte, das wäre ihr Tod, wenn man sie jetzt einfach wegschicken würde und fing mit meinem Vater einen richtigen Streit an. Zu guter Letzt verbannte er mich und Rinja aus seiner Sippe. Vor Tagesanbruch sollten wir die Höhle verlassen, sonst würde man uns töten. Rinja hatte den Streit verfolgt, wusste aber nicht worum es ging, erst als ich ihre Sachen zusammensuchte, kam sie dahinter, dass sie der Grund für den Streit gewesen war. Vor Tagesanbruch verließen wir die schützende Höhle und wanderten nach Norden. Sieben Tage und sieben Nächte waren wir unterwegs, dann fing das Gebirge an, was von Weitem bedrohlich aussah waren von Nahem schöne Täler mit viel Wald. Wir hatten auch schon Hirsche und Rehe flüchten sehen. Ich merkte wie Rinja die Hänge nach einer Höhle absuchte und wir hatten Glück, hinter einem Fels verborgen war ein kleiner Eingang zu einer Höhle. Vorsichtig betraten wir sie und merkten, dass früher ein Bär hier gelebt haben muss, es lagen Knochen und Bärenhaare in der Höhle, aber im Eingangsbereich gab es keine frischen Spuren. Wir gingen ein Stück weiter und bemerkten, dass im hinteren Bereich ein konisch zulaufender Spalt mit einer kleinen Öffnung nach außen existierte. Über Rinjas Gesicht kam ein Lächeln, welches ich vorher noch nie bei ihr gesehen hatte, sie zeigte auf die Öffnung und machte mir klar, dass wir vor der Höhle ein Feuer machen konnten aber auch drinnen. Das kannte ich nicht, war von der Idee aber sehr angetan, weil wir im Winter bei meiner Sippe immer sehr gefroren hatten. Es war früher Nachmittag und ich machte Rinja klar, dass ich noch etwas jagen wollte, denn wir hatten großen Hunger. Rinja gab mir durch Zeichen zu verstehen, dass sie Feuer machen wollte und das Nachtlager herrichten. Das Jagdglück war auf meiner Seite und ich konnte zwei Hasen mit meinem Speer erlegen. Rinja wollte ich auch nicht lange in der neuen Umgebung alleine lassen und deswegen ging ich schnell wieder mit meinen Hasen zurück. Sie hatte in der Zwischenzeit Feuer mit zwei Feuersteinen entfacht und draußen Blätter und Heu für das Nachtlager zusammengesucht, denn jeder hatte nur die Felle, die er am Körper trug, mitnehmen dürfen. Der eine Hase wurde gleich über dem Lagerfeuer gebraten, der andere wurde im Fell aufgehängt. Es war das Ende vom Frühling aber die Nächte waren noch immer sehr kalt und wir konnten das erste Mal satt zusammen schlafen. Wir waren glücklich, dass wir beide die ersten Hürden in unserem gemeinsamen Leben so gut gemeistert hatten. Am nächsten Morgen gingen wir zusammen auf die Jagd, vorher legten wir noch einen Ast mit vielen Blättern vor die Höhle, so dass man den Eingang nicht gleich entdecken konnte. Wir wollten einfach sichergehen, dass man uns die Höhle nicht wieder wegnimmt, zu zweit hätten wir gegen eine andere Gruppe keine Chance. Erst später sollten wir erfahren, dass diese Sorge unbegründet war. Mit Rinja stellte ich Schlingen für Kaninchen und Hasen auf. Man merkte richtig wie sie für die Technik und das schnelle Töten der Tiere Interesse zeigte. Wenn die Hasen sich in der Schlinge zu lange quälten und quiekten, lockten sie andere Raubtiere an, die unsere Fallen dann leerten.

Wir erkundeten die Umgebung und stellten fest, dass es noch eine zweite Höhle in der Nähe gab. Wir machten uns Fackeln aus der Rinde eines ölhaltigen Baumes. Die Höhle reichte viel tiefer in den Berg hinein als unsere. Am Ende der Höhle nahm Rinja einen Stein in den Mund, mir war auch schon aufgefallen, dass die Wände wie Eiskristalle glitzerten.

Rinja nahm das Fell von ihrer Schulter und sammelte Steine, ich wusste nicht wofür sie die Steine brauchte, aber ich half ihr und füllte auch Steine in meinem Umhang. Sie kam zu mir und schmiss die Hälfte der Steine wieder raus und deutete mir an, worauf ich achten musste. Einen kleinen Stein steckte sie mir in den Mund. Er schmeckte so ekelig, dass ich ihn gleich wieder ausspuckte. Wir gingen mit den Steinen zu unserer Höhle zurück und sie machte sich in einer Ecke, wo der Regen in einem Felsen eine Ausbuchtung geschaffen hatte, an die Arbeit. Mit einem schweren runden Stein, den sie unterwegs mitgenommen hatte, zerschlug sie die Steine und zermahlte sie richtig, ich half ihr dabei, obwohl ich nicht wusste, wofür es gut war. Gleich neben dieser Stelle hatte sich Regenwasser gesammelt, das Steinmehl schüttete sie in das Wasser und rührte mit einem Stock darin. Ich probierte es mit dem Finger und musste mich fast übergeben, also essen konnte man es nicht.

Am nächsten Morgen brachte Rinja das Wasser, welches so ekelig schmeckte, wieder nach draußen in eine kleine Vertiefung im Felsen. Die Sonne schien und es sollte ein schöner Tag werden.

Ich erkundete die Umgebung, holte mir Beeren von den Sträuchern und kam bei Einbruch der Dämmerung wieder zurück. Der zweite Hase hing in der Nähe des Feuers und sah köstlich aus, als ich ihn probierte, schmeckte er anders als sonst – wohlschmeckender. Rinja zeigte mir ein weißes Pulver und deutete mir an, dass es aus den Steinen gekommen war. Den nächsten Tag sollte Rinja mir zeigen, wie sie das weiße Pulver gemacht hat. Am Abend machten wir Sprachunterricht, ich deutete auf einen Gegenstand und Rinja sagte es in ihrer Sprache und ich in meiner Sprache und dann umgekehrt. Dadurch wollten wir die Sprache des Partners lernen und uns noch besser verstehen.

Am nächsten Morgen gingen Rinja und ich, mit der Lake wie sie es nannte, zum Felsen mit der Mulde, wo sie es in die Mulde hineingoss. Die Hitze der Sonne würde das Wasser verdunsten, das würde je nach Hitze des Felsens aber ein paar Stunden dauern. Da wir für den Tag noch nichts zu essen hatten, gingen wir auf die Jagd.

Zuerst kontrollierten wir die Fallen, die wir zusammen aufgestellt hatten, wir hatten Glück zwei Fasane, ein Berghuhn und zwei Hasen waren uns in die Falle gegangen. Die Tiere waren ausgewachsen und ich dachte bei mir, wann sollen wir das alles essen. Doch Rinja hängte sich das Geflügel an den Gürtel und ich die zwei Hasen. Anstatt zurückzugehen, zog sie mich weiter in den Wald, wir schlichen uns dann vorsichtig an ein Reh heran und zielsicher traf ich mit meinem Speer genau das Schulterblatt. Das Reh fiel sofort tot um, ich legte es über meine Schultern und wir gingen zu unserer Höhle zurück. Etwas entfernt von der Höhle brach ich mit einem Feuerstein das Reh auf und verscharrte die Gedärme, große Waldameisen waren gleich zur Stelle, um die Innereien zu zerlegen, denn es würde Ratten und Aasfresser anlocken, wenn sie anfingen zu stinken. Bei der Höhle roch es nach gebratenem Huhn, die Fasane hatte sie auch schon gerupft und meine Sorgen dass es viel zu viel Fleisch war und die Fasane mit Eingeweide im Federkleid eine Woche in einer kühlen Ecke der Höhle hätten lagern müssen, waren auch dahin. Rinja legte die Fasane in die Salzlake und ich sagte mir, sie wird schon wissen, was sie tut.

Das Reh, deutete sie mir an, solle ich aus der Decke schlagen und sie wolle es auch in die Lake legen. Weil ich wusste, dass sie um unser Überleben besorgt war und der nächste Winter mit klirrender Kälte kommen würde, ließ ich sie gewähren. Dieses weiße Pulver und die Lake sollte unser Leben verändern und das Überleben im Winter sicherer machen.
Am Nachmittag, das Huhn hatte mit dem weißen Pulver, was sie Salz nannte, sehr gut geschmeckt, ging ich zu dieser Stelle mit der Felsvertiefung und sah, dass sich ein weißer Brei gebildet hatte. Rinja hatte mir ein geschnitztes Holzstück mitgegeben, das sehr gut dazu eignet war, in der Salzmasse herumzurühren und sie gleichmäßig in der Felsmulde zu verteilen. Nach einer Stunde hatte sich ein weißes Pulver gebildet, welches ich in einen Lederbeutel schaufelte. Bei der Höhle angekommen, hatte Rinja das Fell von allen Resten befreit, die noch auf der Hautseite waren und in einiger Entfernung von der Höhle in einer Vertiefung mit Lake und Wasser eingeweicht, jetzt deutete sie mir an, dass ich immer dahinein Urinieren sollte und dass dadurch das Leder so weich werden soll wie ihre Felle.
Nach einem Tag nahm sie die Fasane aus der Lake und nach vier Tagen die Rehkeulen und Schultern. Den Rücken hatten wir schon gegessen. Sie hängte das Fleisch in der Höhlenekke, in den Rauchabzug, wo wir immer ein kleines Feuer am Brennen hatten. Sobald das Fleisch trocken war, deckte sie das Feuer mit trockenen Blättern und Holzspänen ab und es fing daraufhin an zu qualmen.
Bei so viel Fleisch, welches wir jetzt hatten, wollte ich nicht jagen gehen, doch Rinja schickte mich los. An dem Tag ging ich weit fort von unserer Höhle. Auf einer Waldlichtung entdeckte ich ein Rudel Wildschweine und schlich mich an sie ran. Der Wind stand gut, mein Speer zischte durch die Luft und traf einen kleinen Keiler, die Tiere stoben erschrocken auseinander, die Bache schnüffelte an ihrem Jungen rum und folgte dann den anderen ins Unterholz. Eine halbe Stunde blieb ich noch in meinem Versteck, dann ging ich zu meiner Beute und

nahm es auf meine Schultern. Das Wildschwein war schwerer als ich dachte, der Heimweg war anstrengend, doch auf einmal vernahm ich ein lautes Brummen. So ein mächtiges und lautes Geräusch hatte ich vorher noch nie gehört, hinter einem Felsvorsprung und einem Gebüsch fand ich Schutz, der Wind kam günstig aus der Richtung der Tierstimme. Etwa 20 Minuten kauerte ich hinter dem Gebüsch, ich hatte auch nichts mehr gehört. Als ich gerade im Begriff war, mein Versteck zu verlassen, sah ich ein großes zotteliges Tier auf mich zukommen, es stellte sich auf seine Hinterbeine und kratzte mit seinen Tatzen tiefe Furchen in den Baum. Er war genauso groß wie ich oder sogar noch ein bisschen größer, anscheinend war es ein altes Männchen, soweit ich erkennen konnte, denn seine Schnauze war schon ziemlich grau.
Er witterte irgendetwas und ich hoffte nicht mich, denn der Wind hatte sich gedreht. Einer meiner Onkel hatte mal von einem großen Tier wie diesem erzählt, was sich auf die Hinterbeine stellen kann, und war ihm nur knapp entkommen. Er hatte seine Hasen, die er gefangen hatte, fallen lassen und konnte es dadurch ablenken und ihm entkommen.
Als das große zottelige Tier außer Sichtweite war, lief ich weiter, so schnell ich konnte. Bei unserer Höhle angekommen schmiss ich das Wildschwein in eine Ecke von unserer Behausung und legte mich außer Atem auf mein Nachtlager.
Rinja ließ mich eine ganze Zeit so liegen bis es dunkel geworden war, dann erzählte ich mit Händen und Füßen, was ich gesehen hatte. Sie passte bei meiner Erzählung genau auf und sagte nur ein Wort – BÄR.
Also kannte sie das Tier und nannte es Bär. Sie machte auch nach, wie es an den Bäumen kratzt. Rinja hatte das Wildschwein schon aufgebrochen und die Eingeweide irgendwo verscharrt. In der Höhle hatte ich eine Stelle gefunden, wo ich einen kräftigen Stock einklemmen konnte, um das Wildschwein oder ein Reh aufzuhängen und abzuziehen. Abends machte Rinja uns noch einen schönen Braten aus dem Rük-

ken des Wildschweins und der Rest kam wieder in die Lake. So verging der Frühling und der Sommer und es sammelten sich immer mehr Fleischstücke über unserem kleinen Feuer und in der Nische, wo ich viele Holzstangen eingeklemmt hatte, um das trockene Fleisch zu sammeln. Ab und zu gab Rinja mir von dem Fleisch, es roch angenehm, nicht vergammelt, wie ich früher mal angenommen hatte. Sonst hatte ich immer Angst vor dem Winter, wenn tage- oder wochenlang ein Schneesturm dafür sorgte, dass man nicht auf die Jagd gehen konnte. Wenn dabei die Höhle total eingeschneit war, kam es vor, dass die Älteren und die Kinder und Babys verhungerten. Jetzt wo wir Wildschweine, Rehe, Hasen und Federvieh so haltbar gemacht hatten, dass es nicht vergammelt, konnten wir getrost den Winter in unserer warmen Höhle erwarten. Rinja hatte noch lange Nussstöcke zusammen gebunden und daran die Wildschweinfelle befestigt, um sie in den Höhleneingang einzuklemmen. Nur eine kleine Öffnung, die durch ein Wildschweinfell zugehängt war, konnte man in die Höhle rein oder raus. Dadurch war die Zugluft stark reduziert und wenn man das Feuer in der Höhle etwas größer machte, war es überall warm. Rinja hatte schon einen kleinen Bauch bekommen, der immer runder wurde und wir verstanden uns immer besser durch unsere Sprachübungen. Wir hatten Früchte eingelagert, Nüsse und Brennholz, so dass unsere Höhle immer kleiner wurde. Eines Morgens ging ich nach draußen und es hatte geschneit, die Sonne schien und wir tollten uns vor Übermut im Schnee, dabei entdeckten wir im Schnee Spuren von Wölfen. Wir waren froh, dass wir den Höhleneingang gut verschließen konnten und so die Wölfe keine Chance hatten, bei uns einzudringen. Doch der Winter wurde bitterkalt und als es ein bisschen milder wurde, schneite es wochenlang. Der Schnee musste höher sein als der Höhleneingang, denn man hörte keine Tiere mehr von draußen. Dadurch, dass anscheinend ein dicker Schneewall vor unserer Höhle lag, wurde es in unsere Höhle angenehm warm. Früher bei meiner Sippe musste jeder, bei noch so einem kalten Winter, raus, um etwas zu erjagen. Wir saßen an unserem Feuer, machten Sprachübungen bei Schnitzarbeiten oder wir fertigten bequeme Kleidung aus dem gegerbten Leder. So nannte Rinja ihre weichen Felle, welche sie in den vergangenen Monaten gegerbt hatte. Aus besonders weichen Fellen, von Kaninchen, Iltissen und anderen kleinen Tieren, machte sie einige kleine Schuhe, einen Überwurf und eine kleine Hose. Da wurde mir klar, dass wir im Frühjahr ein kleines Baby bekommen würden. Unsere Vorräte hatten wir so eingeteilt, dass sie bis weit in den Frühling reichen würden, der Geschmack von der Rehkeule war wunderbar. So vergingen ein paar Wochen, die Sprachübungen zeigten die ersten Erfolge, wir konnten uns schon alle Gegenstände in der Höhle in zwei Sprachen gegenseitig vorsagen. Da packte mich auf einmal der Drang, einen kleinen Gang durch den Schnee nach draußen zu graben. Rinja war damit einverstanden, denn unser Kot verursachte schon einen großen Gestank. Wir hatten zwar alles mit Holzspänen gebunden und den getrockneten Kot verbrannt. Trotzdem wollten wir die Mühe auf uns nehmen und einen Gang nach draußen graben. Am nächsten Morgen fingen wir an, denn durch unseren Kamin konnten wir immer sehen ob es hell oder dunkel war. Das Graben mit größeren Spateln, die wir für die Salzherstellung gemacht hatten, ging schnell voran und die Wände in unserer Schneehöhle wurden auch schön glatt. Innerhalb eines Tages waren wir draußen, die Sonne schien, aber es wehte ein eisig kalter Wind. Nach kurzer Zeit, trieb es uns wieder in unsere Höhle, wo die Zugluft die Luft frischer aber auch kälter gemacht hatte. Doch die kleine Luke, mit den Fellen dichtete alles perfekt ab. Am nächsten Tag schaute ich nach draußen. Das Wetter war gut zum Jagen geeignet und ich wollte versuchen, frisches Fleisch zu besorgen. Rinja wusste, dass ich in die Natur nach draußen musste, denn unser eingeschränktes Leben in der Höhle dauerte schon einen ganzen Monat. Ich nahm meinen Speer und zog los, die gebastelten

Schneelaufhilfen taten ihren Dienst. Sie waren aus Nussholz gefertigt und hatten eine Eiform. Mit Efeu, festen langen Weiden verflochten, konnte man damit auf dem Schnee sehr gut laufen und ich legte einige Kilometer damit zurück, bis ich eine Wildschweinspur im Schnee sah. Es war ein einzelnes Tier – es blutete. Nach einem scharfen Marsch sah ich es vor mir, ein Weibchen. Mein Speer zischte durch die Luft und traf das Wildschwein genau in die Schulter. Es wirbelte noch kurz herum, das Blut spritzte aus der Wunde, doch dann war es tot. Wenn ich es ausweiden würde, könnten andere wilde Tiere mir das Wildschwein abjagen. Deshalb ließ ich die Eingeweide in der Sau. Ich war eine kurze Zeit gelaufen, da merkte ich, dass meine Schneeschuhe auseinander rissen und ich auf einmal im Schnee versank. Das Wildschwein war zu schwer und es dämmerte schon. Zu allem Unglück fing es auch noch an zu schneien. Das Wild zerrte ich zu einem markanten Felsvorsprung und deckte es mit Schnee zu. Jetzt musste ich mich orientieren, wo war ich!
Ich kam sehr langsam in dem tiefen Schnee vorwärts, erkannte Felsvorsprünge oder doch nicht, der Schnee und die Dämmerung veränderten die ganze Umgebung. Sollte ich so sterben, ohne meine Tochter oder meinen Sohn jemals gesehen zu haben. Diese Gedanken musste ich aus meinem Kopf verdammen, bis meine Kräfte erlahmen würden. Nach einiger Zeit, in der ich versuchte in einer Richtung zu laufen, erkannte ich ein Feuer, meine letzten Kraftreserven mobilisierend schleppte ich mich auf allen vieren in Richtung des Feuers. Die Zeit kam mir wie eine Ewigkeit vor, doch ich schaffte es. Rinja stand frierend vor der Höhle, die man fast nicht erkennen konnte, denn unser Tunnel war total verweht. Ich hätte vorbeilaufen können und hätte nicht den Eingang gefunden. Wir umarmten uns und ich freute mich, dass wieder einmal das Glück und meine clevere Frau mir das Überleben ermöglichte. Rinja wollte noch alles von meinem Abenteuer wissen und dann schliefen wir glücklich in unserer Höhle ein.

Am nächsten Morgen, es war ein schöner sonniger Morgen, bastelten wir neue Schneelaufhilfen für uns beide mit ein paar Verbesserungen. Dazu noch eine Trage für das Wildschwein, damit wir es hinter uns herziehen, aber auch zwischen uns tragen konnten, wenn ein leichteres Tier zu transportieren war. Am Nachmittag konnten wir dann losgehen, um das Wildschwein zu suchen. Ich schaute mir die Felsen, an, aber ich konnte mich nicht richtig erinnern. Ein paar Mal grub ich mit unseren Spateln, aber vergeblich, wir gingen weiter und weiter und ich wollte schon aufgeben, weil ich mir nicht vorstellen konnte, so weit auf allen vieren gekrochen zu sein. Wir drehten uns um und ein Fels, ganz in unserer Nähe, kam mir sehr bekannt vor. Ich zeigte mit dem Finger auf den Fels, der mir so bekannt vorkam, und, tatsächlich, unter einer dünnen Schneedecke lag das Wildschwein.

Es war steif gefroren, wir legten es auf unsere Trage und zogen es ohne große Schwierigkeiten zu unserer Höhle. Dann hängten wir es auf und am nächsten Tag konnte ich das Fell abziehen. Rinja brachte die Eingeweide weit weg von der Höhle und warf es einen Abhang runter, wo andere wilde Tiere es auffressen konnten. Danach grub Rinja, als sie wieder bei der Höhle war, ein kleine Abzweigung in die Schneehöhle und bat mich, das Fleisch, welches wir jetzt nicht essen wollten, in diesen kleinen Raum zu bringen. Am nächsten Tag war es hart gefroren und so konnten wir nach und nach das Fleisch auftauen und essen. Wieder hatte Rinja mir gezeigt, wie man Fleisch über einen längeren Zeitraum haltbar macht.

Jetzt konnten wir überblicken, dass unsere Vorräte weit über den Winter hinaus reichen würden. Der Tag war sehr schön, die Sonne schien warm vom blauen Himmel und ich schlug Rinja vor, eine Wanderung durch den Schnee zu machen, ohne dabei Tiere zu jagen. Sie fand es toll und ich nahm nur meinen Speer zur Verteidigung mit, wir kamen mit unseren Schneeschuhen gut voran.

Wir schlichen uns an ein Rudel Wildschweine heran und beobachten es, meine Hand umklammerte den Speer und mein ganzer Körper war wie eine gespannte Sehne, da legte Rinja ihre Hand auf meinen Arm und meinte die Wildsau ist noch trächtig, sie soll die Jungen erst austragen. Sieh nur, die eine Wildsau bekommt gerade Junge und in einem Jahr können wir sie jagen und brauchen nicht weiterzuziehen, wenn es kein Wild mehr in der Nähe unserer Höhle gäbe.
Ich weiß noch, wie anstrengend es war, als ich mit meinen Klan eine neue Höhle suchen musste. Einige kleine Geschwister und Halbgeschwister sind damals gestorben. Als wir vertrieben wurden, musste unser aller Vater mit seinen Brüdern lange Wege zurücklegen. Sie waren manchmal tagelang fort, um dann mit nur einem Wildschwein nach Hause zu kommen.
Wir schlichen uns jetzt von unserem Aussichtspunkt wieder weg, um die neugeborenen Wildschweine nicht zu erschrekken. Unterwegs fiel uns eine Spur im Schnee auf, die wir nicht kannten, anscheinend hatte ein großes Tier in dem harten Winter sein Revier gewechselt. Sehr wachsam schlichen wir zu unserer Höhle zurück. Vor unserer Höhle waren eine Menge von diesen neuen Spuren.
Wir versteckten uns eine Zeit lang bis es dunkel geworden war, schlichen uns dann in die Höhle und achteten dabei auf jedes Geräusch. Die Schneehöhle mit dem gefrorenen Wildschwein war leer und in der Höhle hatte das unbekannte Tier auch nach Fleisch gesucht, aber unser geräuchertes und gesalzenes Fleisch mochte es nicht. Wir mussten sofort Sicherheitsvorkehrungen treffen, denn wir waren in seinem Revier und wir waren für dieses Tier wahrscheinlich Futter. Als erstes kümmerte ich mich um den Eingang. Es wurden noch stärkere Zweige im Eingangsbereich verkeilt und mit kleinen Stöcken verflochten.
An den Wildschweinfellen hatte Rinja Steine befestigt, so dass die Felle nun stramm herunterhingen. Ich befestigte auch

noch ein paar Äste, die sich genau einklemmen ließen, an dem Eingang, so dass eine gewisse Sicherheit da war.
Der Winter ging vorüber und Rinja wurde immer runder. Eines Morgens, es war noch dunkel, fing Rinja an zu schreien. Sie war ganz nass zwischen den Beinen. Sie hatte mir erzählt, was ich tun sollte, wenn das passiert, aber ich wusste gar nichts mehr. Ich setzte mich zu ihr, beruhigte sie und es wurde besser.
Rinja schickte mich hin und her und fing wieder an zu schreien und so ging es eine ganze Zeit lang. Doch auf einmal sah ich einen kleinen Kopf zwischen ihren Beinen auftauchen, behutsam wollte ich ihn anfassen, doch da hatte ich auf einmal unseren kleinen Jungen in den Händen. Jetzt fiel mir alles wieder ein, was Rinja mir erzählt hatte, warten und langsam an der Schnur ziehen und es kam ein rotes Teil noch zum Vorschein. Jetzt mit einem Lederstreifen zweimal abbinden – unser kleiner Junge schrie dabei mit einer ganz feinen Stimme – und dann mit einem Feuerstein zwischen den beiden abgebundenen Stellen durchschneiden.
Rinja hatte sich soweit erholt und ich reichte ihr unseren Sohn. Der kleine Kerl ging gleich an ihre Brust und saugte sich fest. Rinja war überglücklich mit ihrem kleinen Sohn, da hörte ich am Eingang der Höhle ein Geräusch, instinktiv griff ich nach einem Speer in meiner Nähe. Der Speer war der längste und dickste den ich hatte, beim Umdrehen brachte ich ihn in Wurfposition. Was ich sah ließ mir das Blut in den Adern stocken, es war ein vielfach größeres Tier als ein Wolf, hatte lange Zähne, es riss das Maul auf und sein ganzer Körper bebte vor Anspannung.
Wenn ich meinen Speer jetzt werfe und nicht richtig treffe, sind wir alle tot. Das Tier mit seinen langen Barthaaren fixierte mich und sprang mit einem riesigen Sprung auf mich zu. Als ich zu mir kam, hörte ich meine Frau schreien. Sie zerrte an meinen Armen und ich bekam fast keine Luft mehr. Mit aller Kraft stemmte ich mich unter dem Tier hervor und

machte mich frei. Rinja nahm mich in den Arm und drückte mich so sehr, dass ich bald keine Luft mehr bekam. Dann sah Rinja meinen Arm, der stark blutete. Erst jetzt merkte ich, dass meine Schulter wie Feuer brannte. Das Tier hatte mir mit seinen Tatzen im Flug schon so eine schwere Wunde zugefügt, wie es nur ein Bär tun konnte. Rinja legte auf die Wunde getrocknetes Moos und Rinde von einem Baum; Dinge, die sie im Sommer schon gesammelt hatte und wonach ich nie gefragt hatte, wofür es währe – jetzt wusste ich es. Auch spezielle Felle ohne Haare hatte sie gesammelt, sie versorgte die Wunde mit einer Sicherheit, was mich wieder einmal ins Staunen versetzte. Mein Sohn schlief selenruhig in seinen weichen Kaninchenfellen und so wollte Rinja mir erzählen, was vorgefallen war, doch der Bauch des Tieres bewegte sich. Ich sprang auf, um mit einem Knüppel auf das Tier einzuschlagen, doch Rinja sprang auf das Tier zu, nahm einen großen Feuersteinscherben, den sie für die Felle zum Abschaben benutzte und schnitt den Bauch auf. Zuerst kam eine Menge Wasser heraus und dann holte Rinja aus dem Bauch ein kleines niedliches Tier, welches ein Miau herausbrachte. Wir wuschen es und Rinja legte es wie selbstverständlich an ihre Brust. Es fing an zu trinken. Meine Gedanken ließ ich weiter schweifen und dachte mir dabei, was wird sein, wenn das Tier groß ist. Wird es unser Feind oder unser Freund sein? Wenn er unser Freund ist, haben wir einen großen Verbündeten, aber ich muss es im Auge behalten. Jetzt erst erzählte Rinja mir, was passiert war.
Das Tier setzte zum Sprung an und du gingst einen Schritt vor, knietest nieder mit dem Speer unterm Arm, das Ende des Spießes rutschte in eine Vertiefung und wurde damit stabilisiert. Das Tier schlug im Flug mit der Tatze nach dir, doch im gleichen Moment drang der Spieß in seine Brust ein, drang so tief darin ein, dass es auf der Stelle tot war.
Unsern Sohn nannten wir Urk, dass Tier nannten wir Sambu.

Rinja legte Sambu zu Urk und deckte es mit den Kaninchenfellen zu. Es war ein ergreifender Anblick, wie sie sich aneinander schmiegten.
Wir wollten das Muttertier an den Hinterbeinen aufhängen, um es abzuziehen, aber wir waren nicht stark genug. Als Erstes nahm ich die Eingeweide heraus, Rinja sortierte nach essbaren Teilen und Gedärmen. Beim Abziehen des Fells ging ich sehr vorsichtig vor, indem ich mit einem Feuerstein schnitt und mit einem runden Stein zwischen Fell und Fleisch schlug. Doch als das Fell dann ausgebreitet vor uns auf dem Boden lag, sahen wir erst wie schön es war, dieses Fleckenmuster war unbeschreiblich. Das Fleisch schnitten wir noch in tragbare Stücke, denn wir hatten eine Schneidetechnik entwickelt, bei der nur noch wenig Fleisch am Knochen blieb. Die Knochen warfen wir ins Feuer und schlugen sie auf, wenn sie heiß geworden waren, um sie auszusaugen. Jetzt erst merkten wir, dass es draußen schon dunkel war und wie abgesprochen fing Urk an zu weinen. Rinja nahm ihren Kleinen in den Arm, um ihm die Brust zu geben, da bemerkte sie eine kleine Nase, die zielstrebig auf die andere Brust zustrebte. Ich sah unserer kleinen Familie noch eine Weile zu und dann schlief ich ein. Meine Schulter ließ mich nach einiger Zeit wieder wach werden. Für Urk und Sambu war es anscheinend auch wieder Zeit, denn sie fingen auch an wach zu werden. Rinja legte mir neues Moos und Rinde auf die Wunde, musste sich dann aber um die Kleinen kümmern. Am nächsten Morgen wollte ich die Eingeweide wegbringen, da bemerkte ich, dass der lange dünne Darm, sich ganz anders anfühlte als bei Wildschweinen. Ich säuberte ihn und hängte ihn mit einem Stein beschwert in unseren Eingang zum Trocknen auf. Doch Rinja meinte, den Darm einen Tag und eine Nacht in die Lake mit dem Urin zu legen, würde den Darm weicher machen.
In der Höhle war Sambu wach geworden und schlug mit seiner kleinen Tatze nach Urk. Es passierte nichts, denn Sambu konnte die Krallen ausfahren, aber auch ganz weiche Pfoten

haben. Ich sagte zu Rinja, wir machen Sambu kleine Überzieher, damit er beim Spielen Urk nicht verletzt. Doch diese Idee, die wir gleich in die Tat umsetzen wollten, war unnötig. In den nächsten Tagen versuchten wir Sambu die Überzieher anzuziehen, doch wenn wir es wollten, kamen seine Krallen heraus, aber niemals bei Urk, wenn er mit ihm spielte. Sambu sprang auf Urk zu, der nur dalag und sich über die Zuneigung durch Sambu freute.

Eine ganze Zeit später, die Blumen blühten bereits, ich war auf Jagd und hatte mich sehr weit von unserer Höhle entfernt, da traf ich das erste Mal auf meinesgleichen. Die Aufregung musste ich unterdrücken, denn Jäger hatten es nicht gerne, wenn sie ihr Revier teilen mussten. Auf allen vieren schlich ich mich an sie ran und sah, dass es meine Sippe war. Trotzdem war Vorsicht geboten. Ein Stück von meinem geräucherten Fleisch legte ich so hin, dass sie es finden mussten. Unser aller Vater war nicht dabei. Was war geschehen?

Sie fanden das Fleisch, schnupperten, wollten es Wegwerfen, doch der Jüngste von ihnen nahm es und riss ein Stück mit seinen Zähnen ab, er hatte wohl starken Hunger. Denn gegessen wurde nach Rangordnung und da kam es vor, dass der Kleinste auch mal nichts zu essen bekam oder an den Knochen nagen musste, an denen ein anderer schon vorher geknabbert hatte. Es schmeckte ihm anscheinend und die anderen nahmen es ihm daraufhin wieder weg. Dann setzte ich mich so auffällig hin, dass, wenn sie weiterziehen würden, mich entdecken müssten.

Genau so kam es. Sie schlichen sich an mich heran und sahen, dass ich noch mehr von dem Fleisch hatte. Dann rief ich den Namen meines Onkels, der die Gruppe anführte. Er kam auf mich zu und wir begrüßten uns herzlich. Er schaute meine Felle an und fühlte sie ab. Dann erkundigte er sich nach dem Fleisch, wie man das macht, ich erzählte ihm vom Salz und von Rinja, aber verstehen konnte er nichts. Ich fragte nach meinen Vater, er erzählte mir, dass er im Winter auf der Jagd

bei schlechtem Wetter ausgerutscht sei und sich sehr schwer verletzt hatte. Er starb mitten im Wald und man hat ihn nur mit Schnee zudecken können.
Es war ein harter Winter, erzählte er und jetzt ist es noch schwierig alle Mäuler zu stopfen. Dass wir während des ganzen Winters genug Fleisch hatten, wollte ich ihm nicht erzählen. Vielleicht würde Neid aufkommen. Das wollte ich vermeiden, nebenbei erzählte ich ihm, dass ich noch einen jungen Mann für die Jagd gebrauchen könnte, und er könnte dabei auch den Umgang mit dem Salz kennenlernen.
Mein Onkel dachte sich, einen Fresser weniger zu haben, wäre auch gut, und war damit einverstanden.
Wir machten uns zusammen ein Lager mit Feuerstelle und ich stiftete zwei Kaninchen zum Abendessen. Am Abend unterhielt ich mich noch mit unserem neuen Familienmitglied. Er hieß Karo und war ganz begeistert mitzukommen.
Nach dem Sonnenaufgang machten wir uns gleich auf den Weg, um möglichst noch unterwegs etwas zu erlegen. Mein kleiner Halbbruder war ein ruhiger Geselle und so konnten wir uns an ein paar Rehe anschleichen und einen Jungen Bock mit dem Speer erlegen. Wir brachen von einem Baum einen Zweig ab und banden die Beine mit Lederriemen zusammen, so dass wir den Zweig zwischen den Beinen durchführen konnten, um es leichter zu zweit zu tragen.
Karo fragte mich, ob Rinja ein Kind bekommen hätte, seit wir vertrieben wurden.
Wir haben zwei Söhne Urk und Sambu, Sambu ist nicht unser eigener Sohn, aber das kann man gut sehen.
Am Nachmittag waren wir in unserem Tal, Karo gefiel die Umgebung sehr gut. Ich ging absichtlich ganz dicht an unserer Höhle vorbei, denn Rinja hatte alle Spuren und den Eingang sehr gut mit Zweigen getarnt. Ich sagte zu Karo, hier machen wir Rast, er schaute mich verdutzt an, denn vorher hatte ich gesagt, dass wir bald bei der Höhle angekommen sein werden. Rinja kam aus der Höhle und Karo sah erst jetzt, dass

wir vor der Höhle saßen, Rinja hatte Urk auf dem Arm und Sambu kam hinterher getrottet. Ich drückte die beiden ganz fest, Sambu streckte sich an meinem Bein und ich spürte seine Krallen. Dann nahm ich Sambu auf den Arm und drückte ihn mit seinem Bauch auf mein Gesicht, drehte ihn um und sagte zu Karo, das ist Sambu und der kleine Kerl ist Urk. Rinja kennst du ja. Rinja erzählte ich, dass ich meinen Onkel getroffen und wie sich alles zugetragen hatte.
Sie fand es auch sehr gut, dass Karo bei uns leben sollte, noch ein Mann der anpacken kann, ist immer gut.
Als erstes lernte Karo wie Salz aus den Steinen gewaschen wird, wie man das Wasser verdunsten lässt und dann zu Pulver zermahlt. Er sagte, bei ihnen muss alle paar Tage gejagt werden und wenn ein Tier erlegt wurde, muss alles möglichst schnell gegessen werden, damit das Fleisch nicht verdirbt. Ich erklärte ihm, dass durch das Salz das Fleisch viel länger haltbar ist und Rauch es auch noch mal haltbarer macht.
Danach zeigte ich ihm in der Höhle unsere Vorräte und sagte ihm, dass wir nur bei schönem Wetter im Winter draußen jagen brauchten.
Dann fragte er mich, wo wir Sambu her hätten. Wortlos ging ich zu unserem Nachtlager, nahm eine dicke Fellrolle und mit einer Bewegung rollte ich sie ab.
Karo wurde weiß, Sambu wird mal so groß werden, nein er wird noch größer, er ist männlich. Karo sah sich Sambu an und meinte zu ihm, es wird mir nicht schwer fallen ein so süßes Tier als Freund zu haben. Die nächsten Monde vergingen wie im Flug, Sambu kümmerte sich um Urk und Karo ging mit mir jagen und lernte das Haltbarmachen von Fleisch. Den alten Bär lernte Karo auch kennen, aber aus sicherer Entfernung und mit dem nötigen Respekt.
Die Blätter verfärbten sich und das erste Mal in seinem jungen Leben, hatte Karo keine Angst vor dem Winter. Sambu war schon sehr schnell auf den Beinen, er fing schon an, mit Eidechsen zu spielen. Zu fressen bekam er Innereien, kleine

Stückchen rohes Fleisch und das Innere von den Knochen. Urk bekam immer noch die Brust und kleine Beeren, er krabbelte hinter Sambu her, der sich umdrehte und auch mit Urk spielte, indem er ihn von der Seite ansprang und ihn dann umwarf. Urk macht das riesigen Spaß, er krallt sich in Sambus Fell fest und ließ sich hinterherschleifen. Nachts schliefen beide zusammen und kuschelten sich aneinander. Im Frühjahr habe ich mit Rinja und Karo abgesprochen, nehmen wir Sambu mit auf die Jagd.
Der Herbst verging, unser Holz, Fleisch und sonstige Vorräte für den Winter waren gut verstaut. Rinja sollte im Frühling wieder ein Kind bekommen, wir freuten uns schon sehr darauf. In diesem Jahr kam der Winter früh mit heftigen Schneestürmen, der Schnee verschloss im Nu den Höhleneingang und Karo fing an, über seine Sippe zu sprechen und wir hörten seinen Geschichten zu.
Wenn du ihnen zeigst, mit dem Salz umzugehen und Vorräte anzulegen, wird auch für sie das Leben anders werden und nicht mehr so gefährlich sein. Der Schneesturm dauerte eine Ewigkeit und Sambu wollte frisches Fleisch. Es machte ihn unruhig, dass die Höhle verschlossen war, er grub jetzt mit seinen großen Pranken selbst eine kleine Höhle, um nach draußen zu kommen. Wir unterstützten ihn und krochen am nächsten Morgen aus der Höhle, denn die Sonne war gerade erst aufgegangen und wir tollten im Schnee herum. Karo holte sofort das Fallenzubehör aus der Höhle und wir fingen an, in der näheren Umgebung einige Fallen aufzustellen.
Sambu rannte hin und her und biss in den Schnee, Urk machte große Augen und wollte mit Sambu im Schnee spielen. Karo meinte, ich wusste gar nicht, dass der Winter schön sein kann. Bei uns war Winter immer mit Hunger, Kälte, großen Entbehrungen und Tod verbunden. Bei unserer Sippe wird das auch jetzt der Fall sein. Aber wenn du mal wieder zurückgehst, kannst du ihnen alles zeigen. Wie sie sich Vorräte anlegen können und dann auch mit Gelassenheit den Winter mit sei-

nen schönen Seiten kennenlernen können. Sambu hatte ein Kaninchen aufgescheucht und rannte hinter ihm her, einen Sprung und er hatte es gefangen.
Der kleine Kerl biss in sein Genick, schleuderte es solange hin und her bis es nicht mehr zappelte. Dann kam er stolz zu Rinja gelaufen und legte es vor ihre Füße.
Rinja nahm eine Feuersteinscherbe und schnitt das Kaninchen auf.
Sambu bekam ein ganz dunkles Teil der Eingeweide, weil er das am liebsten mochte und den Kopf mit dem Fell daran. Ich nahm das Fell schleuderte es durch die Luft und ließ es los. In hohem Bogen flog das Kaninchenfell mit dem Kopf daran durch die Luft und Sambu hinterher. Sambu packte es und schleuderte es hin und her, als ich ihn rief kam er ganz stolz angelaufen und legte das Fell vor meine Füße. Karo und Rinja meinten, wenn er noch größer ist, kann er uns bestimmt auch Wildschweine oder andere große Tiere fangen.
Durch das Schleudern mit dem Fell und dem Kopf war mir noch eine andere Idee gekommen. Und zwar, wenn man von dem Darm, den wir getrocknet haben, ein Stück abschneidet, dann der Länge nach halbiert und an diese dann zwei Fellstücke mit stramm eingewickeltem Stein befestigt. Kurze Zeit später hatte ich das Wurfgerät gebaut und erklärte Rinja und Karo was ich vorhatte. Wenn man das Gerät nach einem Tier wirft, müssten sich die kleinen Steine um die Beine wickeln. Wir würden das Tier auf diese Weise lebendig fangen und irgendwo einsperren können. So ließe sich Fleisch auch haltbar machen, indem man die Tiere lebendig lässt und füttert oder in ein Gehege einsperrt. Das war unsere neue Aufgabe, wenn der Schnee getaut war, ein großes Stück Wiese mit Pfählen einzugrenzen. Rinja meinte, in den Bergen liefen kleine Tiere rum, die friedlich aussahen, aber schwer zu jagen waren. Weil man sich schlecht anschleichen konnte und sie sehr geschickt auf den Felsen herumspringen konnten, hatten wir noch nie versucht, sie zu jagen. Jetzt nahmen wir uns vor, wenn der

Schnee getaut war, diese Ziegen lebendig zu fangen und einzusperren. Karo gefiel es sehr gut, nicht nur um das Überleben zu kämpfen, sondern auch für die Zukunft zu planen. Karo und ich schleuderten mit den Steinen noch nach kleinen Bäumen, um zu üben. Rinja, Urk und Sambu gingen zurück in die Höhle, wo ein kleines Feuer für wollige Wärme sorgte. Bei unseren Wurfübungen stellten wir fest, dass sich die Steine um den Baum schlugen und richtig verknoteten. Nach einiger Zeit wurde es kälter und wir gingen zurück in die Höhle. Ich lief hinter Karo und sah, dass er in der letzten Zeit viel breiter und stärker geworden war. Dann fragte Karo, wie es zugegangen ist, dass wir ein so riesiges Tier wie Sambus Mutter hätten töten können. Rinja sagte, wir hätten großes Glück gehabt, dass wir noch leben und erzählte dann die Geschichte, wie wir zu unserem zweiten Sohn gekommen sind. Dann zeigte ich Karo die Narben auf meiner Schulter, die Wunden waren sehr gut abgeheilt, hatten aber große Narben hinterlassen. Karo legte die Hand auf die Narben, konnte aber nicht mit allen Fingerspitzen die Narben abdecken. Die Tage verliefen ohne besondere Abenteuer und, wenn schönes Wetter war, gingen wir mit den Schneeschuhen auf die Jagd. Sambu wollte immer mit, weil er uns aber einmal ein ganzes Rudel Rehe verscheucht hatte, bekam er eine aus Leder geflochtene Halterung um Hals und Brust.
So tapste er neben uns, und wenn er anzog gingen wir in Deckung. Meistens kamen dann ein Wildschwein oder ein paar Rehe aus dem Unterholz. Wenn er einen Hasen gesehen hatte, machte ich ihn los und gab ihm den Befehl „fang". Das brauchte ich nicht zweimal sagen, er schlich sich dicht in den Schnee gepresst, langsam an den Hasen heran. Dann setzte er zum Sprung an und man sah wie sein Körper vor Erregung und Anspannung zitterte. Eine Sekunde später schnellte er mit einem gezielten Sprung vor und fasste den Hasen, tötete ihn aber nicht gleich. Er warf ihn in die Luft, ließ ihn ein wenig laufen, um ihn dann, wenn er keine Lust mehr hatte,

mit einem Biss zu töten. Wenn er Wildschweine sah war er fast nicht zu halten, dann hielt Karo ihn fest und mit einem gezielten Wurf tötete ich eine der Säue. Wir machten die Sau auf und gaben ihm etwas von seinen dunklen Innereien, die er so gerne fraß. Er biss dann dem Wildschwein ins Genick und schüttelte es hin und her. Nächstes Jahr würde er wahrscheinlich groß genug sein, ein Wildschwein zu jagen und zu töten. Aber wir wollten vorsichtig sein, nicht das ein männliches Wildschwein ihn mit seinen Zähnen verletzt und sich dadurch bei ihm Angst entwickelt.
Die Monde vergingen und Rinja bekam unseren dritten Sohn Arko, die Geburt verlief nach meinem Gefühl einfacher, auch Rinja war entspannter. Sie wusste was passiert, und dass ich ihr so gut wie möglich helfen würde. Karo war mit Sambu und Urk draußen, sie freuten sich auf den Nachwuchs, den Rinja schon Arko nannte.
Karo bastelte an einer Waffe, die er bei einem Volk auf der Wanderschaft gesehen hatte, man schliff mit einem Feuerstein so lange über einen langen Stab von beiden Seiten, bis ein langer biegsamer Stab entstand. Dieser wurde mehrmals durch die heiße Asche eines Lagerfeuers durchgeschoben, es sollte das Holz härter und elastischer machen. Zur Stärkung der Mittelpartie stellte Karo noch ein paar kürzere Stäbe her, die mit Baumharz auf den langen Stab geklebt wurden. Um den Bogen dann fertig zu machen, hängte er ihn in den Rauch in unserer Höhle, wo auch das Fleisch zum Räuchern hing, und sagte: „Was für das Fleisch gut ist, muss auch für meine Waffe gut sein!" Weil ich mich stark für die neue Waffe interessierte, machten wir gleich noch eine und hängten sie in den Rauch. Zwei Wochen später – Arko entwickelte sich prächtig, Urk und Sambu spielten zusammen in der Sonne – da hörten wir einen Bären ganz in unsere Nähe. Karo hatte in den letzten zwei Wochen, immer nachdem wir von der Jagd kamen, für die neue Waffe, den wir Bogen nannten, dünne kleine Pfeile produziert. An der Spitze befestigte er kleine Feuersteinsplitter,

die sehr scharf waren. Den Darm von Sambus' Mutter hatten wir abgemessen und dann noch mal der Länge nach geteilt, sodass wir eine dünne, aber starke Sehne in den Händen hielten. Karo holte die Bögen aus dem Rauch und kam zu mir; wir knoteten die Sehne am unteren Teil des Bogens fest.

An der anderen Seite hatten wir eine Schlaufe gemacht, wir brachten den Bogen auf Spannung und hängten die Schlaufe ein. Sambu hatten wir in der Höhle angebunden, aber er merkte die Gefahr und riss an seiner Leine. Rinja hatte sich hinterm Holz mit Urk und Arko versteckt, denn Sambu hätte die drei durch sein heißblütiges Verhalten verraten. Karo und ich schlichen uns zum Höhlenausgang: Ein junger Bär stand auf den Hinterbeinen und roch das Wildschwein, welches wir einen Tag zuvor mit unseren Speeren erlegt hatten.

Karo nahm den Bogen, denn er hatte bei dem Wandervolk schon vor ein paar Wintern geübt – ich machte es ihm nach. Wir hörten Sambu in der Höhle: So wild hatte er sich noch nie aufgeführt. Karo legte einen Pfeil auf seinen Daumen und die Sehne am hinteren Ende des Pfeils in eine Kerbe. Er zog den Pfeil zu sich, brachte den Bogen auf Spannung und ließ den Pfeil los. So schnell sauste der Pfeil los, dass der Bär nicht reagieren konnte – und er traf ihn direkt in den Hals. Karo hatte schon wieder den zweiten Pfeil im Bogen und schoss. Der zweite Pfeil traf den Bären in die Brust; ich zog durch, ließ den Pfeil losschnellen und traf den Bären ins Bein. Karos Pfeil traf den Bären wieder in den Hals – und er spuckte Blut. Mein nächster Pfeil traf ihn in die Brust, aber der Bär streifte ihn mit einer Tatze ab. Karo schoss so schnell er konnte, aber der Bär kam immer näher: Auf einmal flog ich zur Seite; Sambu sprang dem Bären direkt an die Kehle und biss mit aller Kraft zu. Er verlor das Gleichgewicht, fiel nach hinten und Sambu biss noch einmal tiefer zu. Der Bär versuchte, nach Sambu zu schlagen, dann riss Sambu kräftig – und auf einmal spritzte Sambu das Blut entgegen.

Der Bär röchelte noch einmal kräftig und starb; Sambu kam stolz zu mir und ich streichelte ihn. Dann ging er zu Karo, der ihn in den Arm nahm und kräftig drückte. Rinja kam mit den Kleinen aus der Höhle und sagte, sie hätte Sambu los gemacht, als sie sah, dass der Bär immer näher kam. Jetzt sahen wir erst, was für eine Kampfmaschine Sambu war und wie geschickt er dem Bären gleich an die Kehle gegangen ist. Wir machten den Bären auf und holten das dunkle Organ aus ihm heraus; Sambu holte es sich ab und legte sich in der Nähe der Höhle hin, um es zu verschlingen.

Karos Pfeile waren tiefer eingedrungen als meine; aber das Fell des Bären war so dick, dass er nicht lebensgefährlich im Brustbereich verletzt war. Am Hals sah es schon anders aus: Der eine Pfeil steckte in einer Röhre und verursachte das Bluten aus seinem Maul. Wir kamen zu dem Schluss, dass man einem Bären besser aus dem Weg geht. Zwei Speere aus sicherer Entfernung geworfen, hätten ihn wahrscheinlich mehr verletzt oder sogar getötet.

Ich fragte Karo, warum er in seiner Sippe nicht schon einen Bogen gebaut hatte. Er sagte nur: „Unser aller Vater wollte es nicht!" Wir nahmen den Bären auseinander und freuten uns auf das Fleisch; aber die Aufregung begleitete uns noch ein paar Tage. Jetzt hatten wir schon zwei Mal Glück gehabt – und dieser Bär ist noch jung gewesen – aber was wäre, wenn?

Karo sprach immer öfter von unserer Sippe und ich ermutigte ihn, die Wanderung auf sich zu nehmen und genug Rauchfleisch mitzunehmen, damit er nicht unterwegs jagen muss. Es wurde wärmer – und durch viel Übung schoss ich jetzt genauso gut wie Karo. Eines Tages kam der Abschied – und Karo zog los; ich vermisste ihn jetzt schon. Mit Sambu hatten wir den ganzen Sommer über unseren Spaß: Eines Tages war er abgehauen und kam nach einer Stunde mit einem Reh zurück. Natürlich bekam er sein Lieblingsteil von dem Reh – und wir freuten uns, dass er von selbst zurückgekommen war. Das Reh hatte ein gebrochenes Bein und war total nass. Er hatte es

wahrscheinlich erst gehetzt und dann mit einem Biss im Genick getötet. Am nächsten Tag – es war noch dunkel – ging ich mit Sambu auf die Jagd. In einer Waldlichtung sahen wir ein Rudel Rehe; wir schlichen uns langsam ran. Instinktiv robbte Sambu im Schutz des tiefen Grases sich langsam an das Rudel: Wenn sie fraßen, ging er langsam vor; und wenn eines den Kopf hob, erstarrte er in der Position, die er gerade innehatte. So nah war ich noch nie an ein Rudel Rehe heran gekommen; ich spannte meinen Bogen und zielte auf ein Weibchen – in diesem Moment fing Sambu an zu rennen. Mein Pfeil drang vorne tief in das Reh ein, das Rudel setzte sofort zur Flucht an und wollte sich in den nahen Wald retten. Sambu hatte sich ein Tier herausgesucht, welches nicht ganz in Ordnung war, denn es lahmte ein wenig am hinteren Bein. Es war trotzdem noch sehr schnell, doch Sambu versperrte ihm den Weg und schlug beim Laufen mit der Tatze gegen das hintere Bein. Im nächsten Moment sprang Sambu dem Reh direkt ins Genick und schüttelte es ein paar Mal hin und her, bis es tot am Boden lag. Stolz nahm er das Reh ins Maul und legte es vor meinen Füßen ab. Dann sagte ich zu ihm: „Jetzt gehen wir heim und zeigen Rinja, Urk und Arko unsere Rehe!" Sambu packte sein Reh im Genick und ich nahm meins auf die Schulter. Stolz kamen wir in der Höhle an – und Sambu legte Rinja das Reh vor die Füße. Rinja nahm einen Feuersteinscherben und machte das Reh auf. Sambu stand vor ihr – zitterte schon vor Begierde –; wir wollten Sambu so erziehen, dass er von uns sein Fressen bekommt. Er schnappte sein Lieblingsstück und nahm es mit nach draußen; ein paar Minuten später war er wieder da – und Rinja gab ihm noch den Kopf. Draußen sah ich, wie Sambu den Kopf in sein Maul nahm und ihn wie eine Nuss knackte. Seine Kraft nahm von Mond zu Mond zu.
Urk fing gerade an zu laufen – da kroch er auf allen Vieren zu Sambu und setzte sich auf seinen Rücken; Sambu stand vorsichtig auf und lief mit Urk vor der Höhle hin und her. Doch Urk konnte sich nicht richtig halten und rutschte langsam ab.

Sambu hockte sich gleich hin und Urk kroch gleich wieder auf ihn drauf. So spielten sie schön miteinander; ich setzte mich ein bisschen abseits und fing an, eine Halterung zu machen, damit sich Urk besser festhalten kann.
Zwei Tage später war sie fertig und wir probierten sie aus. Es machte beiden einen riesigen Spaß – und als Sambu merkte, dass Urk sich besser festhalten kann, probierten sie aus, wie toll sie es treiben konnten. Rinja sagte: „Jetzt ist Schluss! Morgen könnt ihr weiter üben!"
Es war ein bestimmendes Wort, dem man sich nicht widersetzt – und sie hatte Recht, denn die beiden hätten das Spiel so gesteigert, dass Urk wahrscheinlich irgendwann herunter gefallen wäre und nicht mehr hätte auf Sambu reiten wollen.
Wer weiß – die starke Bindung der beiden könnte für uns allemal von Nutzen sein. Wir legten auch Arko zu Urk und Sambu – aber Arko zog es mehr zu seiner Mutter, was verständlich war. Wenn man Urk und Sambu an ihrer Schlafstelle sah, wie sie beim Schlafen eine Einheit bildeten, kam es mir manchmal vor, als wenn sich ein Strahlenkranz um die beiden bildet. Wenn Sambu seine Vorderpfote um Urk legte, verschwand er fast im jetzt schon recht großen Sambu. Rinja machte mich darauf aufmerksam, dass ich vor dem nächsten Winter noch ein paar Ziegen aus den Klippen mit meiner Steinschleuder lebendig fangen wollte. Am nächsten Morgen machte ich mich fertig – Sambu wollte mit; aber ich machte ihm klar, dass er auf unsere kleine Familie aufpassen muss. In den Bergen kam man schlecht voran; ab und zu sah ich eine Ziege, aber bis ich auch nur in die Nähe kam, sprangen sie ganz spielerisch von Felsvorsprung zu Felsvorsprung. Die Ziegen liefen da hin, wo ich nicht festgeklammert stehen konnte, und sprangen von Fels zu Fels, wo ich immer kleine Steinlawinen auslöste. Die Sonne stand hoch am Himmel und um den Tag zu nutzen, wollte ich die Berge noch ein wenig erkunden; so streifte ich immer höher, die Luft wurde leichter, ich musste viel öfter atmen. Dann kam ich auf eine Plattform mit Gras und ich war

begeistert von der Aussicht über unser Tal. Die Plattform war riesengroß: frisches saftiges Gras – nur am Rand standen kleine Bäume, die von den Ziegen immer abgenagt wurden.
An einer Seite ging der Berg steil nach oben, auf der anderen Seite war eine tiefe Schlucht. In meinen Gedanken sah ich die Wiese mit einem Unterstand für die Ziegen und am anderen Ende mit einer Absperrung, dass sie nicht abhauen können. Die Sonne war schon bald am Untergehen und der Abstieg ging schneller als ich gedacht hatte. Rinja war von meiner Idee begeistert und so wollten wir am nächsten Tag mit unserer kleinen Familie den Berg besteigen.
Am Abend hatten wir schon alles zurechtgelegt; am Morgen war Sambu total aufgeregt, er bekam sein Geschirr an und Urk stand schon zum Aufsteigen bereit.
Sambu legte sich hin und Urk stieg auf, hielt sich am Geschirr fest und schon konnten wir aufbrechen. Rinja hatte Arko mit einem Fell auf den Rücken gebunden und ich hatte in einem Fell gebratenes und geräuchertes Fleisch eingepackt. Für Sambu nahmen wir einen Hasen im Fell mit, denn er mochte nur rohes frisches Fleisch. Wir kamen gut voran; Rinja war lange nicht mit auf der Jagd gewesen und freute sich auf die Berge. Sambu pisste unterwegs gegen markante Bäume und machte mit seinen Krallen tiefe Spuren in die Rinde von den Bäumen. Urk saß auf Sambu und wollte ihn immer antreiben, aber Sambu trottete gemächlich neben uns her und war bedacht, dass der kleine Kerl nicht runter fällt. So kamen wir ohne Zwischenfälle zu der Wiese – alle waren begeistert und Sambu sprang mit Urk als erster durch das hohe Gras. Es machte beiden riesigen Spaß; Arko hüpfte auf Rinjas Arm auf und nieder und sah Urk und Sambu begeistert zu. Ich dachte an Karo – wie schön es wäre, wenn er jetzt bei uns wäre und mir helfen könnte, die Absperrung zu errichten. Er hatte sich viel vorgenommen, denn er wollte unserer Sippe den Weg zu einer besseren Zukunft zeigen, so wie wir ihn eingeschlagen hatten.

Es würde viel Überredungskunst notwendig sein, um sie zu überzeugen.

Rinja schlenderte mit Arko an den Felsen entlang, ging in einige Felsspalten hinein, kam wieder heraus, ging in die nächste und kam nicht wieder. Ich rief Sambu, der gleich angestürmt kam, und wir gingen an die Stelle, wo ich sie zuletzt gesehen hatte. Da war eine Felsspalte, die ausgewaschen aussah, der Fels war glatt geschliffen. Wir gingen weiter und waren verdutzt: Hinter dem Felsspalt lag noch eine Wiese. Rinja stand wie angewurzelt da und schaute im Kreis: Überall waren Höhlen – größere, kleinere – es war überwältigend. Mitten durch dieses schöne Land plätscherte ein kleiner Bach und verschwand wieder zwischen den Felsen. Rinja war mit Arko in eine der größeren Höhlen gegangen, Sambu und ich folgten ihr. Wir hatten zwar noch keine Spuren von Bären entdecken können, aber wir mussten vorsichtig sein. Meinen Speer und Bogen hatte ich dabei, aber ein ausgewachsener Bär ist fast nicht zu besiegen. In der Höhle fanden wir weiße Teile in verschieden Formen, manche schimmerten in verschiedenen Farben und andere waren weiß. Rinja sagte Muscheln zu den Sachen, aber sie war sehr verdutzt, dass es in dieser Höhe Muscheln gibt. Sie erklärte mir, dass es solche Muscheln nur unter Wasser gibt. Aber das würde bedeuten, dass wir auf dem Grund eines Sees stehen und das Wasser durch den Spalt irgendwann abgeflossen ist. Der Schlamm vom See hat dann die wunderbare Wiese vor dem Spalt geschaffen. Diese Erkenntnis ließ mich nachdenken, wenn nach dem Winter der Schnee taut und die Bäche groß und mächtig werden, wie sieht es dann in diesem Tal aus? Ist dann vielleicht alles überschwemmt und alle Tiere, die wir hier eingesperrt haben, sind ertrunken?

Wir beruhigten uns wieder und einigten uns darauf, dass ich nach dem Winter überprüfen solle, wie es hier oben aussieht. Rinja meinte, in Zukunft, wenn unsere Sippe größer wird, könnten wir hier alle leben und währen vor wilden Tieren sicher. Ich sagte noch, man müsste den Gang an der Stelle, wo

der Bach in den Felsen verschwindet, größer machen, so dass mehr Wasser hindurchfließen kann. Aber wir hatten Zeit, so viel Zeit! Die Kinder tollten herum vor der Höhle, man sah, dass es ihnen hier gut gefiel und sie sich hier wohl fühlen würden. Ich ging als erster wieder durch den langen Spalt und sah, dass vor dem Spalt ein paar Ziegen fraßen. Sambu schickte ich auf die Wiese und machte ihm klar, dass er die Ziegen in den Spalt treiben sollte. Wenn ich Glück hab, treibt er sie lebendig – und wenn er es nicht richtig verstanden hat, kommt er mit einer Ziege im Maul zurück. Sambu schlich fast auf dem Boden liegend vorwärts und machte einen großen Bogen um die Ziegen, dann richtete er sich auf und fauchte so laut er konnte. Die Ziegen blieben zusammen und rannten – aber in die falsche Richtung – mit einem riesigen Sprung und ein paar Sätzen schnitt er ihnen den Weg ab. Sie kamen jetzt auf den Spalt zu und ich zog mich zurück. Sie kannten den Spalt und flüchteten in ihn hinein: Mit einem Griff hatte ich die erste. Mit Lederbändern
band ich die Füße zusammen und Sambu ließ die Ziegen nicht mehr aus dem Spalt – so konnte ich eine nach der anderen binden. Über den Heimtransport machte ich mir erst Gedanken, als fünf Ziegen vor meinen Füßen lagen.
Tragen konnte ich sie nicht, also mußten sie selbst laufen. Die Vorderfüße löste ich und nahm die Lederbänder, um sie am Hals zusammen zu binden. Sambu ging mit Urk voran, dann Rinja mit Arko, zum Schluss die Ziegen und ich. Die Ziegen sprangen am Anfang kreuz und quer durch die Gegend und ich hatte meine Last, dass sich keines der Tiere verletze. Bei der Höhle angekommen, errichtete ich eine Absperrung aus Brennholz für die Ziegen und sperrte sie ein.
Die Füße ließ ich zusammengebunden, sonst wären die wilden Ziegen sofort wieder aus ihrem Gehege gesprungen. Die Zeit verging, wir gingen ab und zu noch zu der großen Wiese und erforschten so eine Höhle nach der anderen und fanden, dass manche Höhlen gut zum Lagern geeignet waren und ande-

re zum Wohnen. Wir machten noch eine Entdeckung durch Zufall. Für Sambu hatten wir ein Stück rohes Fleisch mitgenommen und aufgehängt. Dadurch, dass Sambu durch die Berge gestreift war und mit einem unbekannten Stück Wild angeschleppt kam, bekam er wieder das rote Stück Innereien und eine Schulter zu fressen. Es dauerte einige Monde, bis wir wieder zu den Höhlen kamen. Wir sahen das Fleisch: Es war nicht vergammelt! Ich nahm eine Feuersteinscherbe und schnitt eine Scheibe ab, roch und probierte ein kleines Stück. Es hatte einen merkwürdigen Geschmack – aber es war gut. Uns war aufgefallen, dass es keine Fliegen gab und dass man, wenn man sich anstrengte, schneller müde wurde. War das der Grund, dass das Fleisch nicht vergammelt ist? Wir ließen das Fleisch hängen, um zu sehen, was passiert. Es würde also bis zum Frühjahr hängen und wenn es dann noch gut sein würde, wäre es noch eine Art, Fleisch haltbar zu machen.
Die Tage wurden kürzer – ich war mit Sambu auf Jagd, er ließ mich immer zuerst mit meinem Bogen schießen und erst dann schoss er los und holte sich ein Reh aus dem Rudel. Aber abends ging er immer öfter raus und streifte durch den Wald; er kratzte tiefe Rillen mit seinen Krallen in die Bäume – und wie ich gesehen hatte, spritzte er eine stinkende Flüssigkeit an markante Stellen. An dem Abend – Sambu war unterwegs – hörte ich Stimmen vor unserer Höhle. Ich dachte an Karo, nahm aber meinen Bogen und meinen Köcher mit Pfeilen mit, um vorsichtig nach draußen zu gehen. In einiger Entfernung standen vier Männer mit Speeren und Steinäxte bewaffnet; sie sahen mich vor der Höhle. Die Männer hatten weiße Farbe im Gesicht – sie machten mir Angst. Der eine sprach etwas in einer Sprache, die ich nicht verstand, und der andere nahm seinen Speer und schleuderte ihn nach mir. Er schlug kurz vor mir in den Boden ein. Die anderen stürmten auf mich los – mit erhobenen Speeren. Ich zog meinen Bogen hoch, mit der anderen hatte ich schon den Pfeil in der Hand, zog durch und ließ ihn sausen. Er zischte durch die Dämmerung, traf den

Angreifer in den Hals, woraufhin Blut aus seinem Hals schoss. Die drei stürmten weiter, doch wie schon oft geübt, lag mein nächster Pfeil schon auf meiner Hand und zischte los: Es traf einen Angreifer, der gerade seine Axt werfen wollte, in die Brust. Er fiel auf die Knie, spuckte Blut; der Pfeil war sehr tief eingedrungen. Die beiden anderen drehten um, um zu fliehen. Mein Pfeil zischte durch die Luft und traf einen im Rücken, aber er konnte noch laufen und verschwand im Wald. Rinja hatte sich hinter mich gestellt mit drei Speeren in der Hand. Ich sagte ihr, dass ich die beiden töten muss, damit sie nicht mit ihrer ganzen Sippe hier auftauchen. Sie gab mir einen leichten Speer und ich stürmte hinter ihnen her. Nach kurzer Zeit sah ich meinen Pfeil: Er war rausgerissen worden – und die Blutspur war jetzt viel dichter.

Dann sah ich einen Mann an einen Baum gelehnt, mit dem Speer in der Hand – mein Pfeil durchbohrte seinen Hals und er sackte in sich zusammen. Jetzt musste ich vorsichtig sein; die Spuren waren nicht mehr zu sehen und er konnte mir jetzt überall auflauern. Da sah ich einen abgebrochenen Ast, Spuren von den Füßen – und auf einmal standen fünf mit dem Speer im Anschlag um mich herum und bedrohten mich. Der eine sprach und die anderen wurden immer wütender.

Dann hörte ich ein Fauchen, das einem das Blut in den Adern gerinnen ließ – und im selben Moment bückte ich mich, rammte einem meinen Speer in den Bauch.

Die Kerle stoben auseinander – mit tiefen Wunden im Gesicht und am Körper. Nach kurzer Zeit kehrte Ruhe ein; ich schaute mich um und sah, was Sambu in der kurzen Zeit angerichtet hatte. Da lag ein Arm auf dem Boden herum, bei einem anderen hing der Kopf nur noch an einer kleinen Stelle fest, der andere hatte kein Gesicht mehr. Alle fünf waren bis zur Unkenntlichkeit verstümmelt. Ich nahm Sambus Pfote, tauchte ihn in das Blut und drückte es einem auf den nackten Rücken. Es war eine sehr große Pranke. Sambus Krallen kamen raus und vergrößerten die Pranke noch einmal. Mit einem kleinen

Druck riss er noch tiefe Wunden in den Leichnam – das würde als Abschreckung reichen. Seine Krallen waren schärfer als Feuersteinscherben – und er war so schnell.
Sambu führte mich sicher zu unserer Höhle zurück. Rinja fragte, was passiert war – und ich erzählte alles, bis auf den Einsatz von Sambu, auch, dass er mich im Dunkeln sicher zurück geführt hat. Sambu und ich gingen einige Zeit später an der Stelle vorbei: Die Leichen waren fort, bis auf die am Baum – da lagen abgenagte Knochen herum und der Pfeil steckte noch im Baum. Wir streiften noch weiter und sahen eine große Feuerstelle, überall lagen noch kleine Felle und sonstige Sachen herum. Sie müssen sehr hastig noch in der Nacht weiter gezogen sein – Sambu hatte Angst und Schrecken verbreitet. Rinja erzählte ich, dass sie weiter gezogen waren und sich nicht mehr in dieser Gegend sehen lassen würden. Wenn sie mit friedlicher Absicht gekommen wären, hätten wir sie zum Essen eingeladen.
Der Winter kam und er war schlimmer als alle anderen Winter vorher.
Fast die ganze Zeit fegten Schneestürme übers Land; meine Schneehöhle musste ich jeden Tag wieder frei räumen. Sambu lag auf seinem Schlafplatz mit viel Heu und zwei großen Wildschweinfellen und sah sich gerne die Ziegen an, wenn sie herum sprangen. Urk spielte mit Arko und Rinja machte neue Kleidung für Urk, denn er war schon ein kräftiger kleiner Junge. Rinja legte Wert darauf, dass wir nicht nur Fleisch, sondern auch Pilze, Beeren, Wurzeln und Knollen zu essen bekamen. Sie legte diese Sachen auf einen Stein, der im Feuer lag, und wartete, bis sie leicht Farbe hatten. Es war eine gute und schmackhafte Alternative zum Fleisch. Auch dieser Winter verging, ohne dass wir Hunger leiden mussten. Ich bereitete mich vor für den Aufstieg, um zu gucken, wie das Wasser abfloss und ob man da oben auch im Winter leben könnte.
Am nächsten Tag ging ich mit Sambu los; es war anstrengend für mich, in dem Restschnee zu laufen. Sambu freute sich und

tollte hinter Hasen her – er fängt sie, lässt sie wieder laufen, um sie dann mit einem Tatzenhieb so hoch zu schleudern, dass sie, wenn sie aufschlagen, noch ein bisschen zucken und tot sind. Ich sammele sie ein und hänge sie an meinen Gurt, um sie dann, wenn wir eine Pause brauchen, für mich zu braten – und Sambu zieh ich sie ab zum roh essen, so drei bis vier Stück. Die Felle verwenden wir für unsere Nachtlager – deswegen spielt Sambu zwar mit den Hasen, reißt sie aber nicht in Stücke. Wir waren jetzt bei dem Spalt – es lag immer noch alles voller Schnee. Mit den Spateln, die ich für diesen Zweck mitgenommen hatte, grub ich eine Höhle. Sambu machte voran und ich brauchte nur noch den Schnee rauszuschaffen. Der Schnee ließ sich gut wegschaffen und fiel von oben nicht nach; so hatten wir nach einiger Zeit die erste Höhle erreicht. Als erstes machte ich ein Feuer und dann suchte ich mit einer Fackel das Fleisch. Das Stück Fleisch, welches wir zurückgelassen hatten, sah weiß aus. Ich habe es nicht probiert – es war zu gefährlich. Einige Höhlen waren miteinander verbunden, sodass die anderen Höhlen ohne Schaufeln für uns zu erreichen waren. Es war angenehm warm; aber es musste auch irgendwo frische Luft herkommen, denn die Luft war nicht abgestanden. So arbeiteten wir uns bis zur Mündung vom Bach vor – und ich war überrascht, dass es zu keinem Stau kam. Obwohl der Bach zu einem sehr schnell fließenden Strom geworden war, waren die Durchgänge anscheinend groß genug, die Wassermengen, die durch die Schneeschmelze anfielen, zu bewältigen. Die Voraussetzung für eine größere Sippe oder einen Zusammenschluss von verschiedenen friedlichen Sippen war gegeben. Man brauchte nur noch eine Sicherung gegen Steinschlag, dann würde sich auch im Winter ein natürlicher Gang bilden. Das, was ich wissen wollte, hatte ich erfahren. Sambu tollte noch in den Gängen herum. Als ich ihn rief, dauerte es eine ganze Zeit, bis er kam. Er konnte sich in den Höhlen durch meinen Ruf, der aus den Gängen zurück schallte, auch nicht richtig orientieren. Auf dem Rückweg war Sambu eine kurze Zeit weg und kam mit einem Reh wieder, dem er mit einem Schlag das Hinterbein gebrochen und dann in den Hals gebissen hatte. Ich nahm das Reh auf die Schultern und Sambu tollte herum – er war schon sehr groß, aber immer noch sehr verspielt.

Rinja erzählte ich, dass unsere Zuflucht auch durch das Tauwetter nicht überschwemmt war. Sie war auch der gleichen Meinung, dass unser Wissen über die Verlängerung der Haltbarkeit durch unser Salz und durch die trockene Luft mehr Menschen erfahren sollten. Sie meinte aber, wir sollten uns die Leute genau anschauen, bevor wir sie in unsere Geheimnisse einweihen.

Der Winter verging – und an einem Morgen hatten wir keine fünf Ziegen, sondern neun Ziegen: zwei Ziegen hatten je zwei Junge bekommen – und Urk, Arko und Sambu waren begeistert über den Nachwuchs..

Auch Rinja war hochschwanger, doch dieses kleine Mädchen durften wir nicht behalten. Es hatte bei der Geburt die Schnur, die ich immer nach der Geburt abbinden und dann dazwischen durchschneiden musste, mehrfach um den Hals gewickelt. Die Kleine hatte keine Luft bei der Geburt bekommen und war gestorben. Wir weinten alle um die Kleine! Ein paar Tage später vergruben wir sie in der Nähe der Höhle und legten dicke Steine darauf.

Die Natur erwachte nach diesem harten Winter zum Leben, die Blumen wuchsen, die Bäume trieben neue Zweige aus – innerhalb von ein paar Wochen war alles grün und voller Farbe. Jetzt merkte ich erst, dass wir viel mehr auf die Natur achten und uns darüber freuen konnten wie noch nie.

Die Monate vergingen – und auf einmal stand Karo in der Höhle. Es war eine überwältigende Begrüßung: Wir wollten alles wissen, wie es ihm ergangen war – und so fing er an. Als er bei seiner Sippe ankam, hatte er unterwegs mit seinem Bogen Hasen geschossen und gab sie den Frauen zum Ausnehmen. Der Onkel, der ein offenes Ohr für Neuerungen hatte und damals Karo ziehen ließ, war im Winter an einer kleinen, aber tiefen Wunde gestorben. Der andere Onkel, der jetzt das Sagen hatte, nahm Karo als erstes den Bogen ab und erklärte ihm, ob ihre Jagdmethoden für ihn nicht gut genug wären. Der Onkel sah es genauso als falsch an, einen jungen kräftigen Mann einfach vor dem Winter ziehen zu lassen. Man braucht Männer, um Tiere zu jagen, meinte er – und man könnte auf keinen verzichten. Nachher erfuhr ich, dass alle kleinen Kinder im letzten Winter gestorben waren und manche jungen Männer nicht mehr in der Lage waren, jagen zu gehen. Als dann noch der Onkel an seiner Verletzung starb, waren alle sehr deprimiert.

Ich erzählte dann, wie wir den Winter überstanden hatten – und alle staunten darüber. Mein Onkel – der neue Führer der Sippe – meinte, das wäre eine Lüge. Sonst hätte ich wohl nicht diesen Verstoßenen verlassen und wäre zurückgekommen. Dann erzählte ich von dem Salz, was Rinja aus zerschlagenen Salzsteinen gewann, und dass ich einen Lederbeutel voll mitgebracht hatte, damit sie sich auch Fleisch für den Winter haltbar machen könnten. Mein Onkel sagte daraufhin, dass der Winter dafür da ist, dass die Schwachen sterben und nur die Starken sich vermehren können und das dies eine normale Auslese ist.

Seine Macht, die er erst seit kurzem über die Sippe hatte, wollte er nicht verlieren.

Es waren auch schon einige Frauen von ihm schwanger – und man merkte, dass diese Frauen mehr Fleisch bekamen als die anderen oder die älteren, für die er sich nicht interessierte. Die älteren Frauen waren schon mager geworden und ich glaube, den nächsten Winter sollten sie gar nicht überleben. Dann sagte ich meinem Onkel, dass er mich dann ja nicht gebrauchen könnte und ich in den nächsten Tage dann wieder zu euch zurückkehren würde. Daraufhin wurde er sauer und schrie mich an, dass ich zu seiner Sippe gehöre und ich hätte zu gehorchen und wenn ich überleben will, solle ich jagen gehen, wie unsere Väter es auch getan haben. Am nächsten Morgen merkte ich, dass jeder aufpasste, dass ich nicht verschwinde. Mein Salz war auch verschwunden. Meine einzige Chance zu verschwinden, war, dass meine Sippe wieder Vertrauen zu mir fasst und ich mir Lebensmittel irgendwo horte, um den weiten Weg zurücklegen zu können, ohne unterwegs unbedingt jagen zu müssen. Die Hoffnung, irgendetwas bei meiner Sippe zu ändern, hatte ich nicht mehr. Doch nach einigen Tagen kam eine junge Frau auf mich zu und sagte mir, sie kenne Salz und sie hätte in anderen Höhlen schon danach gesucht, hätte aber nichts gefunden. Ich fragte sie, wo sie herkäme und sie erzählte, dass sie mit ihren Brüdern auf Jagd gewesen wäre, dann hätte sie Beeren gefunden und ihre Brüder wären auf einmal verschwunden. Am Abend machte sie dann ein Lagerfeuer; und da war dann mein gestorbener Onkel, der habe sie dann mitgenommen. Das einzige, was sie bei meiner Sippe erreichen konnte, war, dass sie das Lüftungsloch hinten in der Höhle wieder freimachten, sodass man in der Höhle ein Feuer machen kann. Ein kleiner Junge hat sich in den Lüftungsschacht gezwängt und die Zweige und die Erde entfernt, die sich darin angesammelt hatten. Dann habe ich auf dem Hügel nach dem Ausgang des Lüftungsschachts gesucht und lange Spieße dicht aneinander gesteckt. Die Hohlräume habe ich durch wachsende Schlingpflanzen gefüllt, jetzt sieht es aus wie ein Baumstumpf. Bei Gelegenheit zeigst du mir den Ausgang vom Lüftungsschacht, dann brauchen wir das Salz und eine Stelle, wo wir das Fleisch in die Lake legen können. Eine ganze Zeit lang beobachteten mein Onkel und die anderen mich auf Schritt und Tritt; doch ich wusste, wenn ein Mond vergangen war, würde man mir nicht mehr misstrauen. Reike, meine neue Vertraute, konnte sich ungehindert bewegen und beim Beeren suchen hatte sie in der Nähe der Höhle eine feuchte Stelle gefunden – und als sie das Moos und die vermoderten Blätter entfernt hatte, war es eine Mulde, die für unsere Zwecke sehr gut geeignet war. Das Salz fand Reike bei der Schlafstelle meines Onkels, in eine Felsspalte geklemmt. Sie nahm die Hälfte weg und legte den Rest wieder zurück. Dadurch waren wir in der Lage, Fleisch einzulegen. Der Zufall kam uns dann noch zu Hilfe: Die Fallen, die wir aufstellten, waren in letzter Zeit immer leer – und zwar leer geräubert. Den Räuber entdeckten wir nicht und so konnten wir keine Hasen und keine von den bunten Vögeln fangen, die bloß kurze Strecken fliegen konnten. Meinem Onkel machte ich den Vorschlag, mit meinem Bogen auf Vögel- und Hasenjagd zu gehen. Er überlegte und meinte, ich müsste jeden Abend den Bogen bei ihm abgeben, dann wäre er damit einverstanden. Am nächsten Tag machte ich mich alleine auf die Jagd und war sehr erfolgreich. Einem Hasen zog ich das Fell ab und legte ihn in die Felsvertiefung, wo Reike schon die Lake vorbereitet hatte. Ein paar Tage später holte Reike dann den Hasen aus der Lake und hing ihn mit einem Lederriemen in den Rauch. Im Sommer kümmerte sich keiner um das Feuer, wenn es qualmte; und Reike sagte, dass sich die Glut besser unter den Holzspänen hält. Vor dem Wintereinbruch wollten wir verschwinden; doch dieses Jahr kam der Winter sehr früh und auf der Jagd kam ich ins Rutschen und stürzte eine Böschung herunter. Mein Onkel meinte, weil ich nicht mehr aufstehen konnte, dass sie mich zurück lassen sollten. Doch ein paar junge Männer, die mich bewunderten, wie ich mit dem Bogen umgehen konnte, nahmen mich zwischen sich und schleppten mich nach Hause. Als Reike mich sah, nahm sie mein Bein, bewegte es leicht und fühlte die Knochen ab. Dann strahlte sie und sagte: „Ist nicht so schlimm! Wenn ein Mond vergangen ist, kannst du wieder laufen!" Zwei Tage später waren wir eingeschneit und es hörte nicht auf zu schneien, bis ich wieder gesund war. Mein Onkel und seine Leute mussten beim schlimmsten Wetter auf die Jagd und kamen auch einmal in Kontakt mit einem Wolf. Einsam streifte er oder sie durch die Wälder und wahrscheinlich hatte er oder sie auch immer unsere Fallen leer gefressen. Mein Onkel fühlte sich auf einmal als Beute, weil der Wolf immer in einem sicheren Abstand ihm und seinen Leuten folgte. Manchmal hatten sie Glück und kamen mit einem Wildschwein oder einem Reh zur Höhle. Aber, wenn das Wetter so schlecht war, dass man nicht weit sehen konnte, hatten sie Glück, die Höhle überhaupt noch zu finden. So verging die Zeit – und als mein Bein wieder in Ordnung war, musste ich auch wieder mit. Bei Wind und Wetter kämpften wir uns durch die Schneemassen, sahen keine Spuren, weil sie gleich wieder zugeschneit waren. Aber bei klarem Wetter ging ich getrennt von den anderen, lag mit meinem Bogen im Schnee und kroch langsam an eine Herde Rehe heran. Im Liegen zielte ich auf die Rehe und traf eins genau oberhalb der Vorderbeine; das Reh fiel in sich zusammen und der Schnee färbte sich rot.

Manchmal waren die Rehe so überrascht, dass ich noch einen zweiten Pfeil abschießen konnte; doch dann hatte ich das Problem, zwei Rehe zur Höhle zu schleppen. Aber die Rehe lagen auf dem Schnee und so konnte ich sie prima schleifen; sehr oft dachte ich an die Schneeschuhe. Mein Onkel meinte nur: „Unsere Väter haben das nicht gebraucht und du brauchst das auch nicht!"

So brachte ich manchmal mehr Fleisch mit zu meiner Sippe als mein Onkel; aber ich musste aufpassen, dass mein Onkel nicht dachte, ich wolle die Führung von der Sippe übernehmen. Nach und nach brachte ich das Fleisch von zwei Rehen in unsere Lake, um es dann in den Rauch zu hängen und haltbar zu machen. Reike und ich kümmerten uns getrennt um das Fleisch, wenn einer von uns wegging, passte der andere auf, dass ihm keiner nachging. So vergingen die Monate und wir erweckten keinen Verdacht, dass wir fliehen wollten. Bloß einmal fiel ein Stück Fleisch in das Feuer und auf einmal roch alles ganz toll in der Höhle. Ich sprang zum Feuer und drückte das Fleisch unter die Asche. Alle hoben die Nase hoch; aber als der Duft wieder nachließ, machten alle ihre Arbeit weiter – und erst später, als alles schlief, holte ich das Fleisch aus der Asche. Reike und mir schmeckte das Fleisch sehr gut und ich

dachte mir, wenn mein Onkel nicht so stur wäre, könnten alle ohne Hunger leben.
„Karo, du erzählst immer von einer Reike – was ist mit ihr passiert?" Karo verließ die Höhle und kam nach kurzer Zeit mit einer hübschen jungen Frau zurück.
Wir begrüßten sie alle sehr freudig und sogar Sambu war aufgestanden, um Reike zu begrüßen. Die ganze Zeit hatte er nur herum gelegen, nachdem er kurz Karo begrüßt hatte. Reike war total blass geworden, als Sambu sie begrüßen wollte. Erst als Urk sich mit einem Satz auf Sambus Rücken schwang und alle mit Sambu schmusten, streichelte auch Reike ihn vorsichtig. Reike nannte ihn aber nicht Sambu, sondern Tiger; und sie erzählte, da wo sie geboren wurde, wäre es das gefährlichste Raubtier. Danach erzählten wir ihr die Geschichte von unsern ersten beiden Söhnen, unter welchen Umständen sie geboren wurden und dass Sambu zu unserer Sippe gehört. Karo erzählte noch, wie undramatisch sie in der Nacht geflohen waren, und dass sie den Rest des Fleisches so an die Bäume gehängt hatten, dass sie die Lake und die Rauchstelle finden mussten. Was sie daraus machen würden, wäre ihre Sache.
Rinja zeigte Reike die Höhle, wo sie das Fleisch einlegte, und auch unsere Räucherstelle mit unseren Vorräten. Die beiden Frauen verstanden sich auf Anhieb, sie legten sich auf ein paar Felle und erzählten sich Geschichten aus ihrer Kindheit.
Am nächsten Tag machten wir uns alle auf den Weg, um die Höhlen zu begutachten, die wir vor dem Winter entdeckt hatten. Urk hielt Arko auf dem Rücken von Sambu fest. Der jetzt schon große Tiger mit seinen kleinen Brüdern gab ein schönes Bild ab! Sambu schritt stolz und erhaben vor uns her und er führte uns den gleichen Weg, den wir vor kurzer Zeit gegangen waren. Reike und Karo waren begeistert von den Höhlen und wir entschlossen uns, den Sommer hier oben zu verbringen. In den nächsten Tagen schafften wir alles, was wir brauchten, in die Höhlen; und den Ziegen bauten wir ein Gatter, damit sie nicht weglaufen konnten. Die kleinen Ziegen waren

sehr zutraulich, aber die älteren ließen sich immer noch nicht anfassen. So vergingen die Jahre. Rinja und Reike bekamen nach dem ersten Winter zwei Mädchen. Rinja nannte ihre erste Tochter Rinka und Reike nannte ihre Tochter Kanin. Jedes Jahr, wenn wir zu den Höhlen zogen, versteckten wir den Eingang zu unserer Höhle mit Sträuchern. Wir bauten auch jedes Jahr einen Schutz vor dem Schnee bei unseren Höhlen, aber bisher war es jedes Jahr durch das Gewicht der Schneemassen teilweise oder ganz zusammen gebrochen. Erst, wenn wir die Schneemassen unter Kontrolle hätten, wollten wir ganz bei den Höhlen bleiben.

Wir merkten aber, dass die Konstruktion, je steiler sie am Berg anlag, am besten hielt. So sammelten wir Bäume, die vor dem Winter bei den kräftigen Stürmen oder nach dem Winter durch den Schnee umgebrochen waren. Alle mussten mit anpacken, die Frauen und die Kinder halfen auch mit. Doch viele Bäume mussten wir im Wald lassen, weil sie für uns zu schwer waren.

Nach fünf Wintern wurde Sambu immer unruhiger; sein Körper war jetzt schon viel größer als der seiner Mutter und seine Zähne ragten weit aus seinem Maul. Sambu hatte letztes Jahr einen Bären nach kurzem Kampf getötet; Wildschweine waren kein Problem für ihn. Er schleppte immer viel mehr Tiere an, als er selber fraß – und so brauchten wir, auch wenn unsere Sippe ständig wuchs, keinen Hunger zu leiden. Die Salzerzeugung war so verbessert worden, dass wir in unserer Höhle Wildschweinfelle voll gefüllt mit Salz hatten. Doch eines Tages ging Sambu auf Jagd und kam nicht wieder. Nach zwei Tagen machten wir uns auf die Suche nach ihm. Drei Tage hatten wir seine Spur verfolgt, dann konnten wir unseren Augen nicht glauben, was wir sahen: eine zweite kleinere Spur war neben Sambus Spur zu sehen. Wir drehten sofort um und ich erzählte Karo, ohne dass Urk und Arko es hören konnten, was Sambu in jungen Jahren mit fünf Männern innerhalb kurzer Zeit angestellt hatte. Das Weibchen, welches Sambu gefunden hatte, war für uns nicht berechenbar.

2. Kapitel Saro, der Onkel von Rinja

Zuhause angekommen, erzählte Rinja, dass sie ganz in der Nähe eine wandernde Sippe beobachtet hatte, aber sofort zu den Kindern zurückgekehrt war, um den Höhleneingang zu tarnen und mit Sträuchern die Spuren zu verwischen. Wir erzählten den Frauen und den Kindern, dass Sambu seine große Liebe gefunden habe und man nicht sagen könne, ob er wieder zurückkommen wird. Alle waren mit einem Auge traurig, dass der große Beschützer gegangen war; mit dem anderen Auge freuten sie sich, dass er jetzt auch eine kleine Sippe gründen würde.
Am nächsten Tag machten wir uns auf den Weg, um die Fremden zu beobachten. Wir nahmen nur Pfeil und Bogen mit und hofften, dass bei ihnen die Wirkung dieser leichten Waffen nicht bekannt war.
Eine Qualmwolke zeigte uns den Weg und von Weitem konnten wir beobachten, dass sie sehr behutsam mit ihren Kindern umgingen. Außerdem führten sie Tiere mit sich, die sehr lange Beine hatten und auf denen man sitzen konnte.
Wir wollten sehen, ob sie friedlich sind; und so ging Karo in ihr Lager, um das herauszufinden. Er spazierte mitten in ihr Lager: Die Frauen nahmen ihre Kinder und rannten davon; die Männer stellten sich zwischen die Frauen und die Kinder, um sie zu schützen. Sie erklärten Karo, dass sie am nächsten Tag weiterziehen wollten und das Gebiet seiner Sippe verlassen würden. Dabei schauten sie sich um, weil sie in der Umgebung noch mehr von seiner Sippe erwarteten. Karo machte ihnen verständlich, dass er sie nicht vertreiben wolle und sie dableiben könnten. Dann ging er zu den langbeinigen Tieren und betrachtete sie genau. Der Mann, mit dem er gesprochen hatte – mit Händen und Füßen –, tat seine Hände so, dass Karo seinen Fuß darein stellen konnte, und mit einem Schwung saß er auf dem Tier. Der Mann nahm das Tier vorne und führte

ihn zu den Frauen und Kindern. Dieses Zeichen reichte mir, um zu sehen, dass diese Gruppe friedlich war. Ich ging aus meiner Deckung, hob meine Hand, zum Zeichen, dass ich friedliche Absichten habe, und ging auf die Gruppe zu. Karo deutete an, dass ich zu ihm gehöre, und der Mann führte das Tier mit Karo zu mir.
Der Mann sprach zu den anderen Männern, dass von uns keine Gefahr ausgehe; und ich konnte es verstehen, was er sagte, denn er sprach so wie Rinja.
Dieses wollte ich erst noch für mich behalten, um ihre Absichten zu erfahren.
Karo war begeistert von der Sippe und unterhielt sich mit Händen und Füßen. So erfuhr er, dass die Sippe von einem großen Wasser nach dem letzten Winter aufgebrochen war. Die Frauen holten etwas zu essen und teilten das Wenige, was sie hatten, mit uns. Ich tat so, als ob ich nichts verstehen würde, sodass Karo der Mittelpunkt war. Karo zeigte seinen Bogen, der bewundernd mit einem Lächeln betrachtet wurde. Als Karo einen Pfeil aus seinem Köcher holte, sagte der Mann zu den anderen Männern: „Aufgepasst!" Alle waren auf einmal bereit, im nächsten Moment über uns herzufallen; doch Karo war ganz unbekümmert und zielte auf einen Vogel, der im Baum saß. Der Pfeil zischte los und im nächsten Moment fiel der Vogel vom Baum. Die Männer nahmen wieder den Bogen in die Hand – jetzt voller Bewunderung über eine so leichte tödliche Waffe. Jetzt wussten sie auch, dass wir sie aus sicherer Entfernung mit dem Bogen hätten beschießen können. Der Mann, der das Sagen hatte, sagte zu den anderen Männern,, dass von uns keine Gefahr ausginge und dass unsere Absichten friedlich wären. Jetzt hielt ich den Moment für gekommen, meine Sprachkenntnisse bekannt zu geben. Der Mann, der das Sagen hatte, wurde mit dem Namen Saro angesprochen. Mit erhobenem Haupt ging ich auf ihn zu, legte die Hand auf seine Schulter und lud ihn in seiner Sprache zu unserer Höhle ein.

Auf einmal war alles ruhig und sogar Karo starrte mich an, denn Rinja und ich hatten nur ab und zu mal in ihrer Sprache gesprochen. Saro betrachtete mich, machte eine Handbewegung und hinter den Hecken kamen noch einmal fünf bewaffnete Männer hervor. Zu mir sagte er: „Du weißt jetzt, dass wir nichts Böses im Schilde führen!" Sie packten ihre Sachen auf die langbeinigen Tiere; insgesamt hatten sie sechs von den Tieren, die sie Pferde nannten, und sie trugen die schweren Sachen in Körben. Als wir bei der Höhle ankamen, sah man überhaupt nichts. Erst als ich nach Rinja rief – in ihrer Sprache – kam sie heraus und schaute mich verwundert an. Saro kniete vor Rinja nieder und sagte, dass er der Bruder von ihrem Vater wäre und sie ihrer Mutter sehr ähnlich sei. Rinja weinte vor Glück, dass sie wieder einen Verwandten an ihrer Seite hatte. Es war jetzt zwar ziemlich eng in unserer Höhle. Ich sagte den Frauen, dass sie bloß ihr Nachtlager auszupacken brauchten und wir am nächsten Tag weiterziehen würden. Die Männer und Frauen waren überglücklich über das Wiedersehen – und Rinja erzählte, dass sie ihr Bein gebrochen hatte und ihre Sippe sie zurücklassen musste. Reike, Karo und die Kinder kümmerten sich darum, dass alle satt wurden; und erst spät in der Nacht kehrte Ruhe ein. Alle schliefen glücklich und zufrieden – und am nächsten Morgen wollten die Männer zum Aufbruch blasen, doch ich erzählte ihnen, dass sie, wenn sie wollten, eine neue Heimat bei uns haben könnten. Saro meinte, das wäre nett, aber die Höhle sei zu klein auf Dauer: Doch ich sagte, sie sollten uns folgen – und nach einem etwas schwierigen Aufstieg mit den Pferden, den Kindern und dem ganzen Gepäck standen wir vor der großen Wiese. Saro guckte begeistert, sah aber keine Höhle. An seinem Blick sah ich, was er dachte, und sagte: „Bitte folgen!"
Ganz zielstrebig ging ich auf den Spalt zu verschwand darin – und alle anderen nacheinander auch. Als wir den Spalt durchschritten hatten und Saro die vielen Höhlen und die riesige Wiese sah, nahm er mich in den Arm, drückte mich und sagte

nur: „Danke! Wir haben ein neues Heim!" Wir zeigten ihnen die Höhlen, die wir schon bewohnt hatten. Viele Höhlen waren miteinander verbunden und so konnte sich jede kleinere Gruppe einen Gang suchen, wo sie unter sich waren.
Durch die Pferde und die Männer der neuen Sippe waren wir in der Lage, innerhalb von ein paar Monden den Schutz vor dem Schnee zu erstellen. Abends saßen wir alle zusammen – Männer, Frauen und die älteren Kinder in einer großen Höhle, um über den vergangenen Tag zu sprechen. An einem solchen Abend erzählte ich die Geschichte von Sambu, unserem Sohn; und alle schauten Urk an, bis er weinte, denn er vermisste Sambu sehr. Ich machte allen Männer klar, wenn sie einen Tiger sehen würden, sollten sie sich verstecken und Urk oder mir Bescheid sagen. Saro erzählte ich noch die Geschichte von den Männern, die sich uns gegenüber feindlich verhalten hatten und die Sambu innerhalb von kurzer Zeit tötete. Ich machte ihm klar, dass Sambu für uns ein großer Schutz vor Mensch und Tier sei.
Saro und seine Sippe hatten noch keinen Tiger gesehen. Um sich eine Vorstellung von Sambu zu machen, holte ich das Fell von Sambus Mutter und legte es über einen lang gezogenen Fels: Da wurde jedem bewusst, wovon ich rede. Ich hoffte, dass jeder sich bewusst war, dass Sambu zu unserer Sippe gehört.
Wir legten ein Gehege für die Ziegen an, wir bauten Bögen und Pfeile und die Frauen legten das Fleisch in Lake ein, um es später in den Rauch zu hängen. Wir aßen alle zusammen in der großen Höhle, jeder tat das, was er am besten konnte.
Die älteren Männer zeigten den jungen, worauf man beim Fallenstellen achten musste; und Karo bildete die Männer im Bogenschießen aus, wobei die jungen Männer viel bessere Ergebnisse erzielten als die Älteren. So gab jeder sein Bestes und es bildete sich eine Gemeinschaft, in der sich jeder abends zu Wort melden konnte, um kleine oder große Probleme zu besprechen. Es vergingen zwei Monde – Urk war mit anderen

jungen Männern auf Jagd –, da hörten sie ein Brüllen, die Jungen erschraken. Urk sagte: „Das könnte Sambu sein!" Sie sollten sich verstecken. Urk schlich sich in Richtung des Gebrülls. Nach kurzer Zeit entdeckte er eine Raubkatze: „Eine abgebrochene Speerspitze saß in seinem Hinterteil, die ihm Schmerzen bereitete. Urk schleicht sich an die Raubkatze heran, um sicher zu gehen, ob es Sambu ist. Und als er sich vergewissert hatte, ging er aus seiner Deckung. Sambu erkannte Urk – sie gingen aufeinander zu und Urk drückte ihn so stark wie er nur konnte.. Dann führte er ihn zu den anderen Jungen, die in einer gewissen Entfernung hinter ihnen herliefen, bis zu den Höhlen. Rinja ging gleich auf Sambu zu und betrachtete die Speerspitze. Sie zeigte Urk eine schmale Stelle, wo er Sambu dazwischen führen sollte. Sambu stand jetzt fest zwischen zwei Felsen, nur sein Hinterteil schaute heraus – und mit einem schnellen Griff riss Rinja die Speerspitze heraus. Sambu brüllte und wollte um sich schlagen, doch die Felsen hielten ihn ab. Die anderen Frauen hatten schon Moos besorgt, um die entzündete Stelle damit abzudecken.. Mit einem Seil banden die Frauen das Moos fest, zusätzlich wurde noch eine Steinplatte auf der Wunde festgebunden. Urk nahm Sambu und führte ihn zu seiner Schlafstelle, wo dieser sich hinlegte und Urk sich an ihn kuschelte. Langsam kamen die anderen Männer und Frauen und sahen sich die zwei ungleichen Brüder an. Abends brachten manche Männer und Frauen ihre Angst vor Sambu hervor, doch ich versuchte, sie damit zu beruhigen, dass Sambu trotz seiner schweren Verletzung immer noch in der Lage gewesen wäre, uns alle zu töten, wenn er es gewollt hätte. Ein so mächtiges Tier wie Sambu als Freund zu haben, mit seinem super Gehör und seinem tollen Geruchsinn, das ist ein Schatz.

An den nächsten Tagen kamen viele von unseren neuen Mitbewohnern vorbei und brachten Sambu diese dunklen Teile von den Eingeweiden, die er so gerne mochte. Sogar kleine Kinder brachten ihm die Teile von Vögeln, die er ihnen mit

seiner rauen Zunge aus der Hand leckte und so alle Mitglieder unserer neuen Sippe kennen lernte. Ohne die Hilfe von Rinja wäre er wahrscheinlich gestorben. Die Nächte waren von Träumen und Halluzinationen durchzogen, so dass Urk sich manchmal an seinem Bauch und der Brust festkrallen musste, um nicht von seinen Krallen verletzt zu werden. Wie es seiner Gefährtin ergangen war, wussten wir nicht, aber wir hofften, dass es ihr gut geht und sie nach dem Winter ein gesundes Junges gebären würde.
Die Monde vergingen, Sambu erholte sich von seiner Verletzung sehr gut, er ging jetzt schon wieder auf Jagd. Denn, wenn man die Eichhörnchen beobachtet, wie hastig sie Nüsse und Eicheln sammeln, stand uns ein sehr harter Winter bevor. Sambu machte die Jagd sehr viel Spaß, denn kein Wildschwein, Reh und Hirsch war vor ihm sicher; so füllten sich die Vorratshöhlen und man konnte den harten Winter entspannt erwarten. Es hatten sich Gruppen gebildet, die jagten; andere kümmerten sich darum, dass der Schnee nicht die Eingänge versperren konnte. Wiederum andere verarbeiteten die Felle zu Kleidung, andere legten die Felle in Salz und Pisse ein, was aber weit entfernt bei dem Bach stattfand. Eine ganz andere Gruppe aus jungen Mädchen sammelte in den Höhlen Muscheln, durchbohrte, schliff und kratzte mit scharfen Steinen Muster hinein. Keiner wusste, was diese Tätigkeit für einen Nutzen für die Gemeinschaft hätte, aber alle wollten sich mit einem Stück von ihnen schmücken.
Eines Morgens wachten wir auf, die Luft war anders als sonst, man hörte keine Stimmen von draußen: Über Nacht war Schnee gefallen. Es war das erste Jahr, dass wir hier oben in der Höhle überwintern wollten; den anderen Höhleneingang unserer alten Höhle hatten wir mit Efeu zuwachsen lassen.
Es war alles sehr dunkel geworden durch den Schnee; ich nahm eine Fackel und kontrollierte den Weg, ob die Balustrade gehalten hat. An manchen Stellen waren dünnere Bäume gebrochen, aber im Großen und Ganzen machte die Konstruktion

einen soliden Eindruck. In der Schlucht war ein Deckenbereich eingebrochen, sodass wir eine Höhle durch den Schnee graben mussten. Man hörte keinen Wind, keine Krähe oder sonstige Vögel – es war so friedlich. Innerhalb von kurzer Zeit war der Tunnel gegraben und wir gingen weiter bis zum Ende der Schlucht. Hier mussten wir wieder einen Tunnel graben, wir hielten uns an der Felswand fest und gruben abwechselnd, bis wir oben aus der Schneedecke guckten. Ein eisiger Sturm fegte über das Land, alles war unter einer Schneedecke verschwunden und wir dachten uns, bei dem Wetter jagen gehen, wäre lebensgefährlich.

Als wir wieder zurückkamen, lief an machen Stellen vom Berg Wasser herunter; die Hitze von den Feuern hatte sich durch den Schnee einen Ausgang geschaffen. Dadurch war auf einmal wieder frische Luft in den Höhlen und das Feuer brannte auch wieder besser; also mussten wir aufpassen, dass der Ausgang durch die Schlucht immer frei blieb. Ich teilte gleich einige Männer dazu ein, den Ausgang frei zu halten; ein paar andere Männer wurden eingeteilt, den Weg zum Bach zu kontrollieren und frei zu schaufeln, wenn es notwendig ist. So kam frische Luft vom Bach und vom Eingang; alle fingen an, irgendwelche Ausbesserungen an ihrer Kleidung und an ihren Waffen zu machen.

Wir hatten Material für neue Bögen, Pfeile und Speere in allen Größen vorrätig. Einige Frauen hatten angefangen, den Ziegen die Milch aus ihrem Eutern durch geschicktes Ziehen und Drücken zu holen. Sie war ein willkommenes Getränk für Kinder und Erwachsene und sogar Babys konnten sie trinken durch ein gegerbtes Euter einer Ziege. Nach einer langen Zeit hörte der Schneesturm wieder auf und alle stürmten nach draußen. Wir tollten uns im Schnee, die Sonne schien, aber es war trotzdem bitterkalt. Am nächsten Morgen wollten wir mit Sambu zur Jagd aufbrechen, denn dieses Eingeschlossensein in der Höhle bedrückte einen schon. Urk und Arko kamen

nur noch zum Schlafen vorbei, aber sie wollten bei der Jagd unbedingt dabei sein und auf Sambu reiten.
Zwei Männer stellte ich für den nächsten Tag als Wache ab; ich versprach ihnen, dass sie am nächsten Tag jagen gehen könnten. In aller Frühe brachen wir auf und als die Sonne aufging, hatten wir schon eine schöne Strecke zurückgelegt.
In Dreier- und Vierer-Gruppen konnten wir ein großes Gebiet nach Wild durchstöbern, doch der Erfolg blieb uns verwehrt. Die vergangenen Wochen waren auch für das Wild zuviel gewesen, denn wir sahen keine Spuren – als ob alles ausgestorben wäre. Doch auf einmal sahen wir Spuren von Menschen; wir beschlossen, sie zu verfolgen – und hinter einer Lichtung sahen wir auf einmal viele Hütten, in denen sogar ein Feuer brannte. Das war der Grund, warum kein Wild mehr da war: Es war alles erlegt worden. Wir hatten ein Zeichen zum Sammeln ausgemacht: Ich blies in eine Muschel, die von den Mädchen hergestellt worden war, und das wiederholte ich nach kurzer Zeit wieder, bis alle wieder zusammen waren. Doch als ich in der Runde schaute, vermisste ich Karo mit seinen zwei Begleitern. Wir gingen zur Lichtung und sahen, dass unsere Leute in eine Hütte gezerrt wurden. Wir zogen uns zurück, um uns zu besprechen. Ich machte den Vorschlag, mit Urk und Sambu die drei zu befreien. Die anderen sollten zurück zu den Höhlen gehen, aber Sträucher hinter sich herziehen, um die Spuren zu verwischen, der Wind würde den Rest erledigen. Wir warteten die Dämmerung ab und beobachteten die Hütten: Es gab zwei Wachen, die außerhalb der Hütten Wache hielten. Das war ein Fall für Sambu. und Urk: Ich konnte beobachten,, wie Sambu sich an die erste Wache heranschlich – ein lautloser Sprung – er riss sein Maul auf und der Kopf der Wache verschwand in seinem Rachen. Der Korpus zuckte ohne Laut herum und das Blut schoss im hohen Bogen aus seinem Hals. Sambu hatte schon die zweite Wache angepeilt. Die zweite Wache hielt anscheinend Ausschau nach der anderen Wache – mit einem Satz sprang Sambu ihn an und mit einem Tatzenhieb trenn-

te er den Kopf vom Körper. Urk meinte nur, dass er Sambu das nicht zugetraut hätte. Sambu kam zurück; und jetzt führte er uns zur Hütte, wo Karo drinnen gefangen gehalten wurde – dessen Geruch hatte er schon aufgenommen. Wir krochen links und rechts von Sambu und hörten zwei Bewacher in der Hütte; wir rissen die Felle beiseite und Sambu stürmte hinein. Urk stürmte auch und schoss einen Pfeil durch den Hals von einem Bewacher, dem anderen fehlte wieder der Kopf. Karo war bewusstlos, dem anderen war der Hals durchgeschnitten worden, dem Dritten war mit einem Stein die Hand zertrümmert worden. Den Fußabdruck von Sambu machten wir mit Blut auf dem Typen mit dem Pfeil im Hals. Wir schnappten alle drei, legten sie auf Sambu und er trottete los. Ich hoffte, wenn jemand die Befreiung der Gefangenen bemerkt, dass sie durch den Abdruck der Pranke von einer nächtlichen Verfolgung abgehalten werden. Wir zogen noch Zweige hinter uns her, um die Spuren zu verwischen; zu unserem Glück fing es noch an zu schneien. Wir hofften auf Sambus Orientierungssinn und stapften im Dunkeln durch den Schnee. Kurz vor der Dämmerung erreichten wir die Höhlen. Eine bis an die Zähne bewaffnete Gruppe wollte gerade losmarschieren, um uns zu Hilfe zu kommen. Sambu brachte die Verletzten und den Toten unter Leitung von Urk in die Höhle, wo das Moos und die Kräuter zur Heilung von Kranken gelagert werden. Es hatte sich eine Gruppe unter der Führung von Rinja gebildet, die sich um die Heilung von Kranken kümmerte. Diese sprangen gleich zu dem bewusstlosen Karo, der auch noch eine Beule am Kopf hatte. Eine Frau holte Eis, um die Beule zu kühlen. Rinja versuchte, die Knochen der zertrümmerten Hand wieder so zu richten, dass sie mit ein bisschen Glück wieder zusammenwachsen würde. Als Taro, der Mann mit der zertrümmerten Hand, ansprechbar war, fragte ich ihn, was geschehen war. Er erzählte, dass sie von den fünf Leuten überfallen wurden, gleich mit einem Knüppel niedergeschlagen und mit Füßen getreten wurden. Die Waffen wurden ihnen abgenommen und

von den anderen begutachtet. „Er fühlte über die eingearbeiteten Knochen und schoss einen Pfeil ab und er war sichtlich beeindruckt. Das hielt ihn nicht davon ab, Karo noch einen kräftigen Fußtritt zu versetzen. Danach wurden wir an den Händen gefesselt und in das Lager der wilden Sippe gebracht. Einer sprach unsere Sprache. Seine erste Frage ging an Salep: ‚Wo ist der Rest deiner Sippe?'
Salep sagte: ‚Das erfährst du von uns nicht!' Im selben Moment hatte der Wilde einen scharfen Stein genommen und ihm von links nach rechts die Kehle durchgeschnitten. Das Blut spritzte bis an die Decke. Dann fragte er Karo. Der sagte nur: ‚Wir müssen sowieso sterben, aber unsere Sippe wird uns rächen!' Der Wilde nahm eine Keule und schlug ihm gegen den Kopf, sodass er wie tot umfiel. Dann kam er auf mich zu und meinte: ‚Willst du sterben?' Er nahm meine Hand und haute immer wieder mit dem Faustkeil darauf. Aber ich sagte: 'Ich verrate meine Sippe nicht!' Dann sah ich nur noch Sambu und Urk, wie sie blitzschnell unsere Peiniger ausschalteten; mit einem sicheren Schuss traf er den Hals, sodass er zuckend zusammenbrach.
Sambu sprang zur gleichen Zeit wie Urk herein und bevor der zweite Bewacher einen Ton von sich geben konnte, hörte man nur ein Krachen von zerspringenden Knochen aus Sambus Maul. Das war alles. Sie hätten uns wahrscheinlich so lange gequält, bis wir – schon fast wahnsinnig vor Schmerzen – doch noch die Höhlen verraten hätten. Daher war es gut, dass ihr uns so schnell befreit habt!"
Am nächsten Tag kam Karo zu Bewusstsein; er erzählte vom Überfall bis zu der Stelle, wo er die Keule an den Kopf bekam. Er war überglücklich, dass er in gewohnter Umgebung wach wurde. Die feindliche Sippe war uns zahlenmäßig überlegen und wir hofften, dass sie weiterziehen würden und sich das Problem so lösen würde. Was wir nicht wussten: Die zwei getöteten Männer waren Söhne des Anführers! Beim Wachwechsel fand man zuerst die Wachen ohne Köpfe, dann wurde

Alarm gegeben und der Sippenchef stürmte in die Gefangenenhütte. Da fand er seinen ersten Sohn in einer Blutlache ohne Kopf und seinen zweiten Sohn mit einem Pfeil durch den Hals am Pfosten hängen.
Er war außer sich und brüllte seinen ganzen Schmerz heraus. Seine anderen Krieger sahen wie gebannt auf den Abdruck der Tatze und sagten in ihrer Sprache: „Sie haben einen Tiger als Freund! Wir sollten hier verschwinden!" Der Sippenführer sagte nur: „Ich will meine Söhne rächen! Grabt Fallgruben, um die Bestie zu fangen und zu töten – und dann töten wir die andere Sippe – Alte, Kinder Frauen und alle Männer!" Am nächsten Morgen schickte er viele Männer los, um Fallgruben zu bauen; sie sollten tödlich sein, indem man Speere aufrecht in ihnen aufstellte. Die Frauen mussten alles zusammenräumen, denn die Jagdgründe waren erschöpft und er wollte einen zweiten Kontakt mit dem Tiger verhindern.
In regelmäßigen Abständen wollte er die Gruben kontrollieren lassen; so zog die Sippe zwei Tage später weiter.
Karo hatte nach ein paar Tagen noch Kopfschmerzen, durfte aber noch nicht aufstehen, weil er Probleme beim Laufen hatte. Taro hatte seine Hand auf ein Stück Holz festgebunden, sodass er herumlaufen konnte und überall seine Geschichte erzählte. Wir hatten ihn gebeten, die blutigen Teile der Geschichte wegzulassen – und so erzählte er, dass Sambu die Bewacher von ihnen mit einem Prankenhieb getötet hatte.
Nach einiger Zeit, der Winter war schon am Abklingen, machte ich mich mit Sambu, Urk und Karo auf den Weg, um nachzuschauen, ob diese feindlich gesinnte Gruppe noch auf ihrem Winterplatz war. Nur stellenweise lag noch Schnee – und in diesem konnten wir keine Spuren entdecken. Wir kamen an das Lager: Es war schon seit längerer Zeit verlassen und die Natur hatte schon viele Spuren wieder verwischt. In ein paar Monaten würde man nicht mehr sehen können, dass hier so viele Menschen auf einem Fleck gelebt hatten.

Sambu machte auf einmal einen aufgeregten Eindruck: Er lief in den Wald – und dann sahen wir einen kleinen abgeflachten Erdhügel, der uns, wenn noch Schnee gelegen hätte, nicht aufgefallen wäre. Wir riefen Sambu zurück und Urk nahm ihn an die Leine. Sambu wusste, dass er, wenn er an der Leine läuft, nicht ziehen darf. Ich dachte mir schon, dass Fallen für Sambu angelegt worden sind. Wir stießen mit langen Spießen vor uns auf den Boden und direkt bei dem kleinen Erdhügel fanden wir ein Loch! Wir warfen die Abdeckung beiseite: In der Grube waren grob angespitzte Spieße, die für jedes Lebewesen tödlich gewesen wären! Die Spieße drückten wir nach einer Seite, damit ein Tier, welches hier hereinfallen würde, sofort wieder herausspringen konnte. Wir suchten noch weitere Fallen und fanden eine mit einem stark riechenden Wildschwein sowie eine mit einem Reh, welches einen aufgeblähten Bauch hatte. Wir rissen die Spieße um, damit nicht noch mehr Tiere so schrecklich in der Falle verenden müssen. Als wir weitergingen, fing Sambu auf einmal an, an seiner Leine zu ziehen, und wir folgten ihm. Urk musste ihn losmachen, weil er immer schneller wurde, er war nicht mehr zu halten. Wir rannten durch den Wald, um Sambu nicht aus den Augen zu verlieren. Dann hörten wir in der Ferne tierisches Gebrüll. Wir rannten weiter und sahen Sambu in der Ferne stehen – er lief hilflos hin und her. Als wir näher kamen, wurde das Gebrüll leiser. Wir sahen eine Grube, darin lag von Spießen durchbohrt Sambus Gefährtin! Sie schlug immer noch um sich und bohrte damit die Spieße immer tiefer in sich hinein. Wir wollten ihr helfen, aber sie schlug gleich um sich mit ihren scharfen Krallen. Auf einmal schoss Blut aus ihrem Maul und in der Grube spritzte auch Blut; eine kurze Zeit quälte sie sich noch und dann starb sie. Wir hätten sie nicht mehr retten können. Mit Lederriemen zerrten wir sie aus der Grube. Sambu beschnupperte sie, stieß sie mit seiner Nase an und brüllte seinen ganzen Schmerz heraus – der Wald bebte.

Dann kehrte Ruhe ein, eine gespenstische Ruhe, kein Vogel war mehr zu hören.
Sambu drehte sich um und sprang davon; eine kurze Zeit später kam er mit einem gestreiften Wollknäuel im Maul zurück, er trug es im Genick, legte es Urk vor die Füße und sprang wieder ins Gebüsch. Kurze Zeit später kam er wieder zurück und hatte noch einen Wollknäuel im Genick zu packen; er legte es Karo vor die Füße. Es waren die Jungen von Sambu und seiner Gefährtin! Karo und Urk schmusten schon mit ihnen und Karo hatte gleich ein paar Kratzer im Gesicht. Urk wollte sein Kleines in ein Fell wickeln, doch der Kleine hatte etwas dagegen und zerkratzte seine Arme. In der Zeit, als sich die beiden mit unseren neuen Familienmitgliedern anfreundeten, suchte ich Holz für eine Trage für Sambus Gefährtin. Es lag genug von der Falle herum und so konnte ich schnell ein Tragegestell zusammenbauen. Ich befestigte es an Sambus Geschirr, dann zogen wir das Tigerweibchen darauf und befestigten es mit Rankgewächsen. Sambu lief langsam und bedacht zu unseren Höhlen, wir zogen das Tigerweibchen ab und verarbeiteten es wie Sambus Mutter.
Die Kleinen bekamen gleich Ziegenmilch. Jeder der kleinen Kinder wollte sie füttern; wir akzeptierten aber Sambus Entscheidung als Vater der Kleinen, dass Karo und Urk die Bezugspersonen der Kleinen werden sollen. Mit einer größeren Gruppe gingen wir die nächsten Tage die Fallgruben suchen und machten sie unbrauchbar. Wir waren aber auf der Hut, denn wir rechneten damit, dass die feindliche Sippe bestimmt irgendwann die Fallen kontrollieren würde, ob der Tiger in die Falle gegangen ist. Am dritten Tag, wir hatten gerade eine Falle gefunden, wo ein Wildschwein ganz langsam verendet war, hörten wir Stimmen. Urk, Karo und Sambu waren bei mir und wir versteckten uns schnell in einer sicheren Entfernung. Das Versteck war gut gewählt – es war eine kleine Anhöhe mit dichtem Gestrüpp; wir konnten alles sehen, aber man konnte uns nicht sehen. Die Spuren, die wir an der Grube hinterlas-

sen hatten, waren durch Karo entfernt worden. Es waren vier Leute – ihre Gesichter waren durch Kohle und Kalk gefärbt. Sie schauten in die Grube und stießen mit ihren Spießen in das tote Wildschwein: Ein ganzer Schwarm von Fliegen flog auf einmal um die Krieger, denn sie bewegten zuckend ihre Arme, um die Fliegen zu vertreiben. Der Gestank zog sich bis zu uns herüber. Auf einmal schaute einer der Krieger auf den Boden; die anderen suchten auch auf einmal nach Spuren. Sie guckten die ganze Umgebung ab, als wenn sie einen Hinweis gefunden hätten, der unsere Anwesenheit verrät. Sambu wurde unruhig, seine Krallen gruben sich in den Boden, ein Schaudern zog sich wellenförmig von vorn nach hinten über seinen Rücken. Mit den Speeren im Anschlag kamen sie auf uns zu. Karo, Urk und ich zogen unsere Bögen bis zum Anschlag durch. Wir guckten uns an und auf ein Zeichen schossen wir alle zusammen los: Es zischten die Pfeile durch das Gestrüpp, zwei Pfeile erreichten ihr Ziel. Mein Pfeil war durch einen Zweig leicht aus der Flugbahn geraten und war vorbei geflogen. Die Männer, die getroffen waren, zuckten herum und wollten sich die Pfeile aus der Brust herausreißen. Der Dritte schleuderte seinen Speer gegen uns und verfehlte Karo ganz knapp. Sambu flog mit einem riesigen Satz über das Gebüsch und man sah, dass der Mann vor Schreck erstarrte – im nächsten Moment war Sambu bei ihm und mit einem Prankenhieb flog er durch die Luft! Bevor er wieder auf der Erde aufschlug, bekam er noch einen Hieb und noch einen, bis er aus unzähligen Wunden blutete. Da nahm Sambu ihn im Genick und schleuderte ihn hin und her, bis kein Leben mehr in ihm war. Die anderen beiden hatten sich das Schauspiel starr vor Angst anschauen müssen, doch Sambu kannte auch mit ihnen kein Erbarmen: Er nahm sie im Genick und schleuderte sie hin und her, als ob er wüsste, dass diese Männer die Grube für seine Gefährtin gegraben hätten!
Wir warfen die Leichen in die Grube zu dem Wildschwein und scharrten das Loch zu.

In der Ferne hörten wir auf einmal den Ruf aus einem Horn – Saro hatte aus dem Horn eines Ziegenbockes ein Instrument gebaut – das war das Zeichen zum Sammeln! Wir hatten abgesprochen, uns bei einem großen markanten Fels zu treffen; kurze Zeit später waren wir da. Saro wartete schon und wir erzählten, was uns passiert war. Er meinte, dass solche Gruppen meistens mit sechs Personen unterwegs sind. Das beunruhigte uns; wir warteten noch eine kurze Zeit und stellten fest, dass zwei Männer fehlten. Kanut meldete sich und sagte, er hätte sie bei einer Fallgrube gesehen; sie rissen gerade die Spieße heraus und meinten, bei der Grube bräuchten sie keine Hilfe – wir sollten ruhig weitersuchen. Kanut zeigte uns den Weg – als wir bei der Grube ankamen, bot sich uns ein Bild des Schreckens:
Die zwei waren an den Füßen aufgehängt und die Eingeweide hingen heraus. Als ich genauer hinschaute, sah ich, dass ein Teil fehlte. Es war das Teil, was man hören konnte, wenn man den Kopf an die Brust legte – bei Rinja hatte ich oft an ihrer Brust gehorcht. Wir besprachen uns; alle wollten sie verfolgen und töten! Sambu nahm den Geruch auf und wir liefen hinter Sambu her, so schnell konnte keiner die Spuren suchen wie Sambu. Er roch die stinkende Brut unheimlich weit, wir liefen eine ganze Zeit hinter Sambu her, dann wurde er langsamer, er schlich durch das dichte Grün. Dann legte er sich hin und wir konnten die Stimmen unserer Feinde hören. Langsam krochen wir vorwärts und verteilten uns gleichmäßig um die Gruppe. Saro schlich vor, um uns ein Zeichen zu geben. Wir wollten aus unserem Versteck hochspringen und mit unseren Bögen auf alles schießen, was sich bewegt. Saro blies so heftig er konnte in sein Horn – im selben Moment sprangen wir hoch und ein Unwetter von Pfeilen prasselte auf die fünf Leute nieder. Saro schoss aus nächster Nähe und seine Pfeile durchbohrten die Opfer. Die Toten an der Grube waren gute Freunde von ihm gewesen! Nach kurzer Zeit brachen die fünf zusammen, sie hatten keine Zeit mehr, ihre Speere zu werfen.

Alle lagen am Boden und röchelten – dann war Ruhe. Sambu zeigte kein besonderes Interesse an den fünfen. Wir zogen unsere Pfeile aus den Körpern und warfen die Leichen in eine Vertiefung im Waldboden. Ich dachte mir: War das jetzt noch Verteidigung? Waren wir noch die Friedlichen oder entwickelten wir uns zu einer kriegerischen Sippe?
Wir packten unsere Freunde auf zwei Tragen, um sie bei den Höhlen zu begraben. Über die fünf legten wir ein paar Zweige. Die zwei wurden mit allen Ehren begraben; Saro sprach von ihren Heldentaten, die er mit ihnen erlebt hatte.
Was wir nicht wussten: Es gab einen sechsten Mann – und als er das Horn hörte, stürmte er zu seinen Freunden. Doch aus der Ferne sah er seine Freunde auf dem Boden liegen. Sie krümmten sich vor Schmerzen und versuchten, sich die Pfeile herauszureißen. Das taten dann die Angreifer für sie – was auch gleichzeitig das Ende für seine Freunde war. Als die Angreifer abgezogen waren, ging er zu seinen Freunden und sah die Leichen übereinander geworfen in einer Kuhle.
Er schwor Rache und verfolgte die Angreifer bis zu der schmalen Schlucht, die von Weitem als solche nicht zu erkennen war.
Danach gingen wir zur Tagesroutine über: Die Frauen und Kinder, die für die Ziegen zuständig waren, wünschten sich ein Gehege. Am Abend sprach ich das Thema Verteidigung und unser friedliches Zusammenleben an. Ich machte den Vorschlag, dass wir die besten Bogenschützen und Speerwerfer von anderer Arbeit freistellen und ihnen einen Platz zuweisen sollten wo sie Bogenschießen, Speerwerfen, Schleichen, sich unsichtbar machen und sich fit halten könnten. Dieses dürften sie aber nur von der Mannwerdung ab dem zehnten Winter zehn Winter lang machen; danach müssten sie wieder an dem normalen Tagesgeschehen teilhaben. Die Gruppe älterer Männer, von denen sie ausgebildet würden, müsste von der ganzen Sippe gewählt werden. So hätten wir immer eine schnelle Gruppe, die zum Beispiel durchziehende Sippen beob-

achten könnte, ohne gesehen zu werden, ob sie zu uns passen, sodass einer der Älteren mit ihnen dann Kontakt aufnehmen könnte. Diese Gruppe müsste jederzeit dazu in der Lage sein, den älteren Mann wieder zu befreien, wenn der Kontakt nicht so läuft, wie man es sich gedacht hat. Saro sprach: „Jeder, der dafür ist, hebt den Arm!" Es gab eine große Mehrheit; und am nächsten Tag fingen wir an, die Jungen auszusuchen. Wir ließen sie Speere werfen, Bogen schießen, miteinander Ringen und Steine werfen. Nach drei Tagen hatten wir eine kleine Gruppe zusammengestellt. Urk und Arko hatten bei den Wettkämpfen mitgemacht, aber sie waren noch zu jung, um die Leistungen zu erbringen. Der Jüngste war zehn Jahre alt und hatte für sein Alter hervorragende Leistungen gebracht. Den Mädchen, die Muscheln bearbeiteten, gaben wir den Auftrag, zehn gleiche Abzeichen zu machen, das Dekor sollte für junge Männer passen. Den Frauen, die Kleidung herstellten, gaben wir den Auftrag, sie sollten zehn gleiche Kleidungsstücke herstellen, in denen sie Fellstücke von Sambus Mutter aufsetzen oder einnähen sollten. Wir hatten ihnen erklärt, dass alle zehn Jungen gleich aussehen, sich darin gut bewegen und rennen sollten.

3. Kapitel Die Sharkaner

Karo und Saro wurden abends von der Versammlung gewählt, sich um die Ausbildung der neuen Gruppe zu kümmern. Das Training fing am nächsten Morgen mit Laufen im Wald an; unterwegs wollten sie dann lernen, sich im Wald unsichtbar zu machen. Saro hatte vor vielen Wintern bei einer anderen Sippe, die nur im Wald lebte, sich unsichtbar zu machen gelernt. Auch Karo war gespannt, wie das gehen sollte. Nach einem sehr langen Dauerlauf waren sie in einem dichten Wald angekommen. Ein kleiner Teich war auch in der Nähe. Wir machten ein kleines Feuer und Saro holte aus seinem Rehfell eine Muschel, stellte sie auf den Boden, nahm aus dem Wasser kleine Pflanzen, der halbe Teich war davon voll. Mit einem Faustkeil zermahlte er die Pflanzen zu einem Mus, mit der Muschel holte er Wasser aus dem Teich und stellte es in die heiße Asche. Dann tat er das grüne Mus dort hinein. Jetzt saß er total konzentriert und sagte: „Das Wasser darf nicht dampfen! Jetzt schaut her!" Es bildete sich an der Oberfläche eine kleine grüne Schicht, die er vorsichtig mit einem Blatt abschöpfte und in eine kleine Muschel gab. Jeder durfte jetzt nach und nach diese Prozedur nachmachen. Er sagte, dieses Grün ist das Wichtigste beim unsichtbar Machen – jeder muss es machen können! Jetzt holte er Holzkohlestücke aus dem Feuer, zermahlte sie auch und gab ein paar Tropfen Wasser hinzu. Die schwarze Farbe kam auch in eine kleine Muschel. Danach nahm er einen roten Stein aus seinem Beutel. Er zermalmte ihn unter kräftigen Schlägen; mit kreisenden Bewegungen machte er ein Pulver daraus, dieses kam auch in eine Muschel. Jetzt rief er einen der Jungen zu sich, er tauchte seinen Finger in die grüne Farbe und machte einen Strich durch seine Haare, Gesicht und Hals. Drei Striche machte er am Kopf, dann nahm er die schwarze Farbe und machte auch Striche an seinem Kopf. Zum Schluss nahm er den Steinstaub und sagte, er

solle die Augen zumachen, blies ganz vorsichtig und der Staub setzte sich ganz dünn auf dem Gesicht ab. Jetzt sollte er in das Gebüsch gehen und sich hinstellen. Wir drehten uns um, nach kurzer Zeit guckten wir wieder zurück: Man sah nichts, obwohl wir wussten, dass er da war.
Saro sagte: „Komm raus!" Und in dem Moment, als er sich bewegte, konnte man ihn erkennen. Die Verblüffung war perfekt! Voll motiviert gingen wir an die Arbeit – und eine kurze Zeit später waren alle fertig. Wir machten uns noch aus Efeu Matten, die bis auf den Boden reichten. Man konnte sie vor sich hängen, sodas die Beine und die Kleidung nicht zu sehen waren. So angemalt, machten wir uns auf den Weg. Kurz vor den Höhlen hörten wir im Wald Stimmen. Wir schlichen uns zu den Frauen und setzten uns einfach hin. Ohne uns zu bewegen, blieben wir sitzen. Die Frauen kamen auf uns zu und erzählten sich Geschichten über ihre Männer. Der eine wollte seine Mutter nicht erschrecken und sagte: „Hallo Mama!" Sie erschrak und sagte zu ihrer Freundin: „Hast du das auch gehört? Ich hab meinen Sohn gehört!" Die anderen Jungen riefen leise die anderen Frauen mit ihren Namen; auf einmal drehten sich die Frauen um und liefen voller Angst zu den Höhlen. Wir gingen zu einem kleinen Bach und wuschen uns die Farbe ab. Das war eine Erfahrung, die mich total sicher macht: Wenn ich so angemalt bin, kann mich keiner im Wald sehen! Saro sagte den Jungs: „Sucht euch bis morgen alle Muscheln, Steine und Holzkohle zusammen, was ihr braucht zum unsichtbar Machen, und packt es in ein Rehfell." Am Abend sagte eine Frau: „Wir wollten es eigentlich nicht erzählen, was uns heute Nachmittag passiert ist. Aber wir sollten immer darüber sprechen, wenn etwas Merkwürdiges passiert ist!"
Die Männer sagten: „Los, erzähl schon!" – und die Frau fing an: „Wir waren im Wald und suchten Beeren. Vor mir war dann auf einmal die Stimme von meinem Sohn, er sprach aus einem Gebüsch zu mir!" Die Männer fingen an zu lachen und machten ihre Späße. Auf einmal sagte der eine Junge: „Hal-

lo Mama!" – und die anderen riefen die anderen Namen der Frauen, die im Wald waren. „Genau so hat es sich angehört!", sagten die Frauen – und die Jungs sagten: „Wir saßen direkt vor euch und haben die Gespräche über die Männer mit angehört! Wir waren unsichtbar!" „Nein," sagten die Frauen, „da waren Büsche! Aber ich erkenne doch meinen Sohn!" „Du hast ja auch meine Stimme erkannt, hast mich bloß nicht gesehen!" Die Männer hatten sich nicht vorstellen können, dass innerhalb eines Tages die zehn Jungs am Abend das Gesprächsthema waren. Eines Abends rief man die Jungs zu den Kleidermacherinnen; sie hatten sich sehr viel Mühe gegeben mit den Kleidern für die Jungen. Sie sollten in eine Höhle gehen und die Kleider, die da lagen, anprobieren. nach kurzer Zeit kamen die Jungs wieder raus. Es hatten sich einige Leute schon versammelt, um die Jungs zu bestaunen.

Die Kleidermacherinnen hatten sich selbst übertroffen: Alles saß perfekt – und für Karo und Saro lagen auch zwei Anzüge bereit. Karo machte den Vorschlag, die beiden Tiger nach dem nächsten Winter immer mit der Gruppe ziehen zu lassen. Die Namen der Tiger wurden von ihren Erziehern abgeleitet: Karos Tiger war ein Weibchen und hieß Saron; Urks Tiger war ein Männchen und hieß Surka. Saron und Surka sollten also nach dem nächsten Winter zu der Gruppe gehören, die sich jetzt Sharka nannte.. Der Einzelne hieß dann Sharkaner, was in Saros Sprache „die Unsichtbaren" bedeutete. Den Namen hatten sie sich nach dem ersten Tag auch verdient. Urk und Sambu sollten sich um die Tiger Saron und Surka bis nach dem nächsten Winter kümmern und schon einzelne Befehle antrainieren. Urk nahm sich vor, die Aufnahmeprüfung nach dem nächsten Winter zu schaffen, Er lief mit Saron und Surka um die Wette und sie schwammen in einem kleinen See. Rinja hatte ihm das Schwimmen und Tauchen beigebracht, als sie den See entdeckt hatten. Sie waren oft in der warmen Zeit zum Üben hergekommen – und sogar Sambu ging ins Wasser.

Die Sharkas machten große Fortschritte in ihrer Ausbildung – und jeder Junge und manches Mädchen wollten auch die Aufnahmeprüfung bestehen. So verging das Jahr. Rinja kümmerte sich um die Kranken und hatte sich eine große Höhle mit Schlafplätzen hergerichtet. In getrockneten Kürbissen lagerte sie Kräuter, Moos, Gräser und Sonstiges, was sie für die Heilbehandlung brauchte. Von einem Wanderheiler hatte sie viel gelernt; er zeigte ihr auch, wie man einen behandelt, der sich ganz heiß anfühlt, Schüttelfrost hat und auf keine Kräuter reagiert. Zuerst schaute er sich in der Höhle um und suchte in der hintersten Ecke mit seinen Händen die Wände ab. Er meinte, es muss eine feuchte Nische sein; aber es darf auch an der Stelle nicht zu kalt sein. Es fiel ihr eine Stelle ein, auf die das zutreffen könnte und nicht weit von ihrer Krankenstätte entfernt war. Er sagte: „Genau das ist die richtige Stelle!" Dann nahm er aus einem kleinen frischen Kürbis einen schimmeligen Brei und schmierte es an die Wände der Nische. Dann setzte er einen trockenen Stein in die Mitte der Nische und fing an, mit Stöcken und Schilf den kleinen Raum zu schließen. Danach klemmten er und Rinja noch ein Ziegenfell davor und es war zu. Mit einem scharfen Feuerstein schnitt er eine kleine Öffnung hinein, die man hochheben konnte und die von selbst wieder zufiel. Es passte nur Rinjas kleine Hand hinein, sodass sie noch etwas auf den Stein legen konnte. Fünf Tage später – sie hatte schon nicht mehr an die Nische gedacht, weil der Heiler so viele Gebrechen heilen konnte und sie alles, was er erzählte, in sich aufsaugte – sagte er zu ihr: „Wir gehen jetzt in den Wald und suchen einen Baum mit einer weißen Rinde und tiefen Furchen!" Sie zeigte ihm den Weg dahin; er nahm seinen Feuerstein aus seinem Beutel und schnitt tief in die Rinde. Das tat er viermal und löste dann die Rinde ab. Jetzt kratzte er das Weiche heraus und ließ es Rinja probieren. Es schmeckte nicht übel; aber sie verstand überhaupt nicht, was das mit der Nische zu tun hat. „Wenn ein Kranker gebracht wird, bei dem du denkst, du kannst ihm nicht mehr helfen, dann holst du oder lässt dir Rinde von dem Baum bringen. Das Weiche kratzt du heraus und lässt es den Kranken durchkauen, dann soll er es in eine kleine Muschel spucken und die stellst du in die kleine Nische. Dem Kranken legst du nasse Wickel um die Beine, damit das Feuer aus seinem Körper kommt. Nach drei Tagen holst du die Muschel wieder aus der Nische heraus, die Masse wird dann verschimmelt sein, aber das soll sie auch. Diese Masse gibst du ihm dann zu essen – und wenn er dann nach drei Tagen nicht aufsteht und gesund ist, wird er sterben. Du wirst es nicht glauben, bis du den ersten so geheilt hast, aber es ist ein tolles Gefühl!" Dieser Wanderheiler hatte aber keine Ruhe zu bleiben; er sagte, es warten überall Menschen auf ihn, denen er sein Wissen mitteilen will. Am nächsten Tag verabschiedete er sich von Rinja; doch die anderen hatten ihn als komischen Kauz angesehen und waren froh, dass er wieder fort ging.

Es wurde schon kälter und windig – da brachte man Rinja einen jungen Mann, der mit den Zähnen klapperte und innerlich brannte. Sie holte sich von der Rinde des Baumes, kratzte das Weiche heraus und gab es dem Mann zu kauen. Dann spuckte er es in eine Muschel und Rinja brachte es in die Nische. Seine Frau, die noch keine Kinder hatte, aber schon ein Kind in sich trug, machte ihm mit nassem Leder Wickel um die Beine. Das Feuer in ihm brannte. Am dritten Tage holte ich die Muschel aus der Nische und gab sie ihm zu essen. Seine Frau machte würgende Geräusche, aber sie hatte Vertrauen zu mir und machte weiter Beinwickel. Nach einem Tag war das Feuer fast erloschen und am dritten Tag konnte er zu seiner Frau in die Höhle gehen. Sie erzählte mir davon und ich guckte mir die Nische an: Das Fell hatte schon schwarze Flecken bekommen. Als ich dann mit einem Span etwas Licht in die Nische leuchten ließ, war überall an den Wänden dikker Schimmel. Ein zweites Fell hängte ich in einem kleinen Abstand davor, damit man die schwarzen Flecken nicht sehen

konnte. So fiel die Nische keinem auf – und Rinja erlangte einen Ruf als Wunderheiler.
So verging das Jahr. Die Sharkas machten sehr gute Fortschritte; sie waren so motiviert, dass man ihnen abends den Befehl geben musste, dass sie zu ihren Angehörigen zu gehen haben. Nach dem Winter würde man sie weiter fortschicken, um unsere Feinde auszuspionieren, ob sie einen Angriff planten oder vielleicht schon wussten, wo unsere Höhlen sind. Sie sollten nur ausspionieren und Informationen sammeln, ihre Waffen nur zur Verteidigung benutzen; aber, wenn einer gefasst wird, sollten sie ihn unbedingt befreien. So wusste jeder, wenn er gefangen wird und man ihn quält, dass spätestens Abends eine Befreiung stattfindet. Sambu war manchmal mit Urk und seinen Jungen unterwegs, aber die Sharkas begleitete er auch sehr gerne und er stöberte sogar bei bester Tarnung durch seinen Geruchssinn alle Sharkas auf. Ein Sharkaner probierte Wildschweinpisse aus, um Sambu in die Irre zu führen: Es funktionierte – der Geruch übertönte den persönlichen Geruch. Ab sofort gehörte jetzt eine Wildschweinblase, geschützt durch Leder, in jeden Sharkanerbeutel. Der Winter kam, unsere Vorratshöhlen waren gefüllt, die Holzlager waren voll bis unter die Decke. Alle machten einen ausgeglichenen Eindruck; manche wollten den jungen Mädchen beim Basteln helfen, andere hatten sich weiches Holz zur Seite gelegt, um mit dem Feuerstein Tiere aus dem Holz zu schaben.
Die Angst vor dem kalten Winter war total verschwunden. Rinja und ich hatten uns mit Fell eine Ecke am Feuer gemacht und schmusten mit Surka und Saron.
Seit einiger Zeit hatten wir am Eingang immer einen Mann stehen, der in sein Horn blasen musste, wenn er jemand Fremdes kommen sah; und im Winter wollten einige Männer ein Tor machen, damit wir uns sicher fühlen konnten. Am nächsten Morgen war wieder diese Stille, die wir schon letztes Jahr zuerst für gut fanden und nachher sehr bedrückend. Es hatte die ganze Nacht geschneit; einige Männer hatten schon den

Weg vor der Schlucht freigeschaufelt. Die Flocken fielen so dicht, dass man gerade ein paar Schritte weit sehen konnte. Sambu leckte am Schnee, sprang ein wenig im Kreis herum, scheuchte dann aber Surka und Saron vor sich her im Schnee. Die beiden waren überhaupt nicht begeistert vom Schnee und stürmten, wenn Sambu nicht aufpasste, an ihm vorbei in die Höhle zu Urk und Rinja. Für die Sharkas gab es keine Winterpause. Die Kleidermacherinnen hatten schon im Sommer von Karo den Auftrag bekommen, weiße Felle zu sammeln und Kleider für den Winter zu machen. Karo hatte den Frauen erzählt, dass die Jungs darin ein paar Stunden im Schnee liegen müssen, ohne dass sie frieren. Zwischendurch hatte er immer wieder nachgeschaut, wie die Arbeit vorangeht. Die Frauen hatten unter den Füßen dickes Fell von einem Hirsch zu mehreren Schichten zusammengenäht und mit Froschfett eingelassen – so sollten die Füße nicht nass werden. Vor den Beinen hatten sie zwei Felle mit den Haaren zusammengenäht, sodass das Leder außen ist. Dadurch hatten sie ein dickes Polster unter sich, wenn sie im Schnee liegen mussten. Aus Hasen, die sich im Winter färben, hatten sie einen Umhang gemacht, der am Hals mit geflochtenen Lederriemen zusammengehalten wurde und bis zum Boden reichte. Eine Haube für den Kopf, die tief ins Gesicht fiel, hatten sie auch noch angebracht. So konnte man sich in den Schnee legen und sich mit der Dekke zudecken und war nicht mehr zu sehen – und das wollte man auch erreichen. Jetzt war es Zeit für die Anprobe: Saro und ich riefen die Sharkas zusammen. Die Frauen halfen den Jungen beim Anziehen, denn jedes Bein war ganz mit Fell umgeben; so etwas hatte es noch nie gegeben – und der Po passte auch noch mit rein. Die Jungen stellten sich nebeneinander, die Frauen zupften da noch ein bisschen herum und freuten sich über die gelungene Arbeit. Saro und Karo hatten sich auch umgezogen und jetzt hieß es, die Kleidung im Schnee zu testen.

Sie teilten sich in zwei Gruppen – eine sollte sich am Teich verstecken und die anderen sollten sich unbemerkt anschleichen. Ich ging mit Sambu zum Teich und beobachte alles von einem Baum aus: Die erste Gruppe hatte sich einfach an kleinen Schneewehen hingelegt, aber auf der ganzen Strekke Sträucher hinter sich hergezogen, um die Spuren zu verwischen. Der leichte Schneefall tat den Rest, um die Spuren zu verwischen. Auf einmal sah ich Kriechspuren im Schnee – aber nur, wenn man genau hinschaute, sah man, dass sich etwas bewegt. Die Sharkas hatten ihren Namen auch im Winter zu Recht: die Suchenden krochen an den Schneeböen vorbei, ohne sich zu sehen. Ich blies ins Horn – und alle standen auf; sie waren überrascht, wie nah sie zusammenstanden und keiner den anderen gesehen hatte, der Schnee klebte an der Kleidung und half noch dazu, dass keiner den anderen gesehen hatte. Saro und Karo hatten sich vorgenommen, eine große Sippe zu beobachten, von der der Wanderheiler erzählt hatte. Diese Sippe könnten unsere Feinde sein, so wie er erzählte, es würden sehr raue Sitten herrschen und nur eine Person hatte das uneingeschränkte Sagen. An einem Tag packten sie alles zusammen für den Drei-Tage-Marsch. Es war noch dunkel am frühen Morgen, als sie das Lager verließen. Sambu wollten sie nicht mitnehmen, er war einfach zu groß für diese Aktion. Ich hätte Sambu gerne zum Schutz der Gruppe mitgeschickt, aber sie wollten ohne von irgendjemand gesehen zu werden sehen, erkunden und wieder gehen. Der Mond war voll, als sie gingen – und als sie wiederkamen, war kein Mond zu sehen. Wir hatten schon eine große Gruppe Männer zusammengestellt, um die Sharkas zu suchen und – wenn es notwendig gewesen wäre – zu befreien. Doch spätabends kamen sie an und sie hatten keinen verloren; müde, aber voller Stolz baten sie, erst eine Nacht zu schlafen. Sie legten sich hin und waren sofort eingeschlafen; ich kontrollierte noch einmal die Wache und brachte ihm etwas zu trinken. Draußen schneite es wieder. Nardo freute sich, dass alle gesund wiedergekommen sind, denn auch ein Sohn von ihm war ein Sharkaner – und er war sichtlich stolz darauf. Nardo gehörte zu den ersten, die eine Suchaktion starten wollten: Je früher man eine Suchaktion startet, um so größer sind die Chancen, sie lebend vorzufinden.

Sambu und ich waren derselben Meinung, denn Sambu lief schon nach sechs Tagen zu Karos Schlaflager und schnupperte, Reike nahm Sambu dann in den Arm und sprach beruhigend auf ihn ein; und manchmal schlief der riesige Sambu bei Reike ein und sie kuschelten sich aneinander. Am nächsten Morgen saßen wir alle in der großen Höhle – und Karo, Saro und die ganzen Sharkas saßen an der Stirnseite der Höhle mit ihren tollen Kleidern.

Karo fing mit dem Abmarsch an zu erzählen: „Der Abschied und das, was auf uns zukommen würde, war ungewiss und deshalb war jeder mit sich allein beschäftigt. Wir hatten uns vorgenommen, so wenig Feuer wie möglich zu machen, um keinem aufzufallen; und so aßen wir von dem weißen Baum die Innenseite der Rinde und ein wenig von unserem getrockneten Fleisch. Wir wollten nicht auf die Jagd gehen, sondern so schnell wie möglich das Ziel erreichen. Nach zwei Tagen sahen wir eine kleine armselige Sippe. Sie sprachen wie Saro und die meisten der Sharkas; wir schlichen uns an und belauschten sie.

Sie hatten den gleichen Weg wie wir. Einer der Männer führte die Sippe und malte ihnen eine sehr schöne Zukunft aus. Wir schlichen uns wieder fort und verbrachten die Nacht in sicherer Entfernung; die ganze Nacht schneite es und verwischte die Spuren. In aller Frühe machten wir uns wieder auf den Weg, der Wind war stärker geworden und verwischte unsere Spuren. Spät Abends hörten wir in der Ferne Krach; Saro schaute sich nach einem markanten Punkt für unser Nachtlager um. Danach teilten wir uns in zwei Gruppen, um das Lager zu erforschen und herauszufinden, was unsere Feinde vorhatten. Wir schlichen uns von Baum zu Baum an den Wachen vorbei und dann sahen wir in einem Tal eine riesige Ansammlung von Menschen. Zwischen den Hütten liefen schwer bewaffnete Männer herum, die Unbewaffnete aus den Hütten holten und nachher mit zerschlagenen Gesichtern wieder zurückbrachten. Ich wollte wissen, warum man sie schlägt. In unserer Nähe wurde wieder einer abgeholt; die Frau und die Kinder schrieen: „Ihr habt uns ein besseres Leben versprochen!" Doch die Männer verstanden die Frau nicht und sie hatten ihre Anweisungen, die zu befolgen waren, um nicht in Ungnade zu fallen. Wir krochen im Schnee und folgten den Männern bis zu einer großen Hütte; sie stießen ihn in die Hütte – und durch einen Spalt konnten wir beobachten, was mit ihm passierte: Zuerst fragte ihn einer in seiner Sprache, ob er sich Kurkan anschließen will und alles, was ihm gesagt wird, ohne Wenn und Aber befolgen wird. Er sagte nein, er würde lieber mit seiner Sippe weiterziehen und sich irgendwo niederlassen. Daraufhin bekam er mit einem Knüppel einen rübergezogen, sodass er auf dem Boden lag; und ein anderer zog an seinen Haaren den Kopf hoch und schlug mit der Faust zu. Dann hoben sie ihn hoch und sagten: ‚Jetzt holen wir deine Frau und das Kind und machen noch viel schlimmere Sachen mit denen!' Daraufhin willigte er ein, zur selben Zeit kamen seine Frau und das Kind in das Zelt und alle wurden in einen anderen Teil des Lager gebracht und bekamen etwas zu essen und einen sauberen Schlafplatz. So ging es die ganze Nacht und den nächsten Tag. Alle, die sich unter Druck bereiterklärten, mit Kurkan zu ziehen, bekamen etwas zu essen – und die anderen wurden immer wieder zusammengeschlagen und dann getötet.

Die Leute, die sich bereit erklärten, mussten die nächsten Tage laufen bis zum Umfallen; dann wurden sie in eiskaltes Wasser geworfen, mussten mit Holzprügeln gegeneinander kämpfen und wurden mitten in der Nacht wieder durch die Gegend getrieben. Die Frauen und Kinder waren während dieser Zeit in anderen Hütten weit entfernt untergebracht. Sollte ein Mann abhauen, würde man sich an seiner Frau und den Kindern vergehen. Nachts trafen wir uns bei dem markanten Felsen und teilten den jeweils anderen mit, was wir gesehen hatten. Saro war mit seiner Gruppe in einen anderen Teil des Hüttendorfs eingedrungen, dabei war ihm eine Hütte, die stark bewacht war, aufgefallen.

Sie schlichen von hinten an die Hütte heran und legten sich wie angewehter Schnee an die Hütte. Kurze Zeit später kam eine Wache vorbei und bemerkte die neuen Schneehaufen nicht; sie drückten das Schilf ein wenig beiseite, welches zwischen die Stöcke geflochten war, und so konnte man sehen und hören: Es waren vier Männer im Raum – drei unterhielten sich und der vierte schaute abwesend in der Gegend herum. Nach kurzer Zeit kam ein Mann in die Hütte, den wir unterwegs bereits gesehen hatten. Er kniete vor einem der Männer, er sagte etwas, was wir nicht verstanden, und ‚Kurkan'. Danach ging er zu dem vierten Mann und sagte zu ihm in unserer Sprache, er möge sich zu den anderen Männern begeben. Die Männer hockten zusammen auf einem großen Tigerfell; Kurkan sprach den Mann mit ‚Hardewig' an und der Übersetzer sagte dann das, was Kurkan mitteilen wollte: ‚Ehrwürdiger Hardewig! Der große Kurkan freut sich über die gelungene Zusammenarbeit mit dir und möchte dich noch lange bewirten können!" Hardewig antwortete: ‚Elendiger Kurkan! Wir haben nichts mit den Leuten und dem Tiger zu tun, die deine Söhne getötet haben! Ich und meine Sippe würden gerne in Frieden weiterziehen, aber stattdessen bildest du sie zu Kriegern aus und willst sie in den Krieg schicken, damit deine Männer verschont bleiben! Die Männer, die sich weigern, werden erschlagen und deren Frauen werden in den Hütten deiner Krieger geschändet! Du hast unsere Sippe bei Nacht überfallen und jetzt soll ich dir helfen, einen Plan zu erstellen gegen die Leute, die sich dir in den Weg gestellt haben? Nein, niemals!' Kurkan lachte und sagte: ‚Ich brauche deine Hilfe nicht! Alle deine Männer, die im Kampf nicht gut kämpfen oder sterben, deren Frauen kommen in die Zelte meiner Krieger!

Der Kampf wird in zwei Monden stattfinden und deine Männer werden kämpfen müssen oder sterben!' Hardewig wurde dann von zwei Wachen zu einer stark bewachten Hütte gebracht und hineingestoßen. Ich schaute auch in seine Hütte rein und sah eine junge Frau mit zwei kleinen Kindern, die Hardewig zu trösten versuchte. In dieser Nacht brach ein Unwetter los mit Kälte, Sturm und Schnee. Wir krochen bei unserem Fels dicht beisammen und wärmten uns gegenseitig, Morgens in aller Frühe brachen wir auf. Im Dauerlauf gegen den Sturm, um warm zu bleiben, und dann ging es mit strammem Schritt weiter; wir hatten alles so zugebunden, dass nur noch die Augen herausschauten. Nach einem Tag kamen wir an verlassene Höhlen; wir waren in dem Schneesturm vom Weg abgekommen. In den Höhlen roch es nach vergammeltem Fleisch. Wir gingen dem Geruch nach und sahen in einer Höhle viele tote Männer, Frauen und Kinder. Wir verließen diese Stätte des Totschlags so schnell es ging – so ein Gemetzel hatten wir noch nicht gesehen und vielen von uns war übel geworden.

Waren das vielleicht die Höhlen von Hardewig gewesen, hatte hier ein Kampf stattgefunden oder waren die Leute in die Höhle getrieben worden, um sie dann zu erschlagen? Die Höhlen wären schön zum Übernachten gewesen, aber jetzt konnte uns hier nichts mehr halten. Wir bestimmten die Richtung und liefen noch im Dunkeln, das Grauen steckte uns in den Knochen. Saro entdeckte in der Ferne etwas, das wie eine Höhle aussah – und als wir näher kamen, war es auch eine. Vorsichtig erkundeten wir die Höhle; sie hatte sogar eine Öffnung, sodass wir ein großes Feuer machen konnten. Wir konnten uns das erste Mal, seit wir losgegangen waren, ausziehen und mit Schnee abreiben. Dann zogen wir unseren Umhang um und setzten uns um das Feuer. So schliefen die meisten am Feuer ein. Am nächsten Morgen aßen wir und gingen froh los; wir freuten uns, dass wir wieder nach Hause kamen. Der Sturm war vorbei, die Sonne schien und wir kamen gut voran. Wir trafen auf keinen Menschen und liefen, bis es schon anfing dunkel zu werden. Am nächsten Abend waren wir dann wieder zurück und glücklich, wieder bei euch zu sein!" Wir bedankten uns bei Karo für den ausführlichen Bericht und sprachen darüber, wie wir uns zur Wehr setzten konnten. Wir mussten erst warten, bis der Schnee weggetaut war, dann räumten wir kleine und große Steine von den umgebenden Bergen weg, damit man sie nicht runterwerfen konnte. Die Zugänge wurden mit Barrikaden zugesetzt. Das Beste wäre gewesen, die Zugänge zu bewachen; aber dafür hatten wir zu wenig Leute. Im Winter hatten wir schon angefangen, Speere und Bögen zu basteln, auch unsere Kinder wurden zur Arbeit herangezogen.

Uns war bewusst, dass man zuerst die Barrikaden zerstören würde, um auf die umgebenden Steilhänge zu kommen; dann würden sie von oben zu uns runterschießen. Die Steine hatten wir oberhalb der Wege gestapelt; sie sollten als Steinlawine einige von unseren Feinden töten. Die Sharkas hatten uns erklärt, wie diese brutalen Krieger sich anzogen; und Urk und ich hatten sie ja auch schon gesehen. So wollten wir gezielt Hardewigs Leute schonen. Wir hatten vor, Sambu den Weg herunter laufen zu lassen, um für Panik zu sorgen. Diese Idee zerschlugen wir gleich wieder, weil die Gefahr zu groß gewesen wäre, dass Sambu getötet werden würde. Wir schickten die Sharkas vor Ablauf der zwei Monde mit einem Auftrag fort; mit ihrer Ausbildung waren sie bei uns fehl am Platz. Vor unseren Höhlen spannten wir Seile, sodass wir menschenähnliche Gebilde hin und her ziehen konnten. Die Monde vergingen – und eines Tages meldeten unsere Wachen, dass der Feind eingetroffen war. Die Leute, die für die Steinlawine zuständig waren, sollten sich nach ihrer Tat im Wald verstecken. Nach kurzer Zeit hörten wir die Steinlawine und Menschengeschrei – und kurze Zeit später erschienen die Krieger. Unsere Pfeile konnten wir nicht hochschießen,
und erst recht nicht unsere Speere. Die Wand war aber auch zu steil zum Herunterklettern. Jetzt war es Zeit für unsere List:

Wir zogen unser menschenähnliches Gebilde von einer Höhle zur anderen. Wie auf Kommando schossen alle Krieger los und unser Gebilde wurde zigmal getroffen; wir zogen es dann ganz langsam weiter. Als wenn es ein Wettkampf wäre, schossen sie noch einmal auf das Gebilde, denn normalerweise wäre er schon tot. Zur selben Zeit – drei Tagesmärsche entfernt, in dem Lager der wilden Krieger – waren nur noch Frauen und Kinder und ca. zwanzig Männer. Die Dämmerung zog auf; einige Männer standen Wache, die anderen waren hinter den Frauen von Hardewigs Sippe her und machten eindeutige Bewegungen. Die Sharkaner hatten sich im Wald nach bewährtem Muster angemalt, außerdem hatten sie sich Matten geflochten, die sie vor sich hielten. Kurz darauf stand ganz in der Nähe von jeder Wache ein Sharkaner; der Ruf eines Adlers durchbrach die Stille – und im nächsten Moment lagen alle Wachen am Boden, mit durchschnittener Kehle. Jetzt krochen sie von Hütte zu Hütte, denn das Geflecht, wohinter sie sich versteckten, hatte viel Ähnlichkeit mit den Wänden der Hütten. Durch Handzeichen verfolgte jeder einen anderen Krieger, dann kam wieder der Ruf des Adlers – und die Sharkaner sprangen aus dem Nichts auf ihre Opfer. Ein Röcheln, ein gedämpftes Stöhnen, dann verschwanden die Toten unter den Matten der Sharkaner zur ewigen Ruhe. Jetzt sammelten sie sich und bildeten zwei Gruppen: Zwei Mann rissen immer die Hütte auf, drei Mann hatten den Bogen im Anschlag und schossen, wenn ein Mann in der Hütte war. Karo kam mit seiner Gruppe an Hardewigs Hütte: Zwei rissen die Hütte auf und im selben Moment zischten drei Pfeile in drei Männer – und es zischten noch einmal drei Pfeile durch die Luft. Sie stürmten rein, zogen die nackten Männer von Hardewigs Frau weg und warfen sie neben die Hütte. Zuerst hatte man sie geschlagen, dann hatten zwei nackte Männer sie festgehalten und der dritte wollte sie gerade besteigen. Erst jetzt bemerkten wir, dass ihre zwei Kinder zusammengekauert in der Ecke saßen; und ich sagte: „Geht zu eurer Mutter!" Hardewigs Frau zog sich etwas über, nahm ihre Kinder in den Arm: „Vielen Dank! Diese Nacht hätte ich nicht überlebt – und ich hätte Hardewig vor Scham nicht mehr in die Augen schauen können!" Sie schaute uns an: „Wo kommt ihr her? Wie seht ihr aus und wie heißt ihr?" Karo sagte: „Wir sind die Sharkaner; aber wir müssen noch die anderen Hütten durchsuchen, damit keiner von der Sippe entkommt! Wir kommen nachher wieder! Beruhige dich und deine Kinder! Wir kommen später wieder!" Es waren keine anderen Krieger mehr in den Hütten, doch die Frauen der feindlichen Sippe machten ein riesiges Gezeter. Sie wurden alle in den Versammlungsraum von Kurkan gesperrt; die anderen Frauen kamen aus ihren Hütten und versammelten sich vor uns. Sie wollten alles Mögliche erfahren; aber Karo sagte nur: „Wir sind die Sharkaner! Jetzt geht bitte alle zu euren Kindern in eure Hütten und schlaft so gut es geht! Morgen früh werden wir aufbrechen zu euren Männern!". In der Morgendämmerung standen alle vor unserer Hütte; sie besaßen nur das, was sie am Körper trugen. Die Kinder freuten sich darauf, ihre Väter zu überraschen. So kamen wir sehr gut voran. Die Sharkas waren angemalt und sahen furchteinflößend aus. Keiner sprach mit ihnen, weil sie kaltblütig zwanzig starke Krieger getötet hatten. Es war gut, dass die Sharkaner ihre Getöteten unter dieser Schutzmatte versteckt hatten.

Am Nachmittag des dritten Tages wurde früh Rast gemacht – und sie sollten warten, bis einer sie abholt. Die Sharkaner verließen die Gruppe – und an einem ruhigen Ort erneuerten sie sich gegenseitig ihre Bemalungen. Sie flochten sich noch Matten zum Schutz, überprüften ihre Waffen und sprachen sich ab, wie sie vorgehen würden. Dann setzten sie sich in Bewegung. Kurze Zeit später schrie der Adler; alle gingen sofort in Deckung und schlichen sich weiter vor, bis sie drei Krieger sahen. Langsam näherten sie sich den dreien, drei Hände fuhren aus dem Busch und schnitten mit einem Feuerstein alle

drei Hälse auf einmal durch, mit der anderen Hand hielt man ihnen den Mund zu und zerrte sie ins Gebüsch.
Wir schlichen weiter und entdeckten noch vier Krieger. Diese standen nicht in der Nähe von einem Gebüsch. Karo machte den Vorschlag, sie direkt von vorne in den Hals zu schießen mit einer größeren Pfeilspitze – aber dieser Schuss musste genau sitzen, sonst würden sie Alarm schreien und der Überraschungsmoment wäre vertan. Die besten Schützen sollten alle zusammen schießen – es waren sechs Männer, die aus dem Unterholz anlegten – und der Adler schrie. Alle drei rissen den Kopf hoch, um den Adler zu sehen; die Pfeile zischten durch die Luft und keines verfehlte sein Ziel. Jetzt waren wir schon so weit vorgedrungen dass wir den Eingang zur Schlucht sehen konnten. Wir machten einen kleinen Fetzen vom Tigerfell am Pfeil fest, legten an – und der Pfeil zischte über die feindlichen Krieger bis in die Schlucht. Kurze Zeit später flog ein Pfeil in unsere Richtung. Wir machten uns fertig für den Angriff: Ungefähr. vierzig Krieger standen vor uns und in der Schlucht und Unzählige standen oben auf den Klippen um unsere Höhlen. Auf einmal stürmten Männer mit Pfeil und Bogen aus dem Eingang der Schlucht und fingen sofort an zu schießen. Wir traten aus dem Unterholz, stellten unsere Matten vor uns und schossen, so schnell wir konnten, aber auch sehr gezielt. Ab und zu drehte sich einer von den Kriegern um, aber er konnte uns wegen unserer Tarnung nicht sehen. Nach kurzer Zeit war der Kampf zu Ende. Kurkan hatte nur seine Leute hier unten postiert. Von hier unten hätten Hardewigs Leute viel schneller fliehen oder zu uns überlaufen können. Wir kannten kein Erbarmen mit den Kriegern und töteten mit unseren Speeren alle, die noch am Leben waren.
Karo schickte dann den schnellsten Läufer los, um die Familien von Hardewigs Männern zu holen, die sich auch freudig und schnell auf den Weg machten. Wir warfen die toten Krieger in eine Schlucht, damit die Kinder und Frauen vor dem Anblick nicht erschraken. Das Blut war schon in der Wiese

versickert und nach kurzer Zeit war von dem Kampf nichts mehr zu sehen. Als Hardewigs Familien kamen, ließen wir sie in der schmalen Schlucht warten. Rinja hatte sich angeboten, zu Kurkan und Hardewigs Leuten zu sprechen. Rinja war ganz erpicht darauf und keiner hatte etwas dagegen, denn man musste schon ziemlich heraustreten, damit man die Stimme oben auf den Klippen hören konnte – und das könnte tödlich sein. Sie trat ohne Scheu heraus; sie schrie in ihrer Sprache die Klippen herauf: „Ich bin Hardewigs Tochter Rinja – und eure Familien haben wir aus den Klauen der barbarischen Krieger befreit! Dreht euch jetzt alle auf einmal um und erschießt unsere und eure Feinde, wenn der Adler schreit!" Zur gleichen Zeit liefen die Kinder und Frauen aus der Schlucht und suchten ihre Männer. In dem Moment schrie der Adler und Hardewigs Leute drehten sich um und schossen auf ihre Feinde. Dieses spielte sich innerhalb von ganz kurzer Zeit ab, sodass Kurkans Männer total überrumpelt waren, denn sie konnten Rinjas Worte nicht verstehen. Kurkan und seine Leute flohen; Hardewig nahm sich einen Speer, stürmte hinter den Kriegern her und seine Leute mit ihm. Kurkan floh in die Wälder. Als er nach drei Tagen seine Hütten erreichte, erzählten ihm die Frauen von den angemalten Männern. Kurkan tat vieles als Übertreibung der Frauen ab; aber die Frauen erzählten auch, dass es nur zehn Männer waren, die seine zwanzig Männer ausgeschaltet hatten, ohne einen von ihren eigenen Männern zu verlieren. Dann riefen einige Krieger nach Kurkan – sie hatten die Leichen unter den Matten entdeckt. Den Anblick konnte nicht einmal Kurkan ertragen, dass seine Leute nicht im Kampf gestorben sind, sondern abgeschlachtet wurden wie Wildschweine auf der Jagd.
Dafür war die Freude bei Hardewig umso größer: Er hatte seine Tochter wiedergefunden, seine junge Frau und seine Kinder waren wohlauf. Die Frauen von Hardewigs Sippe erzählten von Männern, die man im Wald nicht sehen konnte, und wie geschickt sie mit Pfeil und Bogen umgehen konnte. Es wa-

ren die wundersamsten Geschichten – und Hardewig dachte sich, Frauen neigen leicht zu Übertreibungen. Er sagte zu den Frauen: „Und wo sind die Männer jetzt?" Sie guckten sich um und bemerkten, dass keiner der bemalten Männer mit in die Schlucht gekommen war. Doch rund um Hardewig herum standen Männer mit schicker gleich aussehender Kleidung; sie hörten zu und schwiegen. Hardewigs Frau trat auf ihn zu und sagte ihm ins Ohr: „Die Gruppe Männer, die uns befreit hat, nannte sich Sharkaner!" Ein Schrei ging durch die Höhle, als Rinja mit Sambu, seinem Sohn Surka, seiner Tochter Saron, ihrem Sohn Urk, ihrer Tochter Rinka und ihrem dritten Sohn Arko in die Höhle kamen. Rinja schritt auf ihren Vater zu und umarmte ihn, seine Frau und seine Kinder. Dann sprach sie: „Vater, ich will dir meine Familie vorstellen! Das sind meine ältesten Söhne – Sambu und Urk – sie wurden beide in derselben Nacht geboren. An meiner Brust habe ich beide gesäugt. Sambu ist letztes Jahr Vater geworden, doch seine Gefährtin starb in einer Fallgrube von Kurkans Kriegern. Sein Sohn heißt Surka und seine Tochter heißt Saron. Wir haben sie mit Ziegenmilch großgezogen. Urk will dieses Jahr die Aufnahmeprüfung bei den Sharkanern machen! Und das ist Arko – Sambu ist auch sein bester Freund; und er will später zu den Sharkas gehören. Meine kleine Tochter heißt Rinka; sie hilft mir, Kräuter zu sammeln und zu trocknen. Beide kümmern wir uns um Kranke und um gebrochene Knochen! Der Mann, der sich die ganze Zeit mit deiner Frau unterhalten hat, ist Aron, mein Mann, der mich damals gerettet hat, als ihr mich zurücklassen musstet.

Da drüben, der große Mann, ist Karo; daneben steht Reike mit ihrer Tochter Kanin – sie gehören auch zu unserer kleinen Sippe. Er ist ein Anführer der Sharkas."

Verschiedene willkürlich zusammengewürfelte Gruppen machten sich auf, um Wild zu erlegen, damit ein großes Fest gefeiert werden konnte. Am Abend beim Lagerfeuer erzählte Rinja

ihrem Vater, was ihr alles passiert war; und ihr Vater erzählte, was er die letzten elf Winter erlebt hatte, bis Kurkan kam.
Am nächsten Tag besprachen wir mit Hardewig und seiner Gruppe, wie es weitergehen sollte. Sie wollten bei uns bleiben – und wir hatten nichts dagegen – damit war die Sache erledigt. Jetzt waren fast alle Höhlen besetzt. Ich sagte zu Karo: „Jetzt ist es notwendig, dass du die Sprache von Rinjas Sippe lernst!" Karo drehte sich um und sprach in Rinjas Sprache, dass er große Fortschritte macht. Die Monde vergingen und die Tage wurden wieder kürzer, für den Winter waren schon Vorräte angelegt worden, aber es reichte noch nicht. Die Jäger mussten immer weiter ziehen, um Rehe, Hirsche und Wildschweine zu erlegen. Die Aufgabe der Sharkas war es, neue Jagdgebiete zu suchen und auf Leder mit Farbe so zu malen, dass die Jäger die Stellen finden konnten. Es wurden Berge, markante Riesenbäume, Flüsse, Bäche und grüne Täler eingezeichnet. Urk hatte vor einigen Monden an der Prüfung der Sharkas teilgenommen und war aufgenommen worden. Auch einige von Hardewigs jungen Leuten hatten an der Prüfung teilgenommen und hatten bestanden; ein älterer Sharkaner hatte die Ausbildung der Neuen übernommen – und sie waren so gut, dass eine Frau Beeren sammelte und sie einem die Beeren direkt vor dem Mund wegnahm, ohne zu bemerken, dass der Strauch ein Sharkaner war. Jeder junge Mann wollte Mitglied werden und die nächste Prüfung musste etwas anstrengender werden, damit die ganz jungen Männer noch ein Jahr warten mussten. Die Tiger Surka und Saron waren jetzt immer bei Karo und Urk: Sie lernten Schleichen, sich verstecken und auf Pfeiftöne zu reagieren. Saro hatte sich mit seiner Gruppe Sharkaner auf den Weg gemacht, um nach Kurkan und seiner Sippe zu schauen. Doch sie waren weitergezogen, in Richtung des Sterns, der nachts am hellsten scheint.

4. Kapitel Sargow – eine neue Bedrohung

Kurkan zog mit den Resten seiner Sippe weiter; seine finsteren Gedanken, sich an Hardewig, dessen Sippe und den Mördern an seinen Söhnen zu rächen, war ungebrochen. Er hatte vor, seine Gruppe durch kleine Sippen, die er überfallen will, wieder größer und stärker zu machen; die Anführer würde er mit in seinen engsten Beraterkreis aufnehmen und es ihnen an nichts fehlen lassen. Doch nach einigen Monden traf er auf eine große Sippe, die genau so wild und brutal war wie seine eigene Sippe. Erst beschnupperten sie sich misstrauisch – aber keiner wollte es auf einen Kampf ankommen lassen. Dann entschlossen sie sich, einige Zeit nebeneinander zu leben und die Sprache des anderen zu lernen. Die Sippen freundeten sich an und Kurkan sah wieder eine große Macht hinter sich wachsen. Er freundete sich auch mit Anführer Sargow an und erzählte ihm von der Sippe, die seine Söhne und die Hälfte seiner Sippe getötet hatten.
Er erzählte auch von dem Tiger, der dieser Sippe zur Seite steht, und dass sie jetzt die mächtigste Sippe in dem Gebiet sind. Die Sharkas verschwieg er ihm; er wollte ihn nicht verunsichern, wenn er die Kampfkraft dieser kleinen unsichtbaren Gruppe schildert. Sargow hatte vor, mit seiner Sippe dorthin weiterzuziehen, woher Kurkan gekommen war. Er hätte im großen Bogen vorbeiziehen können, aber das wollte er nicht. Diese große Sippe würde weiter wachsen und vielleicht irgendwann eine Gefahr für ihn darstellen. Doch Sargow hatte Zeit, es war noch genügend Wild in der Gegend – und er konnte auch keinen zweiten Anführer neben sich gebrauchen. Abends saßen beide Krieger-Gruppen zusammen und erzählten Geschichten. Sie verstanden nicht alles, aber sie lernten immer mehr Wörter. Als erstes lernten die Kinder sich zu unterhalten und nach und nach die Älteren. Sargow saß zwischen den Kriegern und erzählte auch Geschichten, er fühlte sich wie einer von ihnen.

Kurkan hatte die Führung der Sippe von seinem Vater übernommen und saß nur mit den Kriegern zusammen, die Gruppen anführten. Sargow war nach kurzer Zeit sehr beliebt bei Kurkans Kriegern. Kurkan wurde aber trotzdem würdevoll behandelt und geachtet. Doch eines Tages bei einem großen Fest stellte sich Sargow hinter Kurkan und sprach zu den Kriegern von der Zukunft, Ruhm, großen Siegen – und dass es nur einen Anführer geben kann. Im selben Moment nahm er einen langen Feuerstein aus seinem Umhang und schnitt Kurkan die Kehle durch. Dieser Kurkan ist kein Anführer, er hat seine halbe Sippe getötet durch schlechte Planung, er war es nicht wert, euch tapfere Männer zu führen. Zur gleichen Zeit stand hinter jedem seiner Gruppenführer ein Mann mit einem Speer und drückte es ihm gegen die Rippen. In der Hütte von Kurkan erstach ein Krieger Kurkans Frau und zwei kleine Kinder; sie wurden in Felle gewickelt und im Wald verscharrt. Kurkans Männer waren eine kurze Zeit verdutzt, aber ihre Gruppenführer taten nichts – und was Sargow sagte, war nicht verkehrt. Alle Krieger standen auf einmal auf und schrieen: „Es lebe Sargow!" Am nächsten Tag wurde verbreitet, dass Kurkans Frau mit ihren beiden Kindern geflohen war; man versicherte Kurkans Leuten, dass ihnen nichts passiert wäre, wenn sie dageblieben wären. Zwei Winter wollte er noch an dieser Stelle, wo sie jetzt waren, bleiben – und bis dahin musste er alles über die Tigersippe wissen.
Er wollte irgendjemanden schicken, der die Sippe ausspioniert.
Die Monde vergingen – die Sippen vermischten sich und es bildeten sich neue Gruppen. Eine Gruppe produzierte so viel Salz, dass sie mit Fellen voll Salz manchmal monatelang unterwegs war und mit Schüsseln aus einem weißen Material wiederkam, in denen man so manche Dinge sehr gut zerkleinern konnte. Andere hatten Hütten vor der Schlucht gebaut, in denen sie mit den Ziegen lebten. Einmal kam die Salz-Gruppe und hatte ein großes Fell gefüllt mit Dinkel. Man sollte die

Kerne in die Erde legen, damit sie wachsen und dadurch aus einem Kern viel mehr wird. Sie legten ein Feld an – wie sie es nannten – und bauten eine Hütte daneben, in welcher sie lebten. Sie kamen nur noch zum Essen und zu Besprechungen in die Höhlen.. Die Tage wurden kürzer und der Dinkel wurde gelb und die Körner immer härter und größer. An einem der letzten schönen Tage vor dem Winter sagten die Dinkelleute Bescheid, dass sie Hilfe bräuchten; und alle gingen mit, um den Dinkel zu ernten. Mit langen Feuersteinen schnitten sie über der Erde den Dinkel ab, dann schnitten sie das Korn von fünf Halmen ab und banden es um den dicken Strauch, um es dann hinzustellen. Sie hatten bemerkt, dass die Körner oder Halme, die durch den Wind abgebrochen waren und auf dem Boden lagen, am nächsten Tag aufgefressen waren. Zwei Tage später brachten sie den Dinkel auf einen felsigen Platz vor der Schlucht und schlugen mit Knüppeln darauf – so hatten die Leute, die den Dinkel mitgebracht hatten, es ihnen erklärt. Die Körner flogen heraus, aber es waren zu viele, um sie einzeln auszulesen, deshalb hatte eine Frau eine Idee und machte aus Binsen einen großen Korb. Sie warf die Körner hinein und an einer windigen Stelle warf sie die Körner in die Luft. Der Wind wehte alles, was vom Korn abgefallen war, fort und zum Schluss blieb nur das saubere Korn übrig.

Das Stroh wurde in den Höhlen an die Schlafstellen gelegt und mit Fellen abgedeckt. Die Leute, die kein Stroh bekamen, mussten bis zur nächsten Ernte warten und sich bis dahin mit Reisig und Blättern begnügen.

Die Körner wurden in fein geflochtenen Körben in der Nähe des Feuers aufgehoben; die Aussaat für das nächste Jahr bekam Rinja zum Aufbewahren, denn sie hatte die trockenste Höhle für ihre Kräuter ausgesucht.

Als die letzten Vorbereitungen für den Winter getroffen waren, machten wir ein großes Fest – und zum ersten Mal sollte das Dinkel seine Verwendung finden.

Einige Frauen nahmen eine große weiße Schüssel, taten Dinkel hinein und zerschlugen die Körner durch leichtes Klopfen mit dem Faustkeil.

Dann drehten sie den Faustkeil hin und her; der Dinkel wurde immer feiner und war nachher wie Staub. Dann taten sie Wasser dazu und es bildete sich ein Teig, danach taten sie ein wenig Salz dazu. Am frühen Morgen wurde schon ein Stein, der abgeflacht war, ins Feuer gelegt; der Stein war heiß. Die Frauen nahmen faustgroße Teigstücke, drückten sie platt und legten sie auf den Stein – nach kurzer Zeit wurde er gewendet. Die Leute, die den Dinkel mitgebracht hatten, sagten: „Das ist jetzt Manna!", brachen es auseinander und verteilten das heiße Manna. Der nächste lag auf dem Stein und wurde auch schon gebacken. Das Manna schmeckte sehr gut und fand reißenden Absatz: Jeder wollte ein Stück probieren.

Die Probe war gelungen – und bei der abendlichen Zusammenkunft machte ich den Vorschlag, die doppelte Menge Dinkel für die Aussaat zurückzulegen und noch ein zweites Feld anzulegen. Ein anderer unterstützte meinen Vorschlag und meinte, wir sollten mit der Zeit so viele Felder anlegen, dass wir den ganzen Winter über von dem Manna essen könnten. Wir einigten uns darauf, einen großen Teil des Dinkels bei Rinja zu lagern, um vor dem nächsten Winter eine noch größere Menge zurücklegen zu können.

Am nächsten Tag fand ein riesiges Fest statt mit gebratenem Wildschwein, geräuchertem und getrocknetem Fleisch, vielen großen und kleinen Vögeln und natürlich Manna. Alle waren glücklich. Es bildeten sich neue Pärchen und die Männer erzählten, was sie schon alles erlebt hatten in ihrem Leben. Die drei Tiger lagen abseits und schauten verdutzt dem Treiben zu. Bis spät in die Nacht ging das Fest und alle waren sich einig, dass so ein Fest immer vor dem kalten Winter gefeiert werden sollte. Karos Sharkaner-Gruppe wollte noch eine längere Reise machen und nach Kurkans Sippe schauen. Sie nahmen aber ihre Schneeanzüge mit; falls der Winter früher einsetzt, würden diese sie vor der Kälte schützen. Sambu begleitete die Sharkaner als Bote für den Notfall, falls irgendetwas Unvorhersehbares passieren sollte. Ein paar Tage nach dem Fest war alles gepackt für den Abtransport; sie rechneten fest damit, dass der Winter dieses Mal früher kommen würde. Die ersten Tage waren feucht und kalt, aber die Kleidung war mit speziellem Fett eingelassen – und daher fingen die Sharkaner nicht an zu frieren. Nach zwölf Tagen fing es an zu schneien; jeder war froh, dass sie die Schneeanzüge mitgenommen hatten. Zwei Tage vorher hatten sie die Spuren von Kurkans kleiner Truppe gefunden, doch das Schneetreiben entwickelte sich zu einem Schneesturm – und Karo beschloss, irgendwo Unterschlupf zu finden. Sie suchten die ganze Gegend ab; aber erst nach zwei Tagen fanden sie eine Höhle, sie hatte sogar eine eingefasste Feuerstelle, die vor kurzer Zeit noch benutzt worden war. Holz war in einer Ecke der Höhle aufgestapelt und innerhalb von kurzer Zeit brannte ein kleines Feuer. Sambu legte sich zu Karo und sie wärmten sich gegenseitig. Die anderen kamen auch – einer nach dem anderen – zu Sambu gekrochen; einen Teil der Kleidung legten sie unter sich, mit der weißen Fellkleidung deckten sie sich zu. Sie schliefen sich richtig aus. Am späten Nachmittag des nächsten Tages legte sich der Schneesturm und ein paar Sharkaner gingen mit Sambu auf die Jagd. Abends gab es Wildschwein und ein paar Hasen zum Essen, was eine angenehme Abwechslung zu dem Trockenfleisch war. Wir beschlossen aber trotzdem, am nächsten Tag weiterzuziehen, auch wenn die Höhle noch so angenehm war, denn unseren Auftrag hatten wir nicht vergessen. Am nächsten Morgen nach Sonnenaufgang setzten sie sich in Bewegung – und nach zwei Tagen trafen sie auf eine große Ansammlung von kriegerischen Menschen. Tagsüber hatten sie schon ausgespäht, wo der Anführer der Gruppe wohnte, aber von Kurkan und seiner Sippe war nichts zu sehen. Die Sprache der neuen Gruppe hatte viel Ähnlichkeit mit Rinjas Sprache, deswegen war es kein Problem, sie zu verstehen.

Spät in der Nacht kamen sie an einem vom Sturm umgefallenen Waldstück vorbei; der Schnee lag dicht auf den Zweigen – und so boten die Bäume einen Schutz gegen Wind und neuen Schnee. Dicht zusammengedrängt saßen alle zusammen, Sambu lag dazwischen und spendete die nötige Wärme. Kora fing an zu erzählen, dass die Führung von einem Angriff auf eine größere Gruppe gesprochen hätte. Aber dass sich vorher noch ein Vertrauter in die Gruppe einschleusen müsste, um herauszufinden, wie stark die Gruppe ist, die Kurkan so zugesetzt hatte. Ein anderer meldete sich und sagte, er hätte gehört, dass für den Sommer der Angriff geplant ist. Aus dem Hintergrund meldete sich einer, dass Kurkan vor der ganzen Mannschaft die Kehle durchgeschnitten wurde; ein anderer meinte, man wüsste auch nicht, wo seine Frau und seine kleinen Kinder wären. Karo sagte, dass er vorschlägt, sie noch ein paar Tagen zu beobachten, weil doch eine akute Gefahr von ihnen ausgehen würde. In den nächsten Tagen erfuhren sie, dass der Anführer Sargow ein sehr straffes Regiment führte und zehn Unterführer unter sich duldete, die einzelne Gruppen führten.
Sie gehorchten blind – und wenn einer mal etwas gegen ihren Anführer Sargow sagte, war er im nächsten Moment tot. Dann bemerkten sie noch, dass der Anführer Sargow immer Leute empfing, von denen er Informationen über alle möglichen Gruppen in weit entfernten Gegenden einholte. Am dritten Tag machten wir uns schon im Dunkeln auf den Weg; es herrschte leichter Schneefall mit sanftem Wind, das optimale Wetter zum Marschieren. Durch den Schneefall hatte sich die Landschaft total verändert, doch Sambu hatte Markierungen auf dem Hinweg gespritzt und jetzt konnte er sich daran orientieren. Manchmal erkannten sie Felsen oder riesige Bäume wieder, die sie auf dem Hinweg gesehen hatten. An markanten Stellen machten sie abends Pause; die Hälfte der Gruppe ging auf Jagd und die andere Hälfte bereitete für die Nacht ein Lager mit Feuer. Meistens reichte das Fleisch

noch für den nächsten Tag, sodass sie bis zur Dämmerung marschieren konnten. Sie brauchten fünfzehn Tage, bis sie den Weg zurück geschafft hatten. Die Nachrichten, die sie mitgebracht hatten, waren nicht gut: Ein noch größerer Anführer als Kurkan wollte sie vernichten. Sargow war das Thema der nächsten Zeit, doch bei einer großen Versammlung teilten wir unseren Leuten mit, dass ein Mann oder eine Frau unterwegs war, um auszukundschaften, wie man uns am besten überfallen könnte. Wir mussten die Gruppe der Sharkaner noch vergrößern und zusätzlich mit Steinschleudern ausrüsten. An den nächsten Abenden wurden Vorschläge zur Verteidigung gemacht. Der erste Vorschlag war, die Gruppe der Sharkaner zu verstärken: Es sollten jetzt auch junge Frauen aufgenommen werden; sie sollten gleich am nächsten Tag aufgenommen werden und mit der Ausbildung anfangen. Der zweite Vorschlag: Es sollten alle Wege, die auf den Berg führen, mit hohen Toren versehen werden. Der dritte Vorschlag: die Sharkaner sollten ihr Lager schon sieben Tage entfernt aufbauen; von diesem Lager aus sollten sie Angriffe starten – bei Tag und bei Nacht. Der vierte Vorschlag: drei Tage entfernt sollen die Sharkaner ein zweites Lager aufschlagen und mit Sambu bei Tag und bei Nacht Angriffe starten. Danach sollen beide Gruppen, wenn sie weiterziehen, den vernichtenden Schlag aus dem Wald vor der Schlucht wie schon einmal ausführen.

Am nächsten Tag standen junge Frauen und die jungen Männer, die die Prüfung nicht geschafft hatten, weil sie noch zu jung und dadurch zu schwach waren, vor Karos und Saros Höhle. Eine Aufnahmeprüfung fand nicht statt. Die jungen Frauen und Männer kamen in eine Gruppe, die von Saro in den nächsten Monaten ausgebildet werden sollte. Für die Neuen war keine Sharkaner-Kleidung da, aber die Gruppe, die nähte, hatte schon angefangen, Felle rauszusuchen und war dabei auf ein paar Streifen Fell von Sambus Mutter gestoßen. Sie machten Stirnbänder daraus – und schon konnte man die Neuen als Sharkaner erkennen. Als alle ihr Stirnband hatten, fing er an, die Leistungsfähigkeit der Gruppe aufzubauen durch langes Laufen im Schnee: Im Dauerlauf liefen sie fort und ohne Pause kamen sie nach langer Zeit wieder; danach wurden sie mit kaltem Wasser abgewaschen, anschließend machten sie noch ein paar Übungen im Stehen. Die jungen Frauen und Männer gingen danach in ihre Höhlen, wickelten sich in ihre Felle und schliefen bis zum nächsten Tag. Am nächsten Morgen standen sie wieder vor Saros Höhle, denn jeder wusste, dass jede Frau und jeder Mann bei diesem Kampf gebraucht werden würde. Es stellte sich nach einem neuen Mond heraus, dass die jungen Frauen zielstrebiger waren als die jungen Männer. Die Leistungen im Bogenschießen, im Langlauf und im Steinschleuderschießen waren bemerkenswert. Als der Schnee getaut war, fing Saro mit dem Anmalen und der Farbherstellung an, Saro meinte nur, die jungen Frauen zu Sharkanern zu machen, wäre eine tolle Idee gewesen, obwohl er am Anfang sehr skeptisch gewesen ist. Die anderen Sharkaner gingen auf Jagd und übten, wann immer es möglich war. Rinja legte ein größeres Lager mit allen Gegenständen, die sie brauchten, an – und sie wollte, sobald die ersten Kräuter wachsen, auch eine größere Menge trocknen. So bereitete sich jeder vor. Hardewig legte auch mit Hand an, denn er wusste, nur gemeinsam könnten sie diesen Gegner bezwingen. Am Anfang hatte er mit dem Gedanken gespielt, mit seiner ganzen Sippe zu fliehen. Doch die Sippen waren so zusammengewachsen, dass man sie nicht mehr trennen konnte – und so behielt er den Gedanken für sich. Die Monde vergingen und die Zeit kam, dass sich die Sharkaner auf den Weg machten, dem Feind entgegen zu ziehen. Nach vier Tagen suchten sie eine Höhle und fanden bald auch eine, deren Eingang man gut mit Sträuchern tarnen konnte. Sie teilten sich: Karo zog mit seiner Gruppe weiter und suchte auch nach vier Tagen Marsch eine Höhle. In mehreren Richtungen wurden Späher ausgeschickt, die immer wieder ausgetauscht wurden, damit keine Trägheit aufkomme – und immer wurden sie mit neuen Aufgaben betraut, damit die Zeit sehr schnell verging. Eines Abends sahen die Späher eine riesige, schwer bewaffnete Gruppe anmarschieren. Sie schlugen ihr Lager auf und eine große Gruppe von Kriegern stürmte in den Wald, um Wild zu erlegen, Frauen suchten Holz – und die Sharkaner sahen zu, dass sie wegkamen, um Karo Bescheid zu sagen. Karos Plan war so, dass er zuerst die Hütten, die sie dabei hatten, vernichten wollte. Alle malten sich so an, dass sie im Unterholz nicht mehr zu sehen waren; dann setzte sich die ganze Gruppe zu dem Rastplatz der Feinde in Bewegung. Ein Teil der Gruppe tötete die Wachen ohne einen Laut; die Leichen wurden unter Gestrüpp versteckt. Der andere Teil steckte die Hütten an; kurz danach gab es ein riesiges Durcheinander; die Hälfte der Hütten brannte. Karo gab das Zeichen zum Rückzug und alle Sharkaner zogen sich ohne Hast ins Unterholz zurück. Sie nahmen ihre Bögen und schossen auf die Krieger. Die stürmten sofort in das Unterholz, um uns zu suchen. Die Sharkaner hatten gelernt, nicht zu fliehen, auch wenn ein Krieger direkt vor einem steht. Wir gingen einfach davon aus, dass er uns nicht sehen kann. Wenn er sich dann entfernte, wurde er erschossen oder von hinten die Kehle durchgeschnitten. Überall hörte man unterdrückte Schreie oder Stimmen, die auf einmal verstummten. Ein Horn ertönte – und die wenigen Krieger, die noch lebten verließen den Wald; alle anderen – und es war noch eine riesige Menge – verschanzten sich hinter den restlichen Hütten. Wir zogen aus den Leichen unsere Pfeile heraus – und die Krieger, die noch röchelten, wurden durch einen Stich in den Hals getötet. Auf einmal erschallte ein Horn und die Krieger stürmten überall in den Wald. Wir verharrten in einem Gebüsch oder neben einem Baum. Es waren zu viele, um sie abzuschießen, ohne erkannt zu werden.

Einem neuen Sharkaner schaute ein Krieger genau ins Gesicht: Der neue junge Mann behielt nicht seine Erstarrung und wollte fliehen. In dem Moment rammte ihm der Krieger seinen Speer vorn in den Bauch; ein kläglicher Laut schall-

te durch die Nacht. Das Blut spritzte aus dem Bauch; nach einem kurzen Moment fiel er in sich zusammen, der Krieger warf ihn sich über die Schulter und brachte ihn ins Lager. Der Krieger warf Sargow die Leiche vor die Füße und sagte: „So sieht unser Feind aus! Es sind angemalte Kinder!"
Sargows Krieger waren verunsichert; sie hatten keinen Menschen gesehen: Die Pfeile kamen aus dem Nichts. Angst machte sich breit. Da trat Sargow vor seine Leuten und sprach: „Wir müssen unser Vorgehen ändern! Unser Feind ist unsichtbar! Wenn wir wieder in den Wald stürmen, werden wir in jeden Busch und jede Hecke reinstechen und damit sichergehen, dass uns keiner in den Rücken schießen kann. Wir haben einen Gegner erwischt – und der sieht auf keinen Fall gefährlich aus!" Im selben Moment rollte er eine Leiche eines Jungen aus einem Fell, der grün und schwarz angemalt war: „Das ist unser Feind! Vor diesen Kindern braucht ihr keine Angst zu haben!"
Die Sharkaner hatten sich zurückgezogen und gemerkt, dass einer fehlte. Sie besprachen, dass sie den nächsten Angriff in Dreier-Gruppen machen wollten, sodass man sich gegenseitig Schutz gibt. Außerdem wollten sie den Gefangenen oder den Leichnam wieder befreien. Dafür stellte Karo die besten Sharkaner zusammen; die anderen sollten aus sicherer Entfernung schießen, wenn der Adler schreit. Karo schlich sich mit sechs Mann auf allen Vieren von Hütte zu Hütte. Die Wachen rechneten nicht mehr mit einen Angriff – und so schlenderten sie zwischen den Hütten und sahen nicht, dass sie gerade an sechs auf dem Boden liegenden Sharkanern vorbeigelaufen waren. Vor einer Hütte im Dreck lag ihr Kamerad; zwei nahmen ihren Kameraden und schlichen sich wieder in den Wald zu den anderen. Karo schlich sich mit den anderen in eine Hütte: Hier schliefen sechs Krieger. Karo ließ jedem Zweiten, ohne dass sie einen Ton von sich gaben, den Hals durchschneiden. Dann gingen sie in die nächste Hütte: Hier schliefen vier Krieger mit drei Frauen. Er ließ allen vier den Hals durchschneiden, doch die Frauen verschonte er. Danach

zogen sie sich in den Wald zurück. Karo schrie wie ein Adler – und im nächsten Moment flogen aus dem Wald Pfeile auf die Wachen, die schreiend noch ein Alarmsignal aus einem Horn bliesen, um dann in sich zusammenzubrechen. Die Krieger stürmten aus ihren Hütten, rannten in den Wald und stocherten in den Hecken und Büschen. Drei waren blutverschmiert, rannten panisch in der Gegend herum und erzählten, dass man in ihrer Hütte jedem zweiten Krieger den Hals durchgeschnitten hat. Die Frauen waren auch wach geworden und lagen in einer Lache von Blut. Sie schrien, dass der unsichtbare Feind in ihrem Lager war, ohne dass die Wachen was gemerkt hatten. Als Karo entdeckte, dass die Krieger wahllos in den Büschen rumstocherten, gab er das Zeichen zum Rückzug. Sie legten sich in ihre Höhle und schliefen bis zum nächsten Morgen. Die Sonne stand schon hoch am Himmel; Karo und ein paar Leute machten sich auf den Weg, um zu erkunden, ob die Krieger den Rückzug angetreten hatten. Doch weit gefehlt: Sie hatten schon in der Nacht ihre Hütten abgebrochen und waren weitergezogen. Die Leichen hatten sie auf einen Haufen geworfen, zwei Frauen – total blutverschmiert – liefen wild schreiend herum. Überall lagen noch Ausrüstungsgegenstände herum. Karo ging mit seinen Leuten zurück und brach auch auf Er hatte gedacht, dass nach so einem nächtlichen Angriff die Angriffslust gebrochen wäre und Sargow mit seinen Leuten den Rückzug angetreten hätte. Sargow trieb seine Leute voran, um so schnell wie möglich auf einem Schlachtfeld nach seinen Bedingungen zu kämpfen. Karo mahnte auch zur Eile. Er wollte in der nächsten Nacht noch einen Angriff starten, um den Kampfeswillen der Krieger zu brechen; doch er konnte sie nicht einholen, der Vorsprung war zu groß. Spät in der Nacht ließ Sargow rasten; aber man legte sich einfach ins Gebüsch, kratzte ein bisschen Laub zusammen und schlief. Der Morgen graute und schon zog man weiter. Vier Tage lang hetzte er seine Leute, dann ließ er Lager aufbauen für einen Tag Ruhe. Die zweite Gruppe Sharkaner hatte sie schon gesehen. Sie bemerkten, dass nur notdürftig ein Lager aufgeschlagen wurde und kurze Zeit später alles schlief, bis auf zehn Wachen. Sie schlichen sich an die Wachen heran und bemerkten, dass diese wahllos immer wieder auf eine Hecke oder einen Busch einstachen. Saro meinte: „Die haben Angst vor den Unsichtbaren!" Saro gab Anweisung, besonders vorsichtig zu sein. Kurze Zeit später hörte man nur ab und zu ein Stöhnen oder ein Gurren, dann war Ruhe. Wir sammelten Waffen ein, banden Füße von zwei Kriegern zusammen; dann töteten wir einen davon. Es sollte, wenn Sambu zum Einsatz kommt, eine Panik und das Grauen ausbrechen. Die Leute waren so fertig von der Hatz, dass keiner geweckt wurde. Es graute schon leicht der Morgen Die Sharkaner hatten sich zurückgezogen – da kam Sambu zum Einsatz. Sambu schoss auf eine Hütte zu und zerschmetterte sie mit einem Prankenhieb, dann rannte er zum nächsten und wieder zum nächsten: Wenn ihm irgendwo ein Krieger im Wege stand, wurde der mit einem Prankenhieb erledigt. Die Krieger suchten in ihren zerstörten Hütten nach Waffen; andere wunderten sich, dass sie festgebunden waren, bis sie merkten, dass ihr Freund mit durchgeschnittenem Hals an ihrem Bein hing. Sambu sprang auf alles, was sich bewegte. Der Schrei des Adlers hallte durch die Nacht – und so schnell wie Sambu gekommen war, war er auch wieder verschwunden. Die Krieger schauten sich an, befreiten sich von ihren Fesseln – und im selben Moment kamen aus der Dämmerung Pfeile. Sargow wollte noch etwas sagen, aber er wurde grob beiseite gestoßen und die Krieger rannten um ihr Leben.

Karo und seine Sharkaner-Gruppe konnten sich noch geradeso in die Büsche verkriechen, als sie schreiende Krieger auf sich zugestürmt kommen sahen. Einige hatten abgebrochene Pfeile in ihren Armen oder Beinen, andere hatten Kratzspuren von Sambu am Körper, doch bloß ein paar hatten Waffen dabei. Ziemlich am Ende der Gruppe war Sargow zu sehen: Er schimpfte und fuchtelte mit den Armen, doch keiner hörte auf ihn. Die Schlacht war gewonnen! Es würde einige Zeit dauern,

bis er seine Krieger wieder dazu bewegen konnte, uns anzugreifen; doch wir mussten auf der Hut sein! Bei dem Bericht einige Tage später ließen wir einige grausige Sachen weg. So hatten wir es abgesprochen. Unser junges Mitglied, das gestorben war, wurde verbrannt; doch vorher wurden noch lobende Worte über seinen Einsatz und seinen Mut gesprochen.
Zehn Sharkaner hatten den Auftrag, Sargows Leute zu verfolgen und ihn selbst abends zu belauschen, was er mit seinen Hauptleuten absprach.
Die Gefahr für dieses Jahr schien gebannt – und schon bald war die Bedrohung vergessen. Der letztes Jahr geerntete Dinkel wurde in neu angelegte Felder eingebracht, die jungen Frauen bei den Sharkanern bekamen auf sie zugeschnittene Anzüge. Aber alle waren sich einig: Die Stirnbänder aus dem Fell von Sambus Mutter wollten alle behalten, als Zeichen der Sharkaner. Die jungen Frauen hatten schon immer einen guten Kontakt zu den Pferden, deswegen wurde das Reiten bei den Frauen mit in das Training aufgenommen. Rinja brachte ihnen noch bei, wie man stark blutende Wunden oder Brüche vor Ort versorgt.
Das Schießen mit Pfeil und Bogen, die Steinschleuder und das Speerewerfen wurden nicht vernachlässigt. Die jungen Frauen kontrollierten regelmäßig Sargow – was er plant – und stellten fest, dass er Eroberungen macht, aber nicht in unserer Richtung. Die Pferde waren aber nur in begrenzter Zahl zur Verfügung, weil sie viel zur Arbeit im Wald eingesetzt wurden.
So verging das Jahr. Wir bekamen noch netten Besuch, von zwei jungen Männern, die gut gekleidet waren und sich an unser Leben anpassten. Sie waren sehr neugierig, fleißig und aufmerksam; sie teilten sich schnell auf in den verschiedenen Arbeitsgruppen.
Nach der Ernte des Dinkels gab es bei Festlichkeiten immer Manna; für das nächste Jahr wurde genug Dinkel bei Rinja eingelagert. Man wollte jedes Jahr ein Feld dazu anlegen, denn man hatte gemerkt, dass Manna sättigt und dass man getrock-

netes Manna sehr lange in einer trockenen Höhle aufheben kann.

Nach Sargows Angriff hatte ich mich mit den Händlern auf den Weg gemacht, um zu sehen, wo Rinja geboren worden war. Die Händler hatten Geschichten erzählt von einem weiten Meer, von Hütten aus Stein, dass die Leute sich in Tücher hüllten und nur Leder an den Füßen trugen.

Doch wir hatten erst die Hälfte der Strecke geschafft, obwohl wir schon einen ganzen Mond unterwegs gewesen waren. Der dichte Wald hörte auf und eine karge Landschaft mit kleineren Wäldern begann. Abends hatten wir uns einen Unterstand aus Sträuchern gemacht, da hörte ich ein bekanntes Geräusch und dachte, das kann nicht sein! Sambu! Nein, es muss ein anderer Tiger sein! Fliehen hatte keinen Sinn! Sambu konnte mich durch seine gute Nase überall finden. Wir beschlossen zu warten; vier Männer hatten keine Chance gegen einen Tiger. In der Nacht schlich der Tiger durch unser Lager, er steckte die Nase in die Luft und kam auf mich zu. Weil ich viel mit Sambu zusammen gewesen war, hatte ich keine Angst vor der riesigen Katze: Sie schnupperte an meiner Brust und leckte mir über dieselbe – doch dann drehte sie sich um und verschwand so schnell wie sie gekommen war. Wieder einmal hatte Sambu uns das Leben gerettet! Die drei Händler saßen bleich, total verängstigt, hinter mir und umarmten mich so innig, wie ich es nur bei Rinja erlebt hatte. Die ganze Zeit kam ich mir wie ein Ballast vor oder wie ein Aufpasser, weil die Tochter ihres Anführers meine Frau war. Doch jetzt verstanden sie gar nichts mehr: Ein zahmer Tiger war schon sehr ungewöhnlich, aber dass ein wilder Tiger mich als seinesgleichen ansieht, war nicht zu verstehen! Am nächsten Tag musste ich viel weniger Gepäck tragen und es war auch nicht mehr so schwer; wir kamen jetzt schneller voran – und eines Abends sah ich das Meer. Wir liefen noch bis zur Dunkelheit und kamen an eine kleine Hütte aus Stein. Es lag viel Stroh auf dem Boden, sodass wir uns gleich hinlegen konnten und sofort einschliefen. Am nächsten Morgen gingen die drei Händler hinter die Hütte und unter einer Abdeckung aus Schilf holten sie einen eckigen Baum hervor. Sie öffneten ihn und der Baum war hohl: Es lagen Sachen darin, die ich früher noch nie gesehen hatte. Der eine Händler sagte, ich solle mich an der Quelle waschen und dann nackt zurückkommen. Als ich gewaschen war, stand ich vor ihm – und er zeigte mir ein Tuch, so wie er es nannte, und schlang es um meinen Körper. Es war sehr leicht und weich, aber es hatte keine Haare und war weiß mit einer roten Umrandung. Er nahm einen scharfen Stein oder etwas ähnliches und schnitt meine Haare etwas kürzer. In der Zwischenzeit hatten sich die anderen Händler auch gewaschen und umgezogen. Wir versteckten unsere Felle in dem eckigen Baum, den sie Kiste nannten, und richteten alles wieder so her, wie wir es angetroffen hatten. Die Landschaft und das Meer waren neu für mich, aber ich war begeistert vom ersten Moment an. Wir gingen an einer Steilküste längs, bis wir nach ein paar Stunden in der Ferne kleine weiße Hütten sahen – und als wir davor standen, waren sie gar nicht so klein. Sie waren doppelt so hoch wie ich groß war. Die Türen waren aus Holz und blau angemalt. Es war sehr heiß und man sah nur ab und zu jemanden über den Weg huschen. Die Händler gingen von einem Weg in den nächsten, dann mal links, dann mal rechts – und auf einmal blieben sie vor einem Haus stehen. Sie klopften und eine grauhaarige Frau öffnete die Tür. Sie kannte die Händler und führte sie zu einem alten grauhaarigen Mann. Er stand von seinen Kissen auf und begrüßte die Männer mit einer tiefen Verbeugung. Wir verbeugten uns auch. Sie sprachen in Rinjas Sprache über Tücher aus fernen Ländern, über ein Getränk, das sie Wein nannten, und dass seine Frau den Wein vom letzten Jahr gleich bringen würde. Die Männer schnalzten mit der Zunge und seine Frau kam mit einem Krug aus Stein mit Wein. Sie hatte kleine Becher aus Stein, in denen sie den Wein einschenkte. Uns gab sie jedem eins – und ich probierte dieses Getränk zum ersten Mal. Es war wohlschmekkend; aber die Händler sagten, ich solle nicht mehr trinken, weil ich sonst nicht mehr laufen könnte. Später gingen wir in die Stadt – wie sie es nannten –, draußen waren so viele Leute auf der Straße, wie ich noch nie gesehen hatte. Alle gingen aneinander vorbei; friedlich lebten hier die Menschen nebeneinander und miteinander. Dann kamen wir auf einen großen Platz, wo überall auf Ständen verschiedene Früchten, Ziegen, Fleisch und auch Dinkel angeboten wurden. Ich wusste nicht, was ich zuerst anschauen sollte. Andere Stände hatten Schüsseln aus Stein, Krüge und auch Becher. Auch gab es Stände mit Tüchern. Dahinter standen Männer, die kunstvoll Tücher um ihren Kopf geschwungen hatten und Rinjas Sprache sehr undeutlich sprachen. Wir gingen weiter und kamen ans Meer: Es sah aus wie ein See, denn nur an einer kleinen Stelle war eine Öffnung zum Meer. Auf dem Wasser schwammen Schiffe – wie die Händler sie nannten – und weil sie einen Mann vom Schiff kannten, ging ich auf eines.

5. Kapitel Mein Freund Garon

Das große weiße Tuch füllte sich mit Wind und das Schiff entfernte sich vom Holzsteg. Wir fuhren auf die schmale Stelle zu; und als wir durchfuhren, war sie doch sehr weit. Erst jetzt fasste der Wind in die Segel und wir glitten in einer für mich unvorstellbaren Geschwindigkeit über das Meer. Das Land wurde kleiner und der Schiffer sagte, er fährt nur so weit dass er das Land noch sehen kann. Nach einer ganzen Zeit kam in der Ferne ein kleines Stück Land zum Vorschein – der Schiffer nannte es Insel. Jetzt war unser Land verschwunden und die Insel wurde immer größer. Wir fuhren wieder in eine kleine Bucht und sofort verlor der Wind Kraft, das Schiff wurde langsamer. Wir legten an und der Schiffer bat mich, Kisten in ein kleines Haus zu tragen, wo schon ein paar Frauen auf uns warteten. Als das Schiff leer war, lud der Schiffer mich zum Essen ein. Ich saß mit seiner Familie auf dem Boden; er hatte einen Sohn und drei Töchter. Ich erzählte ihnen von meiner Familie, von Rinja und ihrem Vater Hardewig – und von Sambu mit seinen zwei kleinen Nachkommen. Die Kinder fragten immer wieder nach Sambu und wollten Geschichten von ihm hören; die Größe und sein Gewicht konnte sich keiner vorstellen. Der Wind stand ungünstig, sodass wir nicht mehr zurückfahren konnten. Der Schiffer sagte mir, er wolle mir am nächsten Morgen vor Tagesanbruch noch etwas zeigen; und so schlief ich tief und fest. Die Luft war anders als bei uns in den Bergen und im Wald. Der Schiffer weckte mich und sagte mir, dass der Wind zum offenen Meer weht und wir aufbrechen müssten. Er nahm ein sorgsam zusammengelegtes Netz mit in das Schiff und ein paar leere Kisten. Ich war gespannt, was er mir zeigen wollte. Wir fuhren auf das offene Meer, dann nahm er das Netz und warf es so geschickt, dass es sich total entfaltete, sich in seiner vollen Größe auf das Wasser legte und absank. Der Schiffer merkte ein leichtes Zittern im Seil, er zog daran und das Zittern wurde stärker. Ich sprang zu ihm und zog mit ihm das Netz aus dem Wasser. Es war voller Fische. Der Schiffer sagte: „Das ist ein Schwarm!", denn sie sahen fast alle gleich aus. Die Fische rutschten in eine Vertiefung des Schiffes. Der Schiffer nahm das Netz wieder zusammen und warf es noch einmal so geschickt wie beim ersten Mal in das Wasser. Mir sagte er, ich sollte mit einem alten Segel die Fische abdecken. Das Netz fing wieder an zu zittern, aber viel intensiver – und ein Schrei – und der Schiffer war weg. Ich schaute ins Wasser, aber es war nichts zu sehen! Das Boot wenden, war mein erster Gedanke: Segel hoch – und das Glück war mir hold! Der Wind erfasste das Segel, jetzt das Ruder voll einschlagen, bin ich schon weit genug, das Schiff nahm Fahrt auf. Eine lange Stange aus Holz lag im Schiff. Ich nahm sie unter den Arm und beobachtete das Wasser. Die Zeit verging sehr langsam; aber ich wusste: Wenn er nicht bald auftaucht, ist er ertrunken! In der Ferne sah ich irgendetwas; ich hielt das Schiff auf das Etwas zu – und im selben Moment kamen ein Arm und ein Kopf aus dem Wasser. Mein Stab verfehlte den Arm nur knapp und verfing sich im Netz. Das Netz zog wieder an; im selben Moment erkannte ich eine Vorrichtung, in der ich den Spieß verkanten konnte, was ich auch sofort tat. Der Kopf des Schiffers war schon wieder unter Wasser. Ich griff ins Wasser und hatte seinen Arm. Ich zog und konnte auch seinen zweiten Arm erreichen. Das Seil vom Netz hatte sich um den Arm verfangen; jetzt fing es wieder an zu ziehen, doch mit letzter Kraft zog ich ihn an Bord und band das Seil fest. Jetzt fing ich an, das Seil von der Hand zu lösen; der Arm war gebrochen, doch die Hand verkrampfte sich um das Seil. Das war bestimmt ein Zeichen, dass er noch lebte. Ich drückte ihm auf seine Brust, um das Wasser aus seinem Mund zu drücken – und dann fing er an zu husten und übergab sich. Das Schiff bewegte sich immer noch vorwärts; und als er langsam wieder bei sich war, fragte er: „Haben wir das Netz verloren?" „Nein," sagte ich und zeigte auf den Stab. „Wir müssen es reinholen, damit wir wieder zurücksegeln können!" Gemeinsam holten wir das Netz rein und fanden einen riesigen Fisch darin. Er schaute sich um, um sich zu orientieren: Aber überall war nur das große Meer. Doch er sagte: „Ich habe Hunger und mein Magen täuscht sich nicht!" Er gab mir das Seil vom Segel sowie das Ruder und sagte: „Schau, wo die Sonne steht! Wir müssen da hin, wo sie aufging!" Das Segel fing Wind und wir nahmen Fahrt auf, bis wir nach einer ganzen Zeit Land sahen. In der Zwischenzeit hatte ich vom alten Segeltuch, mit dem die Fische abgedeckt waren, einen langen Streifen abgeschnitten und damit einen Stab an seinem Arm festgebunden. Nur seine Finger konnte er noch bewegen. Sein Blick verriet mir, dass er sich Sorgen machte. Als wir an Land waren, nahm ich die Kisten mit Fisch und trug sie an Land zu einer bestimmten Stelle, die er mir anwies. Die anderen Schiffer saßen herum und arbeiteten an neuen oder flickten alte Netze. Ihre Stände waren abgebaut. Garon – wie mein Schiffer hieß – ließ sich – nicht beirren und pries lautstark seine Fische an. Eine Frau kam und sah Garons Arm. Sie kannten sich schon lange; und sie sagte zu ihm, sie will in den Straßen ausrufen, dass du da bist und viel Fisch hast. Die Händler kamen auch und begrüßten den Schiffer und mich. Sie erzählten, dass sie noch bis zum Vollmond zu tun hätten. Ich sagte ihnen, dass ich in der Zeit bei dem Schiffer bleiben würde, weil er sich verletzt hat und Hilfe braucht. Dem Schiffer ging ein Lächeln über das Gesicht und von überall kamen Kunden, die seinen Fisch kaufen wollten.

Ich fragte die Händler, ob sie Salz hätten, damit wir den Fisch längere Zeit haltbar machen können. Sie nickten, kamen kurze Zeit später wieder und brachten mir einen kleinen Sack Salz. Den großen Fisch fanden alle schön – aber keiner wollte ihn kaufen. So fragte ich Garon, ob ich ihn auseinander schneiden und salzen könnte, um ihn danach in den Rauch zu hängen. Er sagte: „Der Fisch hätte mich bald das Leben gekostet!" Ich solle mit ihm machen, was ich wolle. Überall standen wohlrie-

chende Kräuter; ich schnitt mir einiges ab. Den Fisch schnitt ich mit einem Feuerstein auseinander und legte die zerrupften Kräuter darauf, danach kam Salz darauf – und so kam der Fisch in einen Kasten. Als der große Schwung Frauen Fisch gekauft hatte, waren noch einige kleine Fische übrig – und der Schiffer wollte sie wieder ins Meer werfen. Ich fragte, ob wir sie nicht ausnehmen und dann mit Kräutern füllen und mit Salz würzen sollten. Heute Abend würden wir sie dann mit seiner Familie essen. Er war begeistert, denn er wollte mir alles recht machen. Am Nachmittag machten wir uns auf den Weg zur Insel, die Kisten nahmen wir mit und stellten sie hinten in das Schiff.
Garon gab mir Anweisungen – der Wind stand günstig: „Das Segel in den Wind stellen!" – und schon setzte sich das Schiff in Bewegung. Wir steuerten die Meerenge an und sausten mit einer Geschwindigkeit da durch, dass ich nur staunte. Wir fuhren die Küste entlang bis im offenen Meer nur ein Punkt Land zu sehen war. Jetzt steuerten wir dieses kleine Land an, welches aber immer größer wurde. Garon meinte, ich wäre talentiert zum Segeln; Segeln gefiel mir auch sehr gut – und ich sollte ja die nächste Zeit damit verbringen. Garons Frau schaute sich dessen Arm an und fragte, was passiert sei. Er meinte, dass er auf dem Schiff unglücklich gefallen wäre, aber Aron – mein Freund – hat mir geholfen, den Fisch noch zu verkaufen. Garon erzählte mir hinter vorgehaltener Hand, dass Fatullas Vater von einer Fahrt nicht zurück kam und sie deswegen ängstlich ist. Fatulla legte zwei Fische nebeneinander auf einen Stein in der Feuerstelle; mit einem dünnen Holzblatt fuhr sie geschickt unter den Fisch und wendete ihn so, dass er von beiden Seiten schön braun wurde. Die Fische schmeckten fantastisch; sogar die Kinder waren begeistert, obwohl sie mit Fisch groß geworden waren. Am Abend musste ich wieder Geschichten über Sambu erzählen; die Kinder konnten nicht genug davon bekommen. So verging die Zeit wie im Flug und Garons Arm wurde wieder ganz gesund. Nach kurzer Zeit hat-

te er mit Fingerübungen angefangen, sodass er nachher wieder einen voll einsatzfähigen Arm hatte. Zum Abschied sagte er mir vor seiner Familie, dass ich jederzeit mit meiner Familie und natürlich Sambu zu ihnen kommen könnte, so lange ich wollte. Garon und ich gingen am nächsten Tag noch einmal Fischen und dann gab es den großen Abschied. Er sagte, es wäre eine Fügung des Schicksals gewesen, zur richtigen Zeit dagewesen zu sein.

Die Händler holten mich ab, sodass wir beizeiten aufbrechen konnten. Die erste Zeit ging ich ruhig hinter den Händlern her, in mich gekehrt, und ließ die letzte Zeit an mir vorbeiziehen. An der Hütte holten wir uns wieder unsere Ledersachen heraus und legten die Tuchkleider sorgsam zusammen. Jetzt erst bemerkte ich, wie schwer unsere Lederkleider sind; aber im Wald würden die Tuchkleider sehr schnell zerreißen. Wir hörten den Tiger zwar brüllen, aber er ließ sich nicht sehen. Die Händler suchten alle meine Nähe, bis wir sicher waren, dass er nicht mehr in der Nähe ist. Die Händler erzählten über ihre Geschäfte und zeigten sich bei den Pausen, was sie erworben hatten. Dass ich die ganze Zeit über dem Schiffer beim Fischen geholfen hatte, konnte keiner verstehen. Ich sagte nur: „Habt ihr nicht gesehen, dass er mit einem Arm nichts hätte tun können und seine Familie hätte Hunger leiden müssen?" „Aber damit hast du doch nichts zu tun!", sagte ein Händler. „Die wären schon irgendwie durchgekommen!" „Was hast du denn für deine Arbeit bekommen?", sagte der Dritte. „Unterkunft in angenehmer Umgebung, jeden Tag zu essen, er lehrte mich Fischen und Segeln! Außerdem bekamen ich und meine Familie eine lebenslange Freundschaft!" Wir reisten zurück ohne Zwischenfälle und kamen nach zweieinhalb Monden wieder in unserer Heimat an. Die Sharkaner hatten uns schon Tage vorher entdeckt und uns freudig begrüßt. Surka und Saron waren auch dabei – und sie waren in den letzten Monden gewachsen. Sie fielen mich an und freuten sich so, mich wiederzusehen, dass ich nach der Attacke überall Kratzspuren hatte. Die beiden hatten sich toll gemacht; die Sharkas zeigten mir, was die beiden alles gelernt hatten. Die Händler, die sich von den beiden fern hielten, staunten, was für Befehle sie beherrschten. Der Schrei des Uhus ließ sie langsam ganz dicht auf dem Boden schleichen; beim Fasanen-Ruf legten sie sich ganz flach auf den Boden; beim Schrei des Adlers griffen sie an – und das war jetzt schon tödlich für jeden Gegner. Sie unterschieden auch, ob der Schrei von einem Sharkaner kam oder von einem Vogel; sonst hätten diese Befehle auch zu großen Missverständnissen führen können. Vier Tage später drückte ich Rinja so kräftig, dass sie fast keine Luft mehr bekam – so lange waren wir noch nie getrennt gewesen!

Ich erzählte ihr die Geschichte vom Schiffer und sagte, dass wir jetzt Freunde am Meer bis ans Lebensende haben. Sie fragte ein paar Mal, ob ich wirklich segeln könnte – sie konnte es einfach nicht glauben! Einige Tage später kam Rinja zu mir und sagte: „Du hast mir gar nichts von dem Tiger erzählt und dass ihr euch beide abgeschnuppert habt!" Ich sagte ihr, dass es ein Tigerweibchen gewesen ist und es an meiner Kleidung Sambu gerochen hat. Vielleicht verfolgt es uns und lernt Sambu kennen – das währe doch schön für Sambu!

Am nächsten Morgen ging ich zu den Dinkelfeldern: Es war atemberaubend, was die Leute geschafft hatten! Einer stand am Feld und passte auf, dass die Wildschweine nicht die Felder verwüsteten, denn es waren schon dicke Körner an den langen Halmen. Zurück in den Höhlen machten junge Mädchen allerlei verschiedene Schmuckstücke, die die Händler verkauften. Was mir auffiel, war, dass sehr viele kleine Kinder in den Höhlen spielten und Frauen schwanger waren oder kleine Kinder auf dem Arm hielten. Als ich Rinja danach fragte, meinte sie: "Es sterben nur wenige, weil die Mütter immer gut zu essen haben und dadurch ganz kräftige Babys geboren werden. Auch die älteren Leute sind gesünder; unsere Sippe wächst sehr schnell! Deswegen haben wir viel Dinkel gepflanzt, damit wir bei Fleischengpässen oder auch zu jeder

Mahlzeit Manna essen können. Manche Wurzeln, wenn man sie in der Höhle unter einen Haufen Erde legt, fangen auch nicht zu vergammeln oder zu vertrocknen an. Wir müssen mehr darüber nachdenken,, Wurzeln haltbar zu machen und Früchte von den Bäumen. Denn unsere Jäger müssen immer weiter ziehen, um Wild zu erlegen. Wir sollten das Fleischessen reduzieren, damit sich das Wild wieder vermehren kann! Die Ziegen sind zu klein, um eine so stark
wachsende Sippe zu ernähren! Wir müssen größere Tiere, wie das Wisent, zähmen!" „Rinja, du hast Recht! Wir brauchen größere Tiere, die zahm sind. Die Sharkas und ich werden uns auf die Suche nach jungen Kälbern machen!" „Aron, ich möchte dir noch etwas zeigen, was ein junges Mädchen gemacht hat!" Sie holte ein Ziegenfell aus der Ecke; es sah dick aus und war mit Wasser gefüllt. Das Fell war an den Schnittstellen wieder sauber zusammengenäht, die Beine waren am Körper zusammengenäht, bis auf eins, bei welchem ein Knoten den Schlauch verschloss. Rinja öffnete den Knoten und ließ Aron das Wasser probieren: Es schmeckte sehr gut, obwohl Rinja es schon vor sechs Tagen in den Schlauch eingefüllt hatte. Rinja sagte, sie hat schon fünf Mädchen daran gesetzt, solche Schläuche zu machen, damit zuerst jeder Sharkaner einen bekommt – und vielleicht können die Händler auch welche verkaufen. Ich ging zu Karo, der mit seinen Sharkanern gerade Zielschießen übte, und zeigte ihm den Schlauch aus einer Ziege. Er schaute sich ihn an und meinte, dass man ihn umhängen müsste und vielleicht nur kleine Ziegen für die Sharkaner nehme, weil sie jetzt doch schon eine große Menge mitschleppen müssten. Dann erzählte ich ihm von Rinjas Vorschlag, Kälber von Wisenten zu zähmen, damit sie sich dann in einem Gehege vermehren und die Tiere im Wald sich ebenfalls wieder vermehren können. Karo sagte, die Wisente sind große angriffslustige Tiere; man müsse die Kühe töten und aufpassen, dass kein Bulle in der Nähe ist. Es ist sehr gefähr-

lich – und wir bräuchten mindestens fünf weibliche Kälber und einen kleinen Bullen.
Karo hatte schon einmal einen riesigen Bullen gesehen; es war in der Nähe von einem Fluss. Am nächsten Morgen wollten wir uns treffen. Karo meinte, dass er noch ein paar Vorbereitungen zu machen hat bis Morgen. Am nächsten Morgen standen Karo und zwanzig Sharkaner mit einer großen Trage, auf dem sie das Wisent fortschleifen wollten, zum Abmarsch bereit.
Die Tage waren nicht mehr so lang, aber die Sharkaner konnten auch im Dunkeln ihr Lager aufschlagen. Vier Tage marschierten die Sharkaner mit einer Geschwindigkeit, bei der ich Mühe hatte mitzukommen. Spätabends legte ich mich hin und schlief bis zum Wecken. Dann sahen wir den Fluss; die Sharkaner packten ihre Sachen aus und fingen an, Pasten anzurühren, die sie sich ins Gesicht, auf die Arme und Beine schmierten. Jeder achtete darauf, dass der andere optimal angemalt ist. Dann kamen sie zu mir. Jeder schmierte mir seine restlichen Farben ins Gesicht, in die Haare, auf die Arme und Beine. Jetzt machten sie aus Schlinggewächsen Matten und arbeiteten Gras mit ein, sodass es aussah wie eine Wiese. Es war noch früher Nachmittag. Karo teilte vier Gruppen ein, um die Umgebung abzusuchen. Als Treffpunkt bei Dämmerung gab Karo einen auffälligen Felsen an. Karo und ich machten uns gleich auf den Weg zum Felsen. Da angekommen, fing ich an, Holz für das Feuer und Gras für das Lager zu suchen. Ich hatte ganz vergessen, dass ich fast unsichtbar war, denn ein Hase schaute zwar zu mir, aber er machte keine Anstalten zu fliehen. Ich nahm meinen Bogen und erwischte ihn. Bei einem Reh erging es mir genauso: Als ich vorsichtig meinen Bogen hoch nahm und den Pfeil abschoss, machte es keinen Fluchtversuch. Mit dem Reh auf den Schultern und dem Hasen am Gürtel machte ich mich wieder auf den Weg zum Felsen. Das Reh hatte ich sehr schnell ausgeweidet und abgezogen, zwei Zwillen und ein langer Stab waren sehr schnell gefunden. Das

Reh wurde mit Salz eingerieben und schon fing es auf der Glut des Lagerfeuers an zu brutzeln. Karo erschien auf einmal aus dem Wald und freute sich auf das Reh. Als das Reh fertig und es schon dunkel war, fragte ich Karo, wo die Sharkaner blieben. Karo hob den Arm und sagte nur: „Sharkaner, wir können essen!" Auf einmal bewegte sich alles um mich herum! Es waren alle Sharkaner da – ich hatte bloß keinen gesehen! Jeder bedankte sich bei mir für das Abendessen – und dann erzählten die verschiedenen Gruppen, was sie herausgefunden hatten. Sie gingen genau so vor, als wenn sie einen Feind besiegen wollten. Eine Gruppe hatte eine Wisent-Kuh mit zwei Kälbern entdeckt; aber es waren noch drei andere Kühe mit jungen Kälbern und einem Bullen dabei. Am nächsten Morgen besprach Karo mit der Gruppe, wie sie vorgehen wollten. Am Rande der Wiese, auf dem die Wisente grasten, setzte ich mich hin und lehnte mich an einen Baum. Die Sharkaner hängten sich ihre Grasmatten über die Schultern und krochen auf allen vieren auf die Wisent-Kuh mit ihren zwei Kälbern zu. Nach kurzer Zeit sah ich keinen mehr. Die Kuh entfernte sich aber immer weiter von ihrer Gruppe – und auf einmal schossen zwei Speere gleichzeitig in die Brust der Kuh. Der Bulle stürmte heran und stieß die Kuh an, aber sie war tot. Im selben Moment erschraken die anderen und rannten fort; der Bulle rannte zu seiner Herde, ab und zu sprang er über kleine Erhöhungen im Gras. Er rief die Kälber der toten Kuh; aber sie hörten nicht; sie zogen an den Stricken – doch die Sharkaner zogen die Köpfe der Kälber so weit herunter, dass es aussah, als wollten sie sich nicht von ihrer Mutter trennen. Danach bildete sich um die Kälber ein Graswall, sodass sie verschwunden waren. Die Sharkaner hatten sich alle um die Kälber gestellt und hielten die Grassmatten vor sich. Aus dem Wald schleppten vier Sharkaner im geduckten Lauf die Trage heran. Meinen Ziegenschlauch hatte Morgens schon jemand mitgenommen – und als ich mich langsam an die Gruppe heranschlich, sah ich, dass einer die letzte Milch aus der Kuh in

den Schlauch hinmelkte. Die Kälber wurden an die Trage gebunden und ganz langsam entfernten wir uns im Schatten der Sharkaner, die wiederum keinen Augenblick den Bullen aus den Augen ließen, von der Wiese.
Im Wald nahmen die Sharkaner die Trage – auf jeder Seite sechs – und hoben sie auf die Schulter. Nun trugen sie die schwere Kuh zu unserem Felsen, unterwegs entledigten sie sich noch der Eingeweide. Wir nahmen davon einiges noch mit für das Abendessen. Das Feuerholz war im Nu gesucht – und schon saßen wir zusammen. Ein Sharkaner war verletzt worden; der Huf des Bullen hatte ihn getroffen, als er über ihn drüber sprang. Rinjas Salbe, die jeder Sharkaner in seinem Beutel hatte, linderte seinen Schmerz. Am nächsten Morgen hatten wir in die Kuh Salz hineingestreut, damit die Fliegen keine Eier hineinlegen können.
Der verletzte Sharkaner konnte schlecht laufen und kam zu der Kuh auf die Liege. Die Sharkaner wechselten sich während des Laufens gegenseitig ab, alle rutschten auf jeder Seite nach hinten – und vorne gingen zwei in Position. So hörten die letzten Beiden auf zu tragen und die Vorderen gingen in Position. So brauchte man die Trage nicht abzustellen, denn das Hochheben war viel schwerer als während des Laufens zu wechseln. Die Kälber bekamen am ersten Tag noch die Milch aus dem Ziegenschlauch und dann mussten sie sich selber etwas suchen. Dreiviertel der Strecke lang betrauerten sie ihre Mutter durch ununterbrochenes Muhen. Einen Tag vor unserer Heimkehr sahen wir Sambu auf einem Hügel. Anscheinend hatte die Tigerin meine Spur verfolgt und jetzt Sambu gefunden. Alle Sharkaner jubelten, als sie Sambu sahen. Doch sie wussten, die Tigerin könnte ihnen auch sehr gefährlich werden! Danach erzählte ich den Sharkanern die Geschichte von der Tigerin. Sie meinten, dann brauchen wir keine Angst vor den Tigern zu haben. Das habe ich nicht gesagt! Ich weiß nicht, wie es ausgegangen wäre, wenn ich einem männlichen Tiger begegnet wäre! In den Höhlen angekommen, erzählte

ich Rinja von Sambus Glück und von den zwei Kälbern, die wir mitgebracht hatten. Am nächsten Tag wurde dann die Wisent-Kuh gebraten – und sie schmeckte sehr gut. Die Kälber blieben im Schutz der Höhlen eingezäumt im Ziegengehege, aber wir wollten ihnen außerhalb eine Hütte bauen, mit Gehege. Sie sollten groß werden in der Umgebung, die sie gewohnt waren, bloß mit ständigem Kontakt zu Menschen. Ein junges Pärchen erklärte sich bereit, diese Aufgabe zu übernehmen. Sie wussten auch, dass noch mindestens drei Kälber und ein Bulle dazukommen würden. In den nächsten Tagen wollten wir ihnen in einem abgelegenen Tal eine stabile Hütte bauen für die Kälber und für sie. Ein paar Tage später gingen die Sharkas mit Karo wieder auf die Suche nach ein paar Kälbern. Diesmal brauchte ich nicht mit.

6. Kapitel Die Sharkanerinnen und ich auf dem Weg zu Sargow

Ich entschloss mich, die Sharkanerinen zu begleiten und Sargow einen Besuch abzustatten, denn in der Zwischenzeit hatte ich reiten gelernt und konnte so bequem mit den jungen Frauen reiten. Die Frauen waren damit einverstanden, denn die Händler hatten ihre Geschichten über mich erzählt und auch die Sharkaner wahrscheinlich. Am nächsten Morgen sollte es losgehen. Die Frauen standen vor Sonnenaufgang schon bereit mit ihren Pferden; Rinja gab mir ein paar Salben mit, für den Fall, dass mir etwas weh tun sollte. Die Frauen hatten sich für ihre Pferde aus Hirschfell eine Art Decke gemacht, die unter dem Pferd zusammengebunden wurde. Wir stiegen auf und ganz gemächlich trotteten wir los. Als wir die Höhlen hinter uns gelassen hatten, wurden die Sharkanerinnen immer schneller, sie legten sich auf ihre Pferde, steckten ihren Po hoch – und von gemütlich war keine Rede mehr! Natürlich tat ich genauso wie die Frauen, denn mein Pferd blieb immer hinter ihnen – und mir taten schon Knochen weh, wo ich gar keine vermutete. Ab und zu drehte sich eine um, um zu sehen, wie ich zurecht komme. Wir ritten bis zum Abend; sie hielten an, nahmen ein Gewächs, zogen daran; dann führten sie ihre Pferde durch das entstandene Tor in eine Höhle. Ich lief als Letzter, wenn man es noch so nennen konnte, und war überrascht über die Gemütlichkeit der Höhle. Die Frauen schauten mich an und gaben mir eine Alabasterschale mit Wasser zum Waschen. Sie meinten, wenn ich mich überall gewaschen habe, soll ich die Stellen, die weh tun, mit Salbe von Rinja gut einreiben und mich dann zum Schlafen hinlegen. Kurze Zeit später schlief ich tief und fest auf meinem Lager. Am nächsten Morgen, als ich aufwachte, waren die Frauen schon aktiv; sie hatten den Pferden schon die Hirschfelle umgebunden. Vor mir lag ein Ziegenschlauch mit frischem Wasser, wie ich bemerkte,

Manna und trockenes Fleisch lag daneben. Ich aß schnell und bemerkte, dass mein Hintern sich gut erholt hatte. Wir gingen mit den Pferden aus der Höhle und mit einem Griff hatte eine Sharkanerin das Gewächs gelöst und die Pflanzen versperrten wieder den Eingang. Zu meiner Überraschung legten die Frauen jetzt ein gemächliches Tempo vor; wir waren jetzt schon im Gebiet von Sargow und wollten nicht entdeckt werden. Ab und zu stiegen wir von den Pferden ab und liefen neben ihnen her. Es dämmerte langsam und ich war gespannt, wo wir diese Nacht verbringen würden. In der Ferne hörte ich ein Donnern – und die Sharkanerinen ritten gemächlich darauf zu. Ihre Wachsamkeit war bemerkenswert: Jedes Reh, welches davonhuschte oder kleinere Nager, die sich versteckten, entgingen nicht ihrer Aufmerksamkeit. Das Donnern kam von einem Wasserfall; und als die Frauen Rehe beim Wasserfall grasen sahen, beobachten sie noch einen Moment lang die Umgebung mit konzentrierten Gesichtern. Dann sagten sie zu mir, ich solle ihnen so schnell wie möglich folgen und alles so machen wie sie. Sie liefen mit den Pferden aus ihrem Versteck, direkt auf den Wasserfall zu und ins fallende Wasser hinein. Alle verschwanden vor mir im Wasser. Als ich durch das Wasser schritt, stand ich in einer Höhle, die von einem Wasservorhang verschlossen war.

Wir liefen immer weiter durch die Höhle, jetzt kamen wir in einen Bereich, der wohnlich aussah. Den Pferden wurden die Hirschfelle abgenommen und dann rieben wir sie mit Heu ab: erst dann setzten wir uns hin und aßen. An diesen Abend unterhielten wir uns sehr angeregt über die Zukunft: Sie meinten, wenn es bekannt wird, wie sich unser Leben entwickelt hat und dass jeder jedem hilft, ohne auf Gegenleistung zu pochen, dass dann keiner mehr hungern muss und dass alle sich bemühen, ihr Bestes zu geben für die Allgemeinheit. Das Wichtigste ist noch, dass jeder bei den abendlichen Treffen seine Meinung sagen kann und dann über dieses und jenes Thema gesprochen wird. Wenn einer krank wird, ist er nicht alleine, sondern Rinja mit ihrer Tochter kümmern sich darum, dass sie wieder gesund werden. Abends werden Vorschläge gemacht – genauso wie hinsichtlich der Kälber – und wenn es Zustimmung findet, wird es so schnell wie möglich in die Tat umgesetzt. Sargow würde die Sache ändern, indem er alle Lager nicht mehr für jeden zugänglich macht, sondern denen, die ihm wohlgesonnen sind, würde er viel mehr geben – und die, die Kritik üben, bekommen nichts oder so wenig, dass sie gerade leben können. Die Macht des einzelnen würde er wieder durchsetzen, den bedingungslosen Gehorsam; und wenn ihm jemand nicht gefällt, den würde er töten lassen. Für mich war es sehr interessant, wie weit und selbstsicher sich diese Frauen entwickelt hatten, aber unter der Führung eines Sargow würden sie nicht überleben. Am nächsten Morgen fingen die Frauen an, sich mit ihren Farben anzumalen. Ich musste mich hinlegen und bekam wieder die ganzen Reste – überall, wo Haut zu sehen war, etwas draufgeschmiert. Sie zeigten mir einen Gang der Höhle, wo es Zugluft gab; und durch einen kleinen Ausgang konnte man ins Freie, man musste auf allen Vieren kriechen. Die Sharkanerinnen sagten mir, sie hätten von Sambus Duftstoffen nur ein wenig an den Eingang geschmiert – und seitdem nisten sich keine anderen Tiere mehr ein. Sie sprachen kein Wort, sondern verständigten sich nur mit Zeichen. Wir schlichen an eine Stelle, die sehr geschützt war. Die Frauen fingen an, sich Matten zu knoten – und ich beobachtete die Umgebung. In der Ferne hörte ich Schritte von kräftigen Männern, im nächsten Moment standen sie ganz in unsere Nähe und liefen direkt auf uns zu. Wir lagen unter den Matten. Einem kam etwas komisch vor, weil das Gras runtergetreten war; und er fing an, mit seinem Speer rumzustochern. Eine Sharkanerin sprang auf und stach mit ihrem Speer von der Seite aus direkt in den Hals; ein leises Röcheln kam aus seinem Mund und ein Schwall von Blut. Im selben Moment sprangen die anderen hoch, die eine schleuderte ihre Steinschleuder so geschickt, dass einem anderen Krieger das dicke

Lederstück direkt in den Mund flog. Mit einem Satz sprang sie ihm in den Rücken, zog an den beiden Enden, sodass er zurückfiel und von einem Speer durchbohrt wurde, ohne dass er einen Laut von sich geben konnte. Dem Letzten war ein Pfeil von einer liegenden Sharkanerin von unten in den Hals geschossen worden – und oben aus dem Hinterkopf heraus war ein kleines Stück zu sehen. Jetzt beeilten sie sich, die Spuren des Kampfes zu verwischen: Von weiter her holten sie grüne Pflanzen, um die Leichen abzudecken, und nach kurzer Zeit konnte man vom Kampf nichts mehr sehen. Sie sagten nur: „Wenn sie anfangen zu schreien, hören es andere Krieger – und dann haben wir keine Chance! Sie sind viel kräftiger und schwerer als wir!" Jetzt schlichen sie sich noch vorsichtiger vorwärts, denn diese drei getöteten Krieger waren nicht allein unterwegs. Nach kurzer Zeit hörten wir Schritte; es waren zehn Krieger – und wie es aussah, vermissten sie die drei noch nicht. Wir gingen zur Deckung ein wenig ins Unterholz, die Speerspitze nur mit ein paar Blättern getarnt, aber immer zum tödlichen Stoß bereit. Wir hatten Glück; aber das Verhalten der Krieger hatte sich verändert: Sie sprachen nicht viel miteinander und stießen ab und zu einfach mal so in eine Hecke. Wir mussten jede Auseinandersetzung vermeiden. Informationen waren wichtig, um uns für den nächsten Angriff vorzubereiten. Am Abend erreichten wir das Lager, die Frauen schlichen sich von Hütte zu Hütte und ich war ihr Schatten. An den Hütten, direkt dort, wo keiner lief, war das Gras sehr hoch gewachsen und bot uns einen sehr guten Schutz. Nach kurzer Zeit erreichten wir eine größere Hütte – zwei der Frauen und ich blieben hier, die anderen zogen weiter. Die Hauptleute, die bei Sargow waren, erzählten ihm, dass drei Späher nicht zurückgekommen waren. Er lachte: „Die haben sich bestimmt verlaufen!" Dann sagte einer: „Sie hatten die Anweisung gegeben, jedes Verschwinden von Kriegern sofort zu melden!" Wir hörten Sargow sprechen, dass er noch ein paar Winter hier bleiben will und dann in einem großen Bogen weiter nach

Süden vordringen wolle. Die Hauptleute mahnten, vor dem Winter noch weiterzuziehen; es wäre jetzt schon schwierig, Wild für die schon wieder stark angestiegene Zahl von Kriegern zu erlegen. Er wurde lauter und schrie den Hauptmann an, ob er seine Führung in Frage stellte. Danach wurde es ruhig in der Hütte. Eine der Sharkanerinen gab ein paar Töne eines Waldkauzes ab und dann zogen wir uns zurück. Kurze Zeit später trafen sich alle Frauen an der verabredeten Stelle, sie schlichen zurück zu dem kleinen Eingang und verschwanden, wie von der Erde verschluckt. Dadurch, dass Zugluft in der Höhle herrschte, war es kein Problem, ein kleines Feuer zu machen. Wir saßen zusammen um das Feuer. Einige erzählten, dass die Krieger ungeduldig wären und sofort weiter nach Süden ziehen wollten. Wir sagten, dass Sargow unbedingt noch eine längere Zeit hierbleiben wolle; warum, hat er nicht gesagt. Mir käme es vor, dass Sargow etwas plane, in das er keinen Menschen einweihen wolle, sagte ich in der Runde. Wir gehen morgen Abend noch einmal hin; vielleicht hören wir etwas, woraus man schließen kann, was er vorhat. Wir verbrachten den ganzen Tag in der Höhle, aus Angst, von Sargows Leuten entdeckt zu werden. Am Abend schlichen wir wieder zu dem Lager, aber wir erfuhren nichts Neues. Die Rückreise war nicht so hart wie der Hinweg. Jetzt wusste ich erst, wie schnell man mit einen Pferd reisen kann. Auf jeden Fall bräuchten wir in den nächsten Jahren für jede Sharkanerin ein Pferd. Es liefen schon einige junge Pferde bei uns herum, aber ich wusste nicht, wie lange es dauert, bis so ein junges Pferd geritten werden kann. Die zwei jungen Leute, die nach dem Winter bei uns aufgetaucht waren, waren von einem Tag auf den anderen verschwunden – aber das war gleich wieder vergessen. Der Winter kam dieses Jahr früh, doch unsere Lager waren voll und es würde keiner hungern müssen. Die Sharkaner konnten noch vier junge Kälber und einen kleinen Stier fangen, die zu dem jungen Paar gebracht wurden. Die beiden waren sehr glücklich und sie erwarteten schon ihr erstes Kind. Rinja hatte

sich angeboten, bei der Geburt zu helfen. Den Winter mussten sie bei ihren Kälbern verbringen, aber das war für die beiden kein Problem; denn sie hatten sich aus den Lagern genügend Fleisch und Dinkel geholt.
Hoffentlich kommt das Kind nicht früher, meinte Rinja; aber für diesen Fall hatte sie dem Pärchen ein paar Kräuter und reichlich Tipps gegeben. Wir entschlossen uns auch noch, die Pferde zu den beiden zu bringen; dadurch würden die Sharkanerinnen sie öfters besuchen gehen und bei Schwierigkeiten helfen. Alle Sharkaner hatten jetzt weiße Schneeanzüge; und die letzten Jahre in den Höhlen zu überwintern, war ihnen sehr unangenehm gewesen. Es war jetzt auch immer enger geworden und die Kinder wollten immer zu den Sharkanern – sie waren ihr Vorbild. Doch wenn einer nicht aufpasste, fehlten Sachen aus der Ausrüstung; das wiederum konnte zu Schwierigkeiten führen beim Einsatz. Durch die vielen Kinder waren die Übungsmöglichkeiten auch sehr eingeschränkt und für die Kinder würde es zu gefährlich sein. Daher entschlossen sich die Sharkaner, sich ein Lager ein paar Tagesmärsche entfernt aufzuschlagen. Rinja hatte den Vorschlag gemacht, durch ein Rauchzeichen in einem Notfall die Sharkaner zu rufen: Sie würde schwarze Brocken, die sie gefunden hatte, ins Feuer werfen – dadurch würde der Rauch ganz schwarz werden und die Sharkaner könnten dann zu Hilfe kommen. In den nächsten Tagen packten sie sich Lebensmittel, Felle und alles, was sie brauchten, zusammen und zogen los. Sechs Tage, nachdem die Sharkaner aufgebrochen waren, gab es einen Schneesturm, der tagelang wütete und uns von der Außenwelt abschnitt. Wir hofften für die Sharkaner, dass sie ihr Lager noch rechzeitig aufschlagen konnten; die Zeit, die sie hatten, hätte eigentlich ausreichen müssen. Wir gruben uns nach draußen, doch die Gänge stürzten immer wieder ein, der Schnee war zu locker. Draußen herrschte eine eisige Kälte – und wir waren froh, dass die Schneeschicht, die sich gebildet hatte, die Wärme in unseren Höhlen ließ. Die Wärme, die aus den Höhlen

strömte, sorgte auch dafür, dass die Wände, die wir in den Schnee gegraben hatten, vereisten und stabil wurden.

Nach fünf Tagen hatten wir mit viel Mühle einen Weg nach draußen geschafft; die frische Luft tat den Leuten gut, doch nach draußen konnte keiner. Als es nach langer Zeit aufhörte zu schneien, lag der Schnee so hoch, dass keiner in die wilde Natur wollte. Unsere Vorräte waren gut bemessen, sodass auch keine Notwendigkeit dafür bestand. Also spielten die Mütter mit ihren Kindern, die jungen Mädchen bastelten hübsche Sachen, die kleinen Jungen, aber auch Mädchen, schlugen geschickt Pfeilspitzen aus dem Feuerstein. Rinja machte mit ihrer Tochter Salben aus Fett von den Wildschweinen und kümmerte sich um die vielen Kräuter, damit sie nicht anfangen zu schimmeln. Die Männer machten Bögen und Speere und fingen sogar an, sie zu verschönern. Ich hatte mich mit ein paar anderen Männern zurückgezogen; wir sprachen über alles Mögliche und flochten Schneeschuhe. Denn wir wollten, wenn der Schneesturm sich gelegt hatte, auf die Jagd gehen und die Sharkaner besuchen. Die Zeit verging und der Sturm legte sich. Wir machten uns mit den Tigern auf den Weg und marschierten Morgens in alle Frühe los: Wir waren zehn Leute; jeder hatte noch ein Ersatzpaar Schneeschuhe auf dem Rücken und genug zu essen dabei.

Sambu sprang mit seinen Jungen, die jetzt schon sehr groß geworden waren, in dem Schnee hin und her und brachte uns vor der Dämmerung ein Wildschwein zum Essen. Seine Jungen hatten ein Reh gefangen und fraßen davon. Wir bekamen kein Wild zu Gesicht; es musste sich auch Unterschlupf gesucht haben vor dem vielen Schnee. Nach zwei Tagen kamen wir an – wenn wir die Tiger nicht dabei gehabt hätten, wären wir vorbeigelaufen. Sie waren total eingeschneit; aber vor dem großen Schneesturm hatten sie noch Zeit gehabt, sich ein paar Hütten zu bauen. Sambu erschnupperte Karo und Urk – und stürmte in ihre Hütte: Die Sharkaner erschraken im ersten Moment, doch dann war die Freude groß! Wir halfen ihnen,

eine Mauer aus Schnee zu bauen; dadurch konnte man die Hütten nicht sehen und sie brauchten nachts keine Wachen aufzustellen.
Im Wald war der Schnee nicht so hoch, daher entschlossen sich die Sharkanerinnen, sich die Pferde zu holen, um Sargow zu kontrollieren und bei der Gelegenheit das junge Pärchen mit ihren Kälbern zu besuchen. Als sie da ankamen, war das Häuschen schön warm, die Kälber kauten gemächlich vor sich hin und die beiden freuten sich über den Besuch. Die Sharkanerinnen blieben über Nacht, um am nächsten Morgen in aller Frühe aufzubrechen. Denn irgendwie hatten sie ein komisches Gefühl, als ob Sargow etwas vor hätte, wovon keiner etwas wusste. Am nächsten Morgen bekamen die Sharkanerinnen Manna zum Frühstück und Fleisch aus dem Rauch. Sie ritten vorsichtig, aber nicht langsam – und so kamen sie nach vier Tagen beim Wasserfall an. Am selben Tag machten sie sich noch auf den Weg, um das Lager zu beobachten: Aber als sie ankamen, war keine Hütte mehr da! Zuerst dachten sie, sie wären an einer falschen Stelle, doch die Bäume zeigten Spuren von Menschen. Sie suchten noch nach Spuren, wohin sie gezogen seien, aber der Schnee hatte alles zunichte gemacht. Sie ritten am nächsten Morgen zurück, ein leichter Schneefall hatte eingesetzt, aber Spuren von Sargows Leuten waren nicht zu sehen. Nach vier Tagen kamen sie bei den Höhlen an, ihnen tat alles weh; doch als sie sahen, dass alles in Ordnung war, war alles vergessen. Sie erzählten den Leuten, dass Sargow sein Lager verlassen hatte und wahrscheinlich weitergezogen ist. Aber sein sicheres Lager vor dem Winter abzubrechen, ist schon sehr unnormal!
Ein paar Tage später machten die Sharkanerinnen sich wieder auf den Weg und trafen das junge Pärchen glücklich und zufrieden an. Die junge werdende Mutter genoss die Schwangerschaft, ihr Mann war sehr aufmerksam und nur ab und zu ging er ein paar Hasen jagen. Sie lieferten die Pferde ab und gingen zu Fuß, was ihnen schon ungewohnt war, aber es tat ihnen

gut. Sie erzählten den Sharkanern und uns, was vorgefallen war, aber wir konnten es auch nicht verstehen: Alle Älteren oder Kranken und viele Kinder würden bei so einem Marsch im Schnee sterben.

Wir hatten in der Zwischenzeit die Hütten weiter befestigt und alle Löcher zugestopft, sodass die Hütten immer wohnlicher geworden waren. Außerdem hatten wir uns entschlossen, die Tiger bei ihnen zu lassen, denn alle Leute rückten abends immer näher an die Tiger, weil sie so schön warm waren und die Nähe genossen. So machten wir uns wieder auf den Weg zu unseren Höhlen. Da angekommen, hörten wir ab und zu einen Stein vom Berg rollen, der sich wegen dem schweren Schnee in Bewegung gesetzt hatte. Die Freude war sehr groß – und zu unserer Beruhigung hatten die Wachen uns schon von Weitem ausgemacht – und wir hatten sie nicht gesehen! Sie standen mit ihren weißen Schneeanzügen vor dem Eingang und nur das Gesicht konnte man sehen, wenn man näher kam. Sie begrüßten uns und wir trennten uns und gingen zu unseren Familien. Rinja war besorgt, dass wir Sargow aus den Augen verloren hatten; und ich sagte ihr, dass ich auch größte Bedenken habe. Dass die Tiger bei den Sharkanern geblieben waren, fand sie gut, immerhin waren unsere Jungs Urk, Arko, Rinka und Karo jetzt mit ihnen zusammen. Dadurch war die nächtliche Sicherheit der Sharkaner vor einem Überfall von Sargow gesichert. Jetzt hörte ich auch wieder ganz leise rollende Steine, was wahrscheinlich mit der großen Schneemenge zu tun hatte, die gefallen ist. Die Wochen vergingen, wir hatten uns an die Kinder gewöhnt, die durch die Höhlen rannten und sich jetzt sogar ihre Gesichter anmalten. Sie spielen Sharkaner – und wenn man sie fragt, wollen alle später Sharkaner werden.

Rinja hatte ein paar Männer zu versorgen, die sich in der Höhle Wunden am Kopf zugezogen hatten. Der eine war nicht gleich zu ihr gekommen und so hatte die Wunde rote Ränder, es lief ein gelber dickflüssiger Saft aus der Wunde.

Rinja gab dem Mann Manna zum Zerkauen und legte es in ihre Nische, die wir angelegt hatten. Nach drei Tagen ging es dem Mann so schlecht, dass seine Frau und seine Freunde jegliche Hoffnung aufgegeben hatten. Dem anderen Mann mit seiner Kopfwunde ging es gut, denn er hatte Rinja gleich aufgesucht und sie hatte die Wunde sofort behandelt. Die Frau des Todkranken sprach mit Rinja, dass sie ihn angefleht hatte, zu ihr zu gehen; aber er war sehr stolz und das würde ihn jetzt das Leben kosten! Doch Rinja sagte ihr, dass es noch eine Möglichkeit gebe und das wolle sie heute Abend ausprobieren. Sie nahm das Manna, nachdem alle gegangen waren, aus der Nische: Es war total verschimmelt. Rinja drückte den Saft davon auf ein Stück Manna. Dann machte sie einen Kloß aus dem Manna und gab dem Mann davon; den Rest drückte sie platt und legte es auf die Wunde. Mit dünnen Lederriemen drückte sie die Masse fest an seinen Kopf und umwickelte ihn. Jeder dachte, er würde die Nacht nicht überstehen, aber am nächsten Morgen war er nicht mehr so heiß und die Augen sahen auch schon besser aus. Rinja meinte, dass wir großes Glück gehabt hätten, sonst hätten wir ihn verloren! Es fing schon an zu tauen, da konnte er wieder aufstehen und Rinja ihn zu seiner Frau schicken. Sie ermahnte ihn, sofort zu kommen bei jeder Verletzung. Er meinte, es wäre kein Stolz gewesen, sondern die Ehrfurcht vor Hardewigs Tochter, dass er nicht gleich gekommen wäre. Rinja meinte: „Jetzt sind wir Freunde!" – und sie möchte seine Wunde jeden Tag sehen.

Aus Angst davor, noch mehr von dem Mittel zu brauchen, hatte der Mann mehrere Fladen Manna zerkauen müssen; und Rinja hatte dieses Manna in einen Ziegenschlauch gefüllt. Sie wollte erst alles wegwerfen, doch eine innere Stimme sagte ihr: Vielleicht kann man dieses Mittel in einem Notfall auch bei anderen Menschen verwenden! Damit keiner aus dem Schlauch trinkt, malte sie in schwarzer Sharkaner-Farbe einen Schädel darauf, der echt abschreckend aussah.

7. Kapitel Das Ende naht

Der Schnee fing an zu schmelzen und die Geräusche von rollenden Steine wurden immer lauter, eines Abends, die Sonne hatte den ganzen Tag geschienen. Wir waren auf der Jagd gewesen, mit wenig Erfolg, und saßen zusammen; da hörten wir ein Donnern. Alle sprangen heraus und wollten sehen, was passiert war: Eine Staubwolke kam uns vom Eingang entgegen, ich rannte hin und sah, dass die schmale Schlucht, die unser Eingang war, voller großer und kleiner Felsen lag. Die Felsen hatten sich so verkeilt, dass sie eine feste Wand bildeten! Jetzt kam die Meldung, dass der Bach anfing aufzustauen! Wir rannten sofort dort hin und sahen die Bescherung: Große und kleine Felsen waren mit Fellen umwickelt und versperrten den Abfluss des Baches! Ich rief alle zur Versammlung zusammen. Dort angekommen, besprachen wir, was zu tun ist. Manche malten sich schon aus, dass das Wasser immer weiter steigen wird und alle ertrinken müssten. Als ich die Wand aus Felsen gesehen hatte, war mir klar, dass wir diese verkeilten Steine nicht mehr auseinander bekommen würden! Der Druck von oben ist einfach zu groß und die Schlucht zu lang und zu eng. Meine Hoffnung ist nur, dass das Wasser durch die Felsen abfließt. Trotzdem sagte ich: „Wir müssen versuchen, die Schlucht von den Steinen zu befreien – das ist unsere einzige Möglichkeit!" Am nächsten Morgen wollten die Leute damit beginnen, die Felsen zu lösen; doch es war alles mit einer dicken Eisschicht überzogen und unmöglich, nur einen Felsen wegzuräumen.
Das Wasser stieg schneller als wir dachten, es schien wahrscheinlich wieder die Sonne und der Schnee schmolz sehr schnell. Rinja konnte das Feuer mit dem schwarzen Rauch noch nicht machen, weil die Schneedecke noch geschlossen war.

Die Luft wurde auch immer schlechter: Noch bevor wir ertrinken, würden wir ersticken. Ich sagte zu allen, sie möchten in ihre Höhlen gehen; machen könnten wir nichts: „Spielt mit euren Kindern, erzählt euch von schönen Zeiten, die wir erleben durften!" Alle zogen sich zurück, die Kinder beruhigten sich und es wurde still. Alle saßen bei ihren Lieben. Ältere erzählten von ihrer Heimat, wo sie vor vielen Wintern aufgebrochen waren, und die Kinder lauschten gespannt. Hardewig kam zu mir und fragte mich, wie ich die Lage einschätze. „Meiner Meinung nach können wir uns nur in die letzten Winkel unserer Höhlen verkriechen! Im letzten Moment: das kann eine Woche oder länger dauern, dann aus der Höhle tauchen und hoffen, dass Sargow in der Zwischenzeit mit seinen Kriegern abgezogen ist!" „Aron meinst du, dass Sargow dahinter steckt?" „Mir fällt kein anderer ein, der zu einer solchen Tat fähig ist! Er tötet nur, ohne irgendetwas zu erobern! Er wird nur einen See haben, mit dem er nichts anfangen kann!" Hardewig nahm Rinja in den Arm, Tränen liefen ihm über die Wangen und er sagte: „Ich bin froh, dass ich dich noch einmal getroffen, habe meine Tochter! Und ich bin stolz, was aus dir und deinen Kindern geworden ist! Wo sind eure Kinder?" fragte Hardewig. „Sie sind alle bei den Sharkanern – sogar meine Rinka!" Hardewig nahm sie noch einmal in den Arm und sagte: „Dann wird unsere Sippe weiter existieren, egal wie es hier ausgeht! Jetzt werde ich den anderen Bescheid sagen, dass sie im letzten Moment erst ins Freie schwimmen sollen!" Wir umarmten uns noch einmal und dann ging er – ein großer starker Mann –, der sich jetzt von seiner ganzen Sippe verabschiedete! Am nächsten Tag war das Wasser schon so hoch, dass ein Feuer zu machen schon unmöglich war. Der Schnee über uns war jetzt schon heller geworden und ich rechnete damit, dass am nächsten Tag die Schneedecke ins Wasser fällt und wir dadurch frische Luft bekommen. Manchmal dachte ich, dass es vielleicht besser für uns alle wäre, wenn die Schneedecke sich noch ein bisschen hält und wir alle in unseren Höhlen einschlafen und sterben. Am nächsten Tag stürzte die Schneedecke ins Wasser, eine Wasserwelle drückte sich in die Höhlen und spülte Stroh, Felle und alles, was schwamm, wieder nach draußen. Kinder und einzelne Erwachsene wurden mitgerissen, die Felle und das Stroh, worauf man so gut schlafen konnte, versperrten jetzt die Löcher in der Schlucht, sodass der Wasserspiegel noch schneller stieg. Ich wollte einigen von denen, die nach draußen geschwemmt worden waren, helfen; aber sie waren schon von vielen Pfeilen getroffen. Rinja und ich schlichen aus der Höhle heraus, um einen Blick auf unsere Peiniger zu werfen: Uns traf es wie ein Schlag! Sargow stand erhöht auf einem Felsen mit zwei jungen Männern, die wir kannten: Es waren die jungen Männer, die uns bei der Ernte und allen anderen Arbeiten geholfen hatten! Ich schlich zurück und holte meinen neuen Bogen. Er war länger und aus verschiedenen Holzschichten übereinander geklebt, die Pfeile waren auch ein wenig länger und hatten einen Vogelröhrenknochen als Spitze. Dadurch war der Pfeil an der Spitze viel leichter, flog weiter und sackte nicht so schnell ab. Rinja meinte: „Ziele auf Sargow! Er ist der Kopf, der das geplant hat!" Vorsichtig legte ich den Pfeil auf den Bogen, zog durch und schoss. Der Pfeil fing an zu pfeifen, im selben Moment nahm ich meinen nächsten Pfeil und schoss – und noch einen! Der erste Pfeil stieg höher und höher, wurde durch den Wind ein wenig abgetrieben und traf den rechten jungen Mann in den Bauch. Ein Schwall von Blut kam aus seinem Mund, bevor er zu sich kam. Sargow stieß den links von ihm stehenden jungen Mann von dem Fels und wurde vom zweiten Pfeil in der Schulter getroffen. Der dritte Pfeil verfehlte sein Ziel, doch ich wusste: Auch Sargow würde an seiner Verletzung sterben! Die Knochen als Spitze waren längst nicht so stabil wie Feuersteinspitzen. Aber Rinja hatte bei ihrer Arbeit gesehen, wenn altes stinkendes Fett in eine Wunde kommt, dass sie sich sofort entzündet und zu starkem Fieber und dem Tod führt. Mit holen Knochen konnte man alles transportieren, den Knochen mit Hirschtalk verschließen – und wenn der Pfeil in einen Körper eindringt, stößt das Holz den Röhrenknochen kaputt und alles, was im Knochen ist, drückt in den Körper und vergiftet ihn. Als wir gesehen hatten, dass wir erfolgreich waren, zogen wir uns unter einem Hagel von Pfeilen zurück. Hardewig stand bis zu den Hüften im Wasser und winkte uns zu. Jetzt schlichen wir in unsere Höhle. Rinja hatte schon ganz am Anfang, als ich Hardewig meine letzte Lösung erzählt hatte, alles zum höchsten Punkt unserer Höhle gebracht, was ihr wichtig erschien. Wir hängten unsere Sachen zum Trocknen auf und schliefen miteinander. Irgendwann wachten wir auf, aber wir ließen alles dunkel. Das Wasser in der Höhle stieg, wir hörten es im Dunkeln an die Decke klatschen, doch nur kurz – dann war alles ruhig. Wir wussten nach mehrmaligem Schlafen und Aufwachen nicht, ob es Tag oder Nacht war, wieviel Tage vergangen waren; doch wir hatten noch keine nassen Füße. Hauptsächlich schliefen wir, doch eines Tages sagte Rinja: „Ich glaube, wir können es wagen!" Ein Feuerstein entfachte Holzspäne, die in geölte Felle eingepackt waren, innerhalb kurzer Zeit. Wir drückten uns noch einmal und sahen uns tief in die Augen, dann zogen wir uns alles, was wir hatten, an und tauchten nebeneinander in Fingerkontakt die Höhle entlang. Als wir die Höhle verließen, tauchten wir an der Felswand nach oben. Es war entweder Dämmerung am Abend oder am Morgen. Über uns schwammen viele Leichen, manche trieben auch schon unter Wasser – alles Menschen, die wir kannten! Manche waren von Pfeilen durchbohrt, andere von Speeren getroffen; eine andere hatte ihren Mund weit aufgerissen. Rinja nahm mich an die Hand und wir hangelten uns langsam an den Sträuchern der Felswand nach oben. Ganz langsam steckten wir den Kopf aus dem Wasser und schauten uns das Ufer an, was es jetzt war. Ich konnte mir vorstellen, dass Sargow ein paar Leute am See abgestellt hatte, um die erschöpften Leute, die noch so lange in den Höhlen ausgehalten hatten, zu töten.

Wir schwammen ganz langsam – das Wasser war eiskalt – bis zu einer Stelle, wo wir an Land kriechen konnten. Auf allen Vieren krochen wir vom See weg. Es wurde immer dunkler. In einiger Entfernung sahen wir ein Feuer, wir schlichen uns heran und sahen zwei Krieger von Sargows Leuten. Rinja nahm meinen Speer und ich meinen Bogen; Rinja schlich sich von hinten an die Krieger und ich von der anderen Seite. Hinter einem Gebüsch ging ich in Stellung, meinen Bogen im Anschlag: Auf einmal sah ich, dass dem einen schon die Speerspitze vorne aus dem Hals ragte – und der andere verstand nicht, was passiert war –, bis der Krieger auf dem Bauch lag und der Speer in die Luft ragte. Der andere drehte sich um, aber da hatte mein Pfeil schon seinen Hals durchbohrt – und ohne einen Ton ging er auf die Knie zum Sterben. Wir zogen uns die trockenen Kleider der Krieger an und setzten uns ans Feuer, um uns zu wärmen. Vorher hatten wir die Leichen ins Gebüsch gezerrt. Auf einmal hörten wir eine Stimme, die irgendetwas sagte, was wir nicht verstanden. Ich nahm meinen Speer in die Hand, schaute auf und rammte ihm den Speer von unten in den Hals; das Blut schoss hervor und mit einem Röcheln stieß ich ihn ins Gebüsch. Bei den Kriegern gab es Hasenbraten, über den wir uns jetzt hermachten. Nachher machten wir uns gleich auf den Weg vom Berg herunter. Sargow hatte sich vom Berg zurückgezogen und nur die drei Krieger zurückgelassen, die meine erschöpften Freunde abzuschlachten hatten, welche noch in ihren Höhlen ausgeharrt hatten. Man war sich sicher, dass keine Gefahr mehr drohte, und deshalb war der Weg, der vom Berg führte, nicht bewacht. Überall standen noch zusammengebundene Beförderungsmittel herum, womit sie die Steine, die später die Schlucht versperrten, bewegt haben müssen. Den Schnee für sich arbeiten zu lassen, auf die Idee wäre ich nicht gekommen! Es wird aber auch vielen seiner Leuten den Tod gebracht haben!
Wir gingen vorsichtig weiter, auf dem Weg trafen wir aber keinen von Sargows Leuten. Das Tor, welches wir gebaut hat-

ten, war nicht mehr zu sehen, doch unten in der Niederung standen viele Hütten mit Sargows Leuten. Wir schlichen an den Felsen entlang in den Wald, unser Ziel war das junge Pärchen mit den Kälbern. Da konnten wir uns wieder sammeln, vielleicht Überlebende treffen und genauere Informationen bekommen. Wir liefen die ganze Nacht ohne Rast, auch am nächsten Tag, aber wir mussten auf der Hut sein, denn Sargows Leute brauchten immer noch viel frisches Fleisch – überall konnten Krieger auf der Jagd sein. Spätabends kamen wir an, als es dämmerte, hatten wir wieder unsere eigene Kleidung angezogen; es wäre tragisch, wenn man uns mit Sargows Leuten verwechselt hätte. Eine Gruppe der Sharkaner empfing uns. Karo drückte Rinja so stark, dass sie anfing, ihn auf seinen Rücken zu klopfen, weil sie nicht mehr atmen konnte. Urk ging zu seiner Mutter und dann weinten beide. Karo erzählte mir, dass die Sharkanerinnen mit ihren Pferden, uns besuchen wollten, dann das Lager von Sargow gesehen hatten und die Pferde noch rechzeitig verstecken konnten. Sie kamen zurück und konnten nur berichten, dass die Schlucht bis oben hin mit Felsen gefüllt war und sich oben ein Wasserfall gebildet hatte: „Wir wussten sofort, dass unsere ganzen Höhlen unter Wasser stehen mussten und Flucht unmöglich ist. Außerdem war das Schmelzwasser langsam gestiegen und eiskalt, Sargow konnte in aller Ruhe abwarten. Wir hatten gleich einen Trupp losgeschickt, um alle Informationen zu sammeln. Sargow ging es schlecht, er hatte eine leichte Verletzung, die sich so verschlimmerte, dass er wahrscheinlich sterben wird. Einer von seinen Söhnen war auch tot, aber sonst hatte er keine Verluste. Im Fieberwahn schrie er seine Leute zusammen, aber keiner hörte mehr auf ihn! Wir versuchten noch, den Berg zu besteigen, um vielleicht Gefangene zu befreien, doch es war alles durch Wachen so zugestellt, dass keiner, der unbemerkt das Wasser verlassen hatte, den Berg herunter konnte." Ich fragte Karo, ob wir die einzigen Überlebenden seien – und er nickte: „Alle Sharkaner haben ihre Familien verloren!" Doch

jetzt sollte ich erzählen, wie wir es geschafft haben, dem sicheren Tod zu entkommen.
Dann fing ich an zu erzählen, auch Urk kam zu mir und drückte sich an mich.
Zum Schluss fragte ich Karo, ob er genügend Wachen aufgestellt hätte, denn Sargows Leute suchten uns jetzt. Doch Karo meinte, die Sharkaner wären so platziert, dass keiner ohne unser Wissen in das Tal könne. Am nächsten Tag wollten wir uns mit Saro treffen, denn eine Sharkanerin war gleich nach unserer Ankunft aufgebrochen, um den anderen Sharkanern Bescheid zu sagen, dass wir noch leben.
Saro würde mit der Sharkanerin zurückgeritten kommen und dann würden wir planen, was wir unternehmen. Denn wenn die Sharkaner nicht so eine Disziplin hätten, wären sie schon losgezogen und hätten Sargows Leuten das Leben schwer gemacht! Am nächsten Morgen hörte ich einen Adler, Karo stürmte nach draußen und rannte in den Wald. Sechs Sharkaner folgten ihm, die anderen legten ihre Farben an und flochten sich aus Binsen Matten mit Gras darin, damit man sich darunter verstecken konnte. Sie meinten, der Feind ist in unser Tal eingedrungen, aber wir sind vorbereitet, keiner von Sargows Leuten darf das Tal mehr verlassen – egal, wie viele es sind. Kurze Zeit später kamen vier von Sargows Kriegern – gefesselt, mehr humpelnd als laufend – bei uns an. Sie sahen im Gesicht schrecklich aus, die Augen waren dick und blau geschlagen, dem einen hatte man eine Krücke gegeben, weil sein Bein nur so rumbaumelte. Die Sharkaner nahmen ein Seil, banden es dem einen an die Füße und warfen es über einen Ast eines Baumes, der an dem Bach stand. Ein Tritt und er lag im Wasser; sie zogen am Seil: Die Füße zeigten nach oben und sein Kopf war unter Wasser. Er versuchte, sich nach oben zu verbiegen, aber wenn er mit dem Mund ein wenig aus dem Wasser kam, ließen sie das Seil ein wenig nach. Dann zogen sie ihn heraus, er hustete und spuckte Wasser; bevor er etwas sagen konnte, war er schon wieder unter Wasser. Einer

der anderen konnte uns verstehen. Er sagte: „Er spricht nicht eure Sprache! Was wollt ihr von ihm?" Da meinte ein kleiner Sharkaner: „Meine Eltern hat man auch nicht gefragt!" Er nahm einen Pfeil und schoss dem Krieger, der gerade aus dem Wasser kam und hustete, ins Bein, sodass der Pfeil aus der anderen Seite wieder heraus kam. „Wir wollen gar nichts wissen! Wir wollen nur fühlen oder empfinden, wie es ist, wenn man einen Mann oder eine ganze Sippe im Wasser ertrinken lässt und dann auf die wehrlosen Menschen Pfeile abschießt!" Ein anderer Junge kam vorbei und schoss dem hängenden Krieger in den Bauch: „Das ist für meine Mutter!" Er krümmte sich vor Schmerzen und wollte schreien, doch der Schrei ging im Wasser unter. „Sargow ist tot, er starb qualvoll, die ganze Schulter war schwarz und stank nach verfaultem Fleisch", fing der Krieger an zu erzählen. „Sargow hatte, ohne dass es jemand wusste, seine Söhne zu euch geschickt; dann hatte er bemerkt, dass manchmal abends das Gras neben seiner Hütte heruntergetreten war. Und als er es näher untersuchte, waren es kleine Frauenfüße. Da wusste er, dass seine Besprechungen von den Unsichtbaren abgehört worden sind. Wenn ihm etwas Außergewöhnlich vorkam, ein Späher nicht zurückkam oder er die Sträucher knacken hörte, erzählte er seinen Leuten das, was ihr hören solltet! Auch wir wussten nicht, was er vorhatte, und als es anfing zu schneien – seine Söhne waren auf einmal wieder da gewesen – sagte er: „Wir brechen auf!" Alle hielten ihn für verrückt; doch einige, die Kritik äußerten, waren im nächsten Moment tot – und so machten wir uns mit allen Leuten auf die Reise. Zuerst starben die Alten: Sie wurden einfach mit einem Zweig zugedeckt und es ging weiter; dann starben die Babys, dann starben die Mütter – von den Babys sie bekamen harte Brüste – zum Schluss starben die kleinen Kinder, denn der Wind war eisig und zerrte an ihren Knochen. Als wir endlich ankamen, war alles so friedlich – man konnte vor lauter Schnee nicht einmal den Eingang von der Schlucht sehen. Aber Sargows Söhne hatten Markierungen am Fels angebracht, ein immergrünes Gewächs. Jetzt trieb uns Sargow den Berg hoch und wir kamen an ein sehr stabiles Tor. Innerhalb von wenigen Stunden war es abgebaut. Aus diesem Holz bauten wir Schlitten, wie Sargow es aus seiner Heimat kannte. Jetzt wurden einige zum Hüttenbau abkommandiert und alle anderen, die noch lebten, mussten Steine auf die Schlitten packen. Dann wurden sie zu der Schlucht gefahren und in den Schnee gelegt. Sie verschwanden langsam – und nur ab und zu konnte man hören, dass Steine aneinander schlagen. Keiner durfte sprechen während dieser ganzen Zeit und als dann die Steine in einem hohen Bogen über der Schlucht lagen, sagte er: „Jetzt geht es hier weiter!" Der Wind hatte den ganzen Schnee von den Bergen in das Höhlengebiet geweht und so konnte man nach ein paar schönen Tagen, als der Schnee getaut und wieder gefroren war, über das ganze Gebiet laufen. Allen Menschen, die gestorben waren, mussten wir die ganze Zeit über schon die Felle ausziehen – keiner wusste, warum. Erst jetzt sagte er, wir sollten die Felle um die Steine wickeln und verknoten. Dann lief er mit großen Schritten von der Felskante und gab genau an, wo die Steine und die Felsen hingelegt werden sollten. Einige mussten immer etwas zu essen besorgen, doch es reichte nie – alle waren am Hungern und die Arbeit ging immer weiter! Erst als der Frühling kam, zogen wir uns zurück, die Sonne schien von morgens bis abends und der Schnee taute sehr schnell weg. Sargow wurde immer unruhiger, doch an einem Abend, es hatte den ganzen Tag die Sonne geschienen, fing es an zu donnern – und Sargow strahlte über das ganze Gesicht. Zwei Tage später war der Schnee soweit weggetaut, dass er den See schon sehen konnte. Mit einem Krachen brach auf einmal der ganze Schnee ins Wasser und eine Flutwelle schwemmte Stroh, Felle und alles Mögliche nach draußen. Die Welle war so stark, dass sogar Kinder, Männer und Frauen nach draußen geschwemmt wurden. Seine Krieger machten Zielschießen auf die Kinder, Frauen und Männer; aber er war enttäuscht: Keiner flehte ihn an, sie zu verschonen! Er stellte sich mit seinen Söhnen auf einen Felsen und genoss es, dass das Wasser immer schneller stieg. Dann hörte man ein Pfeifen – und im nächsten Moment noch ein anderes Pfeifen. Seinem Sohn kam ein Blutschwall aus dem Mund; er drehte sich zu seinem anderen Sohn um und stieß ihn mit aller Gewalt vom Felsen. Im selben Moment steckte ein Pfeil in seiner Schulter. Er nahm den Pfeil, zog ihn aus der Wunde, schaute ihn an und stellte fest, dass die Spitze aus Holz war. Dann sah man, dass er jeden Tag dem Tode näher kam: Die Schulter wurde schwarz, nach sechs Tagen stank es wie fauliges Fleisch, das Ganze wurde von heftigen Fieberschüben begleitet. Viele von den Hauptleuten akzeptieren den Sohn von Sargow nicht als neuen Führer; er ist auch sehr jung und er hätte alle Widersacher töten lassen müssen. Jetzt haben sich schon Mitläufer den Gruppen angeschlossen und zu Sargows Sohn haben nicht viele Vertrauen. Das ist alles, was ich erzählen kann!" Vor lauter Zuhören hatte man vergessen, den anderen Krieger wieder aus dem Wasser zu ziehen, er war ertrunken. Die Gier nach Töten war für heute gelöscht. Sollten wir die Gelegenheit nutzen und Sargows zerstrittene Gruppen angreifen oder würde der gemeinsame Feind sie wieder zusammenbringen? Ich machte den Vorschlag abzuwarten und zu beobachten. Es konnte aber auch passieren, dass ein Anführer die anderen töten lässt und dadurch die ganze Macht der Krieger in einer Hand ist. Wir saßen zusammen und sprachen die einzelnen Szenarien durch. Da meldete Urk sich zu Wort. Er meinte, durch Beobachten und gezieltes Ausschalten von Leuten müsste man den Hass der verschiedenen Gruppen anstacheln. Dadurch würde keiner dem anderen mehr trauen und sie würden sich trennen und weiterziehen oder sich sogar gegenseitig töten. Alle dachten darüber nach, sie wollten keine Auseinandersetzung, dafür war die Gruppe noch zu stark. Noch wussten Sargows Krieger nicht, dass die Sharkaner überlebt hatten, und das wollten wir für uns ausnutzen. Zehn Sharkaner sollten immer die Krieger beobachten und abends wurde dann ein einzelner auf eine Person angesetzt, die er zu töten hatte, mit einer Waffe von Sargows Leuten.

Als die Sharkas am nächsten Abend wiederkamen, einigten wir uns darauf, den Vertrauten von Sargows Sohn zu töten, um ihn noch mehr zu schwächen. Karo hatte sich vorgenommen, den Mann zu töten. Abends hatte er sich von einer Sharkanerin zu Pferde zu Sargows Lager bringen lassen, sie nahm Karos Pferd wieder mit und er bereitete sich vor, indem er sich anmalte und vor sich hinsummte. Er ging ganz in sich; er wusste: Diese Leute hatten seine ganze neue Sippe, mit der er glücklich war, ausgelöscht. Die Nacht verging wie im Flug. Der Speer, den er benutzen wollte, war von dem Krieger, den sie ersaufen lassen haben. Er probierte ihn aus und stellte fest, dass er zum Werfen zu schwer ist. Er würde abwarten, bis er sich von seiner Gruppe trennt, aber planen konnte man nichts. Es dämmerte. Karo ging direkt in die Nähe des Lagers, schaute zu der Hütte und wartete, bis sich etwas tat. Die Person ging zu einer anderen Hütte, klopfte an die Wand – und zwei Leute kamen heraus. Sie hatten Speere und Bögen dabei; es sah aus, als würden sie auf die Jagd gehen: Das passte Karo in den Kram! Er verfolgte die drei bis zu einem See; die Sonne stand hoch am Himmel; die Person trennte sich von den beiden. Karo verfolgte ihn und überholte ihn, dann stellte er sich in ein Gebüsch. Die Person kam auf ihn zu. Er trat aus seiner Deckung und rammte ihm den Speer von unten in den Kopf. Kein Ton kam über seine Lippen, er schob ihn mit dem Speer gegen einen Baum und stabilisierte den Stand mit dem Speer. Dann zog Karo sich wieder zurück und beobachte, was passieren würde. Kurze Zeit später wurde er gerufen, die zwei kamen angeschlendert und sprachen den Toten immer wieder an. Doch als sie vor ihm standen, der Speer war bis hinter die Augen hochgestoßen worden, sprachen sie miteinander und schauten sich wachsam um. Als sie den Speer aus dem Schädel zogen, kamen noch gurgelnde Geräusche mit Blut aus seinem Mund. Den Speer schauten sie an und sprachen miteinander.

Danach liefen sie zum Lager und informierten Sargows Sohn: Er regte sich sehr auf; er äußerte Vermutungen und zeigte auf ein paar Hütten. Dann bemerkte ich ein paar Sharkas ganz in meiner Nähe. Sie gaben mir ein Zeichen und ich sah einen älteren Mann, den sie ausgesucht hatten.

Am Abend berichtete Karo seine Tat und schilderte, wie Sargows Sohn darauf reagiert hatte. Die verschiedenen Gruppen stellten ihre Kandidaten vor: Der Ältere war ein Berater von einer anderen Gruppe und würde den Hass noch mehr schüren. Saro erklärte sich bereit, ihn auszuschalten. Am nächsten Abend schilderte Saro, wie er ihn tötete – wieder mit einer Waffe von Sargows Leuten.

Dann berichteten die Sharkas, dass nachts sechs Leute im Schlaf durch Vertraute von Sargows Sohn getötet wurden. Eine ganze Sippe von zwanzig Frauen und Männern war nachts aufgebrochen. Jetzt war unser Ziel erreicht: Die riesige Gruppe zerbrach in seine Einzelteile. Durch die Informationen, die wir bekommen hatten, war uns klar geworden, dass Sargow derjenige gewesen war, der alles ganz alleine geplant hatte, und seine Söhne ihrem Vater gehorcht und uns verraten hatten.

In den nächsten Tagen und Nächten brach das Krieger-Heer von Sargow total auseinander. Zum Schluss packten die letzten Sippen sogar am Tage ihre Sachen zusammen und zogen in alle Himmelsrichtungen. Bei Sargows Sohn waren noch zehn Krieger und einige Frauen geblieben. Am nächsten Morgen bemalten sich alle Sharkaner, denn am Abend zuvor hatten sie beschlossen, den Sohn von Sargow zu holen. Am Abend trafen sie bei Sargows Lager ein; es war Aufbruchstimmung – und wir übernachteten in der Nähe. Morgens verbrachten wir noch einige Zeit damit, die Konturen in unseren Gesichtern zu verstärken und umstellten das Lager. Keiner hatte etwas gemerkt! Dann traten Karo, Saro und ich aus der Deckung, jeder an einer anderen Stelle des Kreises und wir standen nur da. Es dauerte eine Zeit, bis man uns sah. Mit lauter Stimme sagte ich, dass wir Sargows Sohn abholen wollten. Aus dem Hin-

tergrund wurde das, was ich sagte, in Sargows Sprache übersetzt. Einer der Krieger zielte auf mich, doch aus dem Nichts kamen fünf Pfeile geschossen und durchbohrten den Krieger. Ein anderer Krieger wollte die Situation ausnutzen, hob den Bogen, legte einen Pfeil ein und erlebte dasselbe Schicksal wie der andere. Sargows Sohn wollte verhandeln, er würde mit seiner Sippe weiterziehen und nie wieder in der Gegend auftauchen.
Doch ich lehnte das ab: „Du hast mit uns gelebt, du hast mit uns gefeiert, wir hatten dich gern, du hast sogar bei einem Mädchen gelegen, die überhaupt nicht verstanden hat, warum du auf einmal verschwunden warst! Sie gebar im Winter einen kräftigen Jungen, er hieß wie du Gerow. Rinja half ihr bei der Geburt und du, sein Vater, und sein Großvater haben ihn ertränkt im eiskalten Wasser! Vielleicht hat man ihn noch vorher erschossen, dann brauchte er nicht im eiskalten Wasser zu erfrieren! Woher weiß du, dass es keine Überlebenden gegeben hat, Gerow? Kannst du dich noch daran erinnern, wie der singende Pfeil aus dem Wasser kam, zuerst deinen Bruder direkt von unten ins Herz traf und dann der zweite Pfeil deinen Vater an der Schulter traf? Wer hat dann viele Tage später die drei Wachen am See umgebracht? Was glaubst du, wer das war? Ich fordere jetzt Gerows Sippe auf, ihn uns gefesselt zu bringen! Dann könnt ihr hinziehen, wo ihr wollt! Sechs Männer sprangen auf ihn und banden ihm die Hände. Er winselte und schrie: „Ich bin euer Führer – ein Sargow!" Ein Schlag ließ ihn zusammenfallen. Sie brachten ihn zu mir und warfen ihn mir vor die Füße. Der Wald fing an sich zu bewegen und auf einmal standen vier bemalte Männer vor den Kriegern, die sie vorher nicht gesehen hatten. Sie schauten sich um und überall bewegte sich der Wald ohne Wind. Als sie sich wieder umdrehten, waren wir auch verschwunden mit Gerow – sie sollten ihn nie wiedersehen.
Wir ließen ein paar Sharkas zurück, um zu kontrollieren, dass sie auch wirklich abzogen. Einen Tag später waren die Sharkas

wieder bei uns und berichteten, dass sie überstürzt abgezogen waren und sogar Felle, Hütten und Baumstämme zurückgelassen hatten. Jetzt schien dieses Tal in Sicherheit zu sein; nur durch Zufall würde jemand hierherfinden. Wir alle konnten hier nicht leben. Wir fragten die junge Familie, ob sie mitkommen oder alleine hier bleiben wolle. Doch für sie war alles ganz klar: Sie wollten hier bleiben mit ihren Tieren – und wenn es möglich wäre, könnten wir ihnen von dem Dinkel bringen. Gerow nahmen wir als Gefangenen mit. Er stammelte immer noch, dass er bei uns keine Zukunft gehabt hätte, sein Vater hätte ihm die Führerschaft über die ganze Sippe angeboten, wenn er uns ausspioniert. „Du siehst, was es dir eingebracht hat! Dein neugeborener Sohn ist tot, deine Gefährtin und unsere ganze Sippe! Dein Vater wollte sich selbst nur demonstrieren, dass er der Größte ist! Von vornherein war er nie an unserem Wissen interessiert, ohne zu hungern durch den Winter zu kommen oder Krankheiten zu heilen. Er konnte uns nicht unterwerfen, also mussten wir sterben." In den nächsten Tagen machten sich die Sharkaner bereit zum Aufbruch: Wir hatten nicht viel zusammenzupacken; ich hatte meinen langen Bogen und Rinja den Schlauch mit dem Schädel darauf.

8. Kapitel   Ein neues Leben

Wir zogen nach Süden, so wie ich vor dem letzten Winter mit den Händlern gezogen war. Es würde zwei Monde dauern, vielleicht noch länger, weil wir jeden Tag etwas zu essen erjagen mussten. Als wir loszogen, waren alle niedergeschlagen, keiner sprach mit dem anderen, jeder dachte über seine Eltern oder über andere aus seiner Sippe nach, die er vermisste. Wir waren die einzigen Eltern, die überlebt hatten; alle anderen waren gestorben. Jeden Abend sprachen wir über unsere Leute, die wir verloren hatten; und Rinja hatte alle Hände voll zu tun, um die kleineren Sharkaner zu trösten. Auch die jungen Frauen kamen zu ihr, sie saßen zusammen und erzählten Geschichten, die sie mit ihren Eltern erlebt hatten. Dadurch baute sich zwischen den jungen Frauen und Rinja ein Mutter-Tochter-Verhältnis auf. Die Tiger hatten uns überrascht: Alle drei hauten morgens ab und schleppten ein Wildschwein, ein Reh an oder Sambu quälte sich mit einem Hirsch ab. So kamen wir früher an als wir dachten. An der Hütte angekommen, zogen Rinja, Urk, Karo, Arko, Rinka und ich uns um und die anderen, die noch nie Kleidung aus Stoff gesehen hatten, staunten nicht schlecht, als sie uns sahen. Ich wollte zu meinem Freund, dem Fischer, um ihn zu fragen, ob er eine Idee hätte, wo wir unterkommen konnten.

Rinja und ich gingen voran, unsere Kinder hinterher. Sambu und seine Kinder, die jetzt schon fast so groß waren wie Sambu, konnten nur von Karo davon abgehalten werden mitzukommen. Kurze Zeit später in der Stadt staunten unsere Kinder nicht schlecht über den Markt und über die Nahrungsmittel. Doch ich forderte sie auf weiterzugehen und so zu tun, als wenn sie die fremdartigen Sachen kennen würden; ich wollte so schnell wie möglich zum Hafen. Denn wenn die Sharkaner vor der Stadt entdeckt würden, würde man Krieger

hinschicken, um sie zu vertreiben. Sein Schiff lag an derselben Stelle wie immer, ich freute mich auf den Fischer Garon – und so schlenderten wir ein kleines Stück zum Fischmarkt. Die Begrüßung war überwältigend: Er drückte Rinja und unsere schon großen Kinder, als wenn er sie seit Ewigkeiten kennen würde! Danach meinte er, er könnte uns auf die Insel mitnehmen, doch ich sagte ihm, wir wären sechsunddreißig junge Frauen und Männer. „Wo ist Sambu?" fragte Garon, der von den riesigen Tigern gehört hatte, aber nie einen gesehen hatte. „Sambu und seine zwei Kinder sind auch dabei und ich möchte sie alle so schnell wie möglich irgendwo in Sicherheit bringen; nicht, dass man sie für herumtreibende Krieger hält!" Garon überlegte: „Wo lagert ihr?" fragte er. „Das ist gut! An der Küste, ganz in der Nähe, gibt es eine Höhle, da könnt ihr euch verstecken! Sechsdreißig Leute seit ihr! Da gibt es eine Insel, sie ist total voller Sträucher und Bäume, es gibt nur Ziegen und Hasen. Eine Quelle mit Süßwasser gibt es auch – das dürfte vorübergehend in Ordnung sein. Ich gehe mit euch!" sagte er zu mir, drehte sich um und sagte zu seinem Sohn, er solle am Stand bleiben und den restlichen Fisch verkaufen. Garon ging zu seinem Schiff und meinte, ein Schiffer läuft nicht zu Fuß – er segelt mit seinem Schiff da hin, wo er will, der Wind steht auch gut. Also gingen wir alle auf sein Schiff und er legte ab und meinte, dass ich lossegeln könne. Arko kam gleich zu mir und meinte: „Ich helfe dir!"
Der Wind stand so günstig, sodass es ganz einfach war, aus dem Hafen zu fahren – und dann drückte der Wind so stark, dass wir nur so über das Wasser glitten. Karo war begeistert, wie schnell man sich auf dem Wasser vorwärts bewegen kann.
In einem Bruchteil der Zeit waren wir an der Höhle. Wir zogen das Schiff auf den Strand und Garon zeigte uns einen Weg, wie wir am einfachsten die Steilküste hochkonnten. Wir suchten die Straße und innerhalb von kürzester Zeit waren wir bei den Sharkanern. Saro erzählte mir, dass ein paar Händler vorbeigezogen waren und uns gezählt hatten. Dann sprach ich zu

den Sharkanern: „Wir müssen hier sofort verschwinden und uns verstecken! Für jeden Herrscher sind wir eine Bedrohung!" Alle standen auf und gingen auf die Straße, in jene Richtung, aus der wir hergekommen waren. Garon und ich mussten uns beeilen, dass wir an die Spitze kamen, doch dann kam Sambu mit seinen beiden Jungen zu uns gerannt! Garon bekam seinen Mund nicht mehr zu. Ich sagte zu Sambu: „Das ist mein Freund Garon!" Und zu Garon sagte ich, er solle sich von Sambu und seinen Jungen beschnuppern lassen, den Geruch würden sie nie wieder vergessen! Garon fragte, ob er ihn drücken könne, so wie Freunde. „Er ist nicht empfindlich!" antwortete ich und dann nahm er Sambu in den Arm und sie blieben so einige Zeit stehen, als wenn sie miteinander verschmelzen wollten. Mit seinen Jungen tat er es genauso. Als wir bei der Höhle angekommen waren, sah ich hinter uns, wie die Sharkaner die ganze Zeit unsere Spuren entfernt hatten – und das schätzte ich an ihnen: Sie alle dachten mit und waren um das Wohl der Gruppe besorgt! Denn das war wichtig! Kurze Zeit später auf der Straße marschierte eine Gruppe Krieger von zwanzig Mann, schwer bewaffnet, auf die Stelle zu, wo wir gelagert hatten. Der Anführer schaute sich um, fluchte vor sich hin: „Wenn ich diese Händler erwische! Wir marschieren hier raus und hier ist keine einzige Spur von über dreißig Leuten!" Als die Krieger wieder zurück waren, fragte ihr Fürst, was vorgefallen war, und ihr Anführer meinte: „Es waren keine Spuren von dreißig Leuten zu sehen! Die Händler waren bestimmt zu lange in der Sonne unterwegs!" Dann meinte der Fürst: „Waren auch keine Spuren von den Händlern?" „Nein, keine einzige Spur!" Die Sharkaner machten es sich in der Höhle gemütlich, einer meinte, das Meer schmecke so wie die Lake für das Fleisch. Wir fuhren mit dem Segelschiff zurück zum Markt; es war schwierig, gegen den Wind zu kreuzen, aber nach einiger Zeit kamen wir an. Garons Sohn hatte nicht mehr viel Fisch verkauft, deshalb packten wir alles zusammen und brachten es den Sharkanern. Die hatten schon von Treibholz ein Feuer gemacht und freuten sich auf den Fisch. Garon lud mich mit meiner Familie auf seine Insel ein; Sambu, Surka und Saron sollten auch mitkommen, denn Garon wusste aus meinen Erzählungen, dass ich auch die Tiger zu meiner Familie zähle. Ich war gespannt, wie die Tiger auf die Seefahrt reagieren würden und freute mich auf die Gesichter von Garons Familie, wenn wir mit drei Tigern auf einmal vor der Tür stehen! Die Tiger legten sich auf dem Schiff hin und schauten ab und zu hoch, aber waren nicht aufgeregt, was mich beruhigte. So konnten wir sie später auch auf die andere Insel mitnehmen. Wir fuhren wieder längs der Küste, bis am Horizont, so nannte Garon die Stelle, wo Wasser und Himmel zusammenstießen, die Insel auftauchte. Dann nahmen wir Kurs auf sie und kurze Zeit später wurde sie größer und größer – es war für Urk, Arko und Rinka faszinierend, dieses Schauspiel und auf dem Wasser zu gleiten. Urk war gar nicht vom Ruder wegzubekommen, die Geschwindigkeit begeisterte ihn. Garon fand es toll, dass ich und Urk so gerne segeln! Wir legten an – und als ob es Garons Familie geahnt hätte, standen alle an der Anlegestelle und winkten uns zu. Sambu und seine Jungen setzten sich auch hin, um zu gucken: Da erschraken sie! Sie kannten zwar meine Geschichten, aber dass die drei so groß sind, hatten sie sich doch nicht vorstellen können! Sambu, Surka und Saron sprangen von Bord. Garons Frau und ihre Töchter fielen auf die Knie und legten ihre Arme über den Kopf. Sambu schnupperte an Garons Frau und lief dann an Land; sie sprangen herum und spielten miteinander. Ich ging zu Garons Frau hob sie hoch und umarmte sie, dann stellte ich ihr meine Frau und meine großen Kinder vor. Sie meinte nur: „So riesig hatte ich mir Sambu nicht vorgestellt!" Dann sagte sie zu Rinja: „Komm bitte, ich zeige dir unser Haus!" – und die beiden schlenderten fort. Es dauerte eine ganze Zeit, bis Garons Frau auf Sambu zugehen konnte und ihn drücken konnte. Ihre Mädels und ihr Sohn hatten da keine Probleme, denn sie wussten nicht, wie gefährlich Sambu, Surka und Saron waren. In den nächsten Tagen brachten wir die Sharkaner auf die Insel. Sie war sehr groß und unbewohnt. So waren sie in Sicherheit und konnten so jedem Konflikt aus dem Wege gehen. Die Insel sah abweisend aus; so entschlossen wir uns, sie erst zu erkunden, um uns einen Platz für die Nacht zu suchen. Als wir einige Zeit in Richtung Mitte der Insel gelaufen waren, sahen wir Wiesen, auf denen Ziegen grasten und Wildschweine, die nicht so dunkel waren und auch nicht so lange Borsten hatten wie unsere. Langsam fing mir die Insel an zu gefallen, die Quelle mit wohlschmeckendem Wasser fanden wir auch bald und ganz in der Nähe war eine riesige Höhle. Doch als wir sie betreten wollten, stockte uns der Atem: Es waren Fußabdrücke auf dem Boden. Zwanzig Leute zählten wir. Wenn wir jetzt die Höhle betreten würden, könnten wir unsere Fußabdrücke nicht verwischen und denen ihre sahen alle so Platt aus. Ich machte den Vorschlag, dass einer zurück läuft und unseren Mann am kleinen Strand warnt und die Spuren verwischt. Wenn Garon mit den anderen Sharkanern kommt, sollen sie schnell zu uns stoßen und die Spuren am Strand verwischen. Einige Sharkaner malten sich an und blieben versteckt bei der großen Höhle, wir anderen suchten weiter nach eine Bleibe. Wir marschierten einige Zeit und hatten Glück, eine kleine versteckte Höhle zu entdecken. Wir guckten, ob sie vielleicht von einem Tier bewohnt war, aber keine Spuren deuteten darauf hin. Langsam schlichen wir hinein und waren überrascht, dass sie größer war als wir dachten. Die Sharkaner hatten an der Quelle alle ihre Ziegenschläuche mit Wasser gefüllt, jetzt brauchten wir nur noch etwas zu essen. Drei von den Sharkanern gingen auf die Jagd, um ein paar Ziegen zu erlegen oder ein paar Schweine. Die restlichen erkundeten die Höhle. Es war ein wenig Zugluft in der Höhle: Das würde bedeuten, dass wir ein Feuer in der Höhle machen könnten – und so gingen wir mit unseren Fackeln die Höhle entlang, bis sie in einem Spalt, der steil nach oben ging, endete. Die Sharkaner machten ein Feuer und ich ging nach draußen, um zu sehen, ob der Rauch uns verraten würde. Ich kletterte den Berg hoch, bis der Wald aufhörte. Hier oben gab es eine kleine Plattform, und auf der anderen Seite sah ich Rauch aus dem Boden kommen, der aber vom Wind, den es hier anscheinend immer gab, sofort verteilt wurde. Wir sollten hier oben eine Wache mit einem Schutz vor dem Wind hinstellen, denn ich sah in weiter Ferne das Schiff von Garon – und so würden wir die Leute rechtzeitig sehen, die hier ab und zu auf die Insel kommen. Bevor wir uns zeigen, möchte ich genau wissen, was das für Leute sind – ob friedlicher Natur, mit denen man zusammenleben kann, oder kriegerischer Natur. Am nächsten Tag schaffte Garon noch die Pferde herüber, die reichlich nervös waren, aber das Wetter meinte es gut mit uns und der Wind stand gut. Jetzt schickte ich die Sharkanerinnen mit ihren Pferden los, um die Insel zu erkunden. Von außen sah die Insel aus, als wenn man nicht darauf laufen könne, aber weiter zum Inneren gab es große Wiesen und auch langgezogene Täler, bis man auf die andere Seite gelangte. Abends saßen wir seit langem wieder zusammen und besprachen, was zu tun sei. Karo meinte, man sollte sich einer starken Sippe anschließen, ein anderer meinte, wir sollten kleinere Gruppen uns anschließen lassen. Die Sharkanerinnen sagten, dass wir uns erst wieder finden müssen und den Schock des Verlustes unserer Familien verarbeiten. Die Mehrheit erhielten die Sharkanerinnen mit ihrem Vorschlag. Das hieß aber auch, dass wir mindestens den nächsten Winter hier verleben würden! Wir konnten uns also ruhig hier einrichten. Die Pferde schafften wir auf eine weiter entfernte Wiese, bis wir wissen würden, was für Besucher hier auf die Insel ab und zu kommen. Am nächsten Tag teilten wir uns wie gewohnt ein: Nahrungsbeschaffung, Höhle einrichten und Waffen-Ausbesserung. Am späten Nachmittag wollten wir unser Schießtraining wieder aufnehmen. Ich schaffte mit ein paar Sharkaner Holz auf den Berg und wir nahmen uns vor, da oben einen Unterstand zu bauen. Die jungen Bäume setzten wir mit Wurzeln in vorhandene Felsspalten, in denen sich schon Erde angesammelt hatte. Dadurch sah es natürlich gewachsen aus und würde keinem Fremden auffallen. Mit Schlingpflanzen verbanden wir Bäumchen mit Bäumchen. Als wir da oben mit Bauen befasst waren, sahen wir ein Segel; als es näher kam, sahen wir, dass es Garon war. Ein paar Sharkaner gingen zum Strand, um ihn zu empfangen. Er hatte einen Korb mit Fisch dabei, aber ich sagte ihm, dass er so schnell nicht mehr kommen sollte, bis wir herausgefunden hätten, wer die anderen Besucher auf der Insel sind. Der Aussichtspunkt war von morgens bis abends besetzt, es war ein beliebter Dienst, denn man war allein und konnte seinen Gefühlen freien Lauf lassen. Ein paar Tage später meldete sich die Wache vom Aussichtsturm: Sechs Schiffe waren am Horizont zu sehen, mit unserer Insel als Ziel. Die Sharkaner malten sich und auch mich an. Jeder hoffte, dass es Händler oder friedliche Leute waren. Als die Schiffe näher kamen, waren sie viel größer als Garons Schiff und das Segel war ein großes Dreieck. Sie legten an derselben Stelle an, wo wir auch angelegt hatten. Als sie an Land kamen, schauten sie in den Sand, dann musterten sie die Umgebung. Sie hatten ein rotes Tuch um den Kopf gewickelt und hatten eine dunkelbraune Haut. Dann gaben die Leute, die sich umgesehen hatten, ein Zeichen – und auf einmal wurden Menschen an Stricken zusammengebunden aus dem Schiffen gezerrt: Sie hatten zerschlagene Gesichter und sahen elendig aus! Es waren Händler, doch ihre Ware waren Menschen! Wir waren erschüttert, aber noch konnten wir nichts tun; sie mussten sich erst einmal in Sicherheit wägen! Wie wir angenommen hatten, brachten sie die jungen Frauen und Männer in die große Höhle. Sie hatten auch ein paar kleine Ziegen und Schweine dabei, die sie aber sofort frei ließen. Ein Trupp machte sich auf den Weg, um zu jagen, die anderen suchten Holz. Der Rest bewachte die jungen Leute und machte ein großes Lagerfeuer. Nach kurzer Zeit kamen sie mit Ziegen und ein paar Schweinen zurück, die am Feuer gebraten wurden. Das Essen war grauenvoll: Sie aßen das Fleisch von den Knochen und warfen den Gefangenen die abgenagten Knochen hin, die schon so hungrig waren, dass sie sich um die Knochen stritten! Wir setzten uns am Abend in unserer Höhle zusammen: Alle waren sich darüber einig, dass diese jungen Leute befreit werden mussten und dass sie dann wieder zurück zu ihren Eltern gebracht werden. Die ganze Nacht beobachten wir die Menschenhändler. Am nächsten Tag wollten wir erst die Leute, die auf Jagd gingen, ausschalten, und dann immer kleine Gruppen, die sich vom Lager trennten. Doch es kam anders: In aller Frühe machten sich die Menschenhändler auf den Weg zu ihren Schiffen und waren verschwunden. Die Gefangenen lagen in der Höhle, ohne jede Wache. Wenn wir sie frei lassen würden, war der Überraschungseffekt vielleicht nicht mehr da – und wir hatten auch nicht genug zu essen, um sie alle satt zu machen. Am Abend kamen die Menschenhändler wieder, luden neue junge Leute ab und gingen jagen. Eine Gruppe Sharkaner erledigten diese genau wie die Leute, die Holz sammelten. Im Lager brach Unruhe aus. Der Anführer schickte jetzt seine engsten Vertrauten los. Als die auch ausgeschaltet waren, sammelten wir uns, gingen um das Lager in Position und töteten alle mit gezielten Schüssen. Es gab keine große Gegenwehr, denn sie waren so überrascht. Wir gaben ihnen auch keine Gelegenheit sich zu wehren, denn die Pfeile kamen von überall aus den Gebüschen, vom Felsen, wo keiner stand, den man sehen konnte. Dann nahmen wir die Leichen, sammelten Holz und verbrannten die Leichen auf einem großen Lagerfeuer. Jetzt zogen wir uns zurück, machten uns wieder sauber, zogen unsere Sharkanerkleider an und gingen zur Höhle, um die Leute zu befreien. Sie schauten uns an; als sie dann sahen, dass wir sie befreien, fingen sie an zu jubeln. Ein Teil der Sharkaner war in den Wald gegangen, um ein paar Schweine und Ziegen zu erjagen. Die befreiten jungen Leute gingen zum Feuer, wo sie noch die Knochen von ihren Peinigern sahen. Doch auf einmal wurde draußen geschrieen; die Leute stürmten wieder in die Höhle. Vorsichtig ging ich nach draußen und sah Sambu mit einem richtig großen Schwein im Genick! Sambu kam auf mich zu und ich drückte ihn. Die Leute verstanden die Welt nicht mehr: „Er ist mein Sohn! Ich habe ihn großgezogen – und er wollte uns nur das Schwein schenken!" Die jungen Männer holten das Schwein und hingen es an einen Baum, um es aufzubrechen. Ich ging zu ihnen und sagte: „Sambu würde sich freuen, wenn ihr ihm das große rote Teil gebt!" Mit einem Feuerstein schnitt ich den Bauch auf und trennte das rote Teil heraus, dann gab ich es dem verdutzt schauenden Mann: „Gib es ihm schon! Hab keine Angst! Er wird deinen Geruch sein ganzes Leben lang nicht vergessen!" Der junge Mann ging langsam, aber sicher auf Sambu zu, dann streckte er ihm das rote Teil hin und Sambu nahm es sehr vorsichtig aus seinen Händen. Er schnüffelte ihm mit seiner großen Nase ins Gesicht, mit einem Biss hätte er ihn halbieren können, aber das war sehr mutig von ihm. Dann kamen auch die anderen Sharkaner mit Ziegen und noch ein paar Schweinen. Wir warfen noch Holz auf die letzten Knochen und fingen an, die Schweine und Ziegen zu braten. Erst als alle satt waren, fragte ich die jungen Leute, woher sie kämen. Eine Gruppe erzählte unter Tränen, wie ihre Sippe erschlagen wurde und nur die jungen Leute verschleppt wurden zu den Schiffen. Eine andere Gruppe aus einem Fischerdorf erzählte, dass ihnen dasselbe passiert war und dass nachher noch alle Häuser angesteckt wurden. So erzählten alle ihre Geschichte und dann fragten sie uns, woher wir hergekommen sind. Normalerweise sei diese Insel unbewohnt, sagte einer, der die Insel kannte. Dann erzählten wir unsere Geschichte – und es flossen wieder reichlich Tränen. Sambu lag an einer Felswand und schlief. Zwei junge Mädchen hatten sich an ihn gekuschelt und waren eingeschlafen. Karo und Urk hatten mit ihren Tigern noch eine Insel-Begehung gemacht, zu den Booten der Menschenhändler. Urk war ganz angetan von den Booten. Als die beiden dann mit den Tigern in die Höhle kamen und Surka und Saron sich zu Sambu und den zwei Mädchen legten, waren alle sprachlos. Ein Teil der Sharkaner blieb bei den jungen Leuten und sie hielten abwechselnd Wache. Die anderen gingen in die andere Höhle. Am nächsten Morgen besprachen wir, was zu tun sei. Den jungen Leuten machten wir das Angebot, sie zu ihren Dörfern zurückzubringen, doch sie meinten: „Wir haben keine Dörfer mehr!" und sie würden sich uns gerne anschließen. Dann wären wir sechzig Leute mit sechs Booten, aber um so viele Leute zu ernähren, gab es hier auf der Insel nicht genügend Schweine und Ziegen. Der eine von den Neuen meinte, er habe Netze auf dem Schiff gesehen, auf dem er lag, und sie könnten Fische fangen, damit könnte man die Leute ernähren. Rinja meldete sich auch zu Wort: Sie wolle jeden, der neu dazugekommen ist, in den nächsten Tagen untersuchen und die Wunden säubern, die man ihnen zugefügt hatte. Urk meldete sich zu Wort und meinte: „Wir haben sechs große Schiffe und wir brauchen sechs Gruppen, die mit den Schiffen umgehen und fahren können!" Dann fragte er: „Wer kann alles mit einem Schiff fahren?" Acht Leute meldeten sich und Urk meinte: „Und mein Vater auch – das wären neun Leute! Diese neun Leute bilden alle anderen aus, damit spätestens, wenn der Mond so wie jetzt wieder voll ist, alle segeln können. Seit ihr damit einverstanden?" Und alles jubelte: „Das ist unser nächstes Ziel, welches wir uns setzen!" Meine erste Schulungsfahrt machte ich zu Garons Familie. Sie erschraken, als sie das Schiff sahen, doch als sie mich erkannten, freute sich Garons Frau! Dann wollte sie genau wissen, wie wir zu dem Schiff gekommen waren, doch ich vertröstete sie und fragte, wer hier Segel herstellt und wie ich sie bezahlen muss. Denn die roten Segel hatten einen zu schlechten Ruf, sie waren auch zu auffällig. Garons Frau versprach mir, mit Garon darüber zu reden, und ich sagte, dass er jetzt ruhig wieder vorbeikommen könnte. Der Mond nahm immer mehr ab und die Fortschritte der Sharkaner nahmen zu, die Wendemanöver aller sechs Schiffe auf einmal klappten, das Segeln gegen den Wind durch ein

ewiges Wind-Kreuzen klappte, jeder durfte ans Ruder, jeder musste die Segeln einholen und wieder setzen. Eines Tages war ich auf dem Weg zu unserem Ausguck – die Pflanzen waren sehr gut angewachsen und sie hatten ein kräftiges Grün – da schaute ich aufs Meer und sah die sechs Segelschiffe ihre Übungen machen. Etwas Schöneres gab es nicht: Wie sie sich elegant im Wind wendeten und in Reih und Glied hintereinander herfuhren – es war toll! Am nächsten Tag nahm ich mir ein Pferd und ritt immer in der Nähe der Küste entlang. Als ich schon den halben Tag geritten war, bemerkte ich einen kleinen See – und als ich weiterritt, sah ich, dass es eine kleine Verbindung zum Meer gibt. Mit meinem Pferd am Zügel, lief ich den Hügel hinunter,, bis zu dieser schmalen Stelle und stellte fest, dass sie gar nicht so schmal war. Doch wie sollte ich die Stelle mit den ganzen Steinen vom Meer her sehen und war das Wasser tief genug für unsere Schiffe?
Als erstes zog ich mich aus und ging vom See her in das Wasser, dann schwamm ich in Richtung Meer und tauchte immer wieder, bis ich im Meer war. Es war ein sehr gutes Versteck für unsere Boote. Beim Zurückschwimmen überlegte ich mir, wie ich die Felsen kennzeichnen könne, doch als ich auf dem Felsen neben der Einfahrt stand, kamen unsere sechs Schiffe vorbei. Ich winkte und gab Karo zu verstehen, dass er mit seinem Schiff in die Furche fahren solle, Er tat es und kurze Zeit später kam er andersherum wieder heraus. Den anderen gab er jetzt auch Zeichen, dass sie ihm folgen sollten, ein Schiff nacheinander verschwand in der Furche und ich rannte auf der anderen Seite am Felsen hinunter: Da sah ich sie: Alle sechs, aneinander gezurrt, lagen sie auf dem See! Bis auf einige sprangen alle von Bord und ich begrüßte sie, alle waren zufrieden – ein geschützter Hafen – und ich erzählte, wie froh ich war, ihn entdeckt zu haben! Da meldete sich ein kleiner neuer Sharkaner, dass sein Papa gesagt hätte, wenn ein See mit dem Meer verbunden ist, dann nennt man es Bucht, also die Aron-Bucht!

Ein anderer von den Neuen meinte: „Da hinten ist das Land ziemlich flach. Wir könnten ein paar Häuser bauen und in der geschützten Bucht wohnen!" Heute Abend wollen wir die Sachen abklären, aber ich finde es toll: die Aron-Bucht. Ich ritt wieder zurück und die Sharkaner wendeten und glitten wieder aufs offene Meer. Am Abend erläuterten wir noch mal die Angelegenheit mit der Bucht und dass man Häuser bauen könnte – Steine und Bäume sind genug da.
Einige von den Dazugekommenen erklärten sich bereit, die Leitung der Aufgabe zu übernehmen. Die ersten Wochen vergingen damit, dass Steine sortiert und freie Plätze geschaffen wurden. Es stürzten sich alle in die Arbeit, um zu vergessen, was in der letzten Zeit passiert war. Alle sieben Tage verbrachten wir damit zu segeln oder längere Erkundungen der Insel zu unternehmen – diese Tage bedeuteten allen sehr viel! Die jungen Leute tanzten dann abends zusammen und lernten sich auch sonst näher kennen. Die Ausbildung der neuen Leute ging zügig voran, wir hatten jetzt fünf Gruppen. Nach der Ausbildung wurden besondere Begabungen noch einmal speziell gefördert. Zum Beispiel im Reiten, Bogenschießen, Speerwerfen und so weiter. Wir hatten uns vorgenommen, Spezialisten auszubilden. Beim Reiten taten sich die jungen Frauen besonders hervor, sie schossen mit Pfeil und Bogen im vollen Galopp auf bewegte Ziele.
Urk war ganz vom Segeln angetan und er bildete auch andere mit einer Ruhe aus, die bemerkenswert war. Auf einem Schiff hatten wir einen merkwürdigen Stein gefunden: Wenn man ihn ins Wasser legte, zeigte er immer zum hellen Stern am Himmel. Durch Zufall hatte Urk gesagt, dass der Stein so leicht ist, dass er vielleicht im Wasser schwimmt – und dann wussten wir auch, warum er in einer speziellen Schatulle untergebracht war. Urk sagte: „Wenn man den hellen Stern am Himmel nicht sieht, kann man sich an diesem Stein orientieren!"

Die Zeit verging, einige Häuser waren schon fertig in unserer Bucht und abends lagen immer alle Schiffe hier vor Anker. Der Winter kam und es wurde nicht richtig kalt, man konnte weiter fischen gehen; es regnete ab und zu mal, der Wind wurde kräftiger. Urk sah diese Winde als Herausforderung an und er ritt auf den Wellen. Als der Wind wieder nachließ, besuchte uns Garon: Er hatte ein weißes Segel dabei, auf dem ein rotes gleichschenkliges Kreuz war. Urk meinte, dieses Segel wäre genau richtig für sein Schiff – und so bekam er das erste Segel. Denn Garon sagte, es wären noch mehr Segel in Arbeit. Er hatte nur an bestimmten Stellen erzählt, dass die Menschenhändler getötet worden waren und jetzt neue Segel gebraucht würden für die Schiffe, und schon waren die Leute bereit, Geld für neue Segel zu geben. Als Urk dann das neue Segel auf seinem Schiff anbrachte und ein wenig Wind das Segel aufblähte, sah man ein großes rotes gleichschenkliges Kreuz kunstvoll verziert. Urk rief seine Besatzung, die gleich angestürmt kam und das Segel bewunderte. Er fragte auch mich und ich war natürlich auch dabei, eine Probefahrt mit dem neuen Segel zu machen. Wir fuhren aus der Bucht, Garon hinter uns her. Wir nahmen Kurs auf die kleine Stadt, die das Segel bezahlt hatte. Als wir ankamen, standen einige Leute im Hafen und sahen, dass wir anlegten. Wie ein Lauffeuer machte es die Runde, dass die Leute, die sie von den Menschenhändlern befreit hatten, im Hafen wären.

Im Nu waren der Bürgermeister und ein paar ältere Männer da, die einige Fragen stellten: wie viele Schiffe wir hätten, wie groß unsere Gruppe wäre und was wir für Waffen hätten. Weil ich am Ältesten aussah, sprachen sie mit mir, es gäbe noch mehr Menschenhändler. Wenn diese bemerken, dass dieser Bereich wieder frei ist, würde es nicht lange dauern und ein anderer würde die kleinen Höfe und Dörfer überfallen. Dann sagte ein älterer Mann, ob wir uns vorstellen könnten, vor der Küste mit unseren neuen Segeln, die sie bezahlen würden, zu kreuzen und die anderen Menschenhändler zu vertreiben.

Außerdem bekämen wir zu essen und jeden Monat irgendwelche Teile, von denen ich noch nie etwas gehört hatte, die aber scheinendbar einen hohen Wert haben. Ich antwortete, das könne ich noch nicht entscheiden; aber die Segel könnten sie schon mal in Auftrag geben und wir würden in ein paar Tagen wieder vorbeikommen.
Abends saßen wir zusammen, alle fanden die Idee gut – und so fuhren wir am nächsten Tag wieder in den Hafen und besprachen die Einzelheiten. Die ganze Küste, zwei Hafenstädte und vier Dörfer sollten wir bewachen! Die Segel sollten im Frühling fertig sein und in der Zwischenzeit wollten sie uns auf die roten Segel weiße Streifen nähen. Die Segel sollten wir nach und nach zu einem Haus am Hafen bringen, alle zwei Tage ein Segel – und so fuhren wir jeden Tag nicht mehr vor unserer Insel unsere Übungen, sondern vor den Städten. Auch bei schlechtem Wetter fuhren wir längs der Küste, kreuzten gegen den Wind oder fischten, wenn das Meer ruhiger war. Abends tüftelten wir Pläne aus, Karo meinte, man könnte einen brennenden, qualmenden Pfeil in die Luft schießen; ein anderer meinte, die Schiffe sollten so einen Abstand halten, dass man den Pfeil gerade noch so sieht. So könnte man, wenn irgendwo die Menschenhändler mit ihren roten Segeln auftauchen, unsere fünf anderen Schiffe alarmieren, damit sie dann gleich den anderen zu Hilfe kommen. Ein anderer meinte, wir sollten immer eine Schale mit Feuer an Bord haben, damit man den anderen gleich die Segel in Brand schießen kann, dadurch würden sie gleich nicht mehr fliehen oder uns verfolgen können. Ein anderer meinte, man müsste aufpassen, dass die Schiffe keinen großen Schaden nehmen, wir könnten noch einige gebrauchen. So kam der Frühling. Eines Morgens in aller Frühe – Karo fuhr mit seiner Gruppe und mir als erster an der Küste entlang – sah er am Horizont rote Segel: Sechs Sharkaner, die er bei sich hatte, legten sich auf den Rücken und richteten ihre Bögen. Karo nahm einen Pfeil mit einer stinkenden schwarzen Masse, steckte ihn ins Feuer, bis er brannte

und schoss, so hoch er konnte. Kurze Zeit später sah er am Horizont wieder einen Pfeil aufsteigen, dann nahm er Kurs auf die roten Segel. Die Sharkaner hatten schon Pfeile im Feuer liegen und Karo schilderte ihnen, dass es sechs Schiffe sind und dass sie jetzt Kurs auf uns genommen haben. Das weiße Segel mit dem roten Kreuz lockte sie wahrscheinlich an, doch auf einmal, als sie bloß eine Person auf unserem Schiff sahen, drehten drei ab in Richtung Küste. Hinter uns sah ich in der Ferne schon drei von unseren Schiffen, wir waren jetzt auf Schussdistanz. Urk entschloss sich, durch die Dreier-Gruppe hindurchzufahren und gab genau Anweisung, wo jeder hinzuschießen hat. Auf dem Schiff waren achtzehn Leute; sie kamen uns immer näher. „Schießt!", sagte ich zu den Sharkanern – und im Nu standen sie und gaben ganz ruhig die brennenden Pfeile auf die Segel ab. Sie blieben in den Segeln hängen und das schwarze klebende Zeug klebte an den Segeln und steckte sie in Brand. Doch die nächsten Pfeile wurden gleich hinterhergeschossen und trafen die Menschenhändler., Sie hatten einen halbwüchsigen jungen Mann auf dem Schiff gesehen und dachten, den könnten sie schnell überrumpeln – und jetzt brannten die Segel! Sie legten sich hin und suchten Deckung vor den Pfeilen, doch Karo sauste durch die drei Schiffe hindurch und nahm Kurs auf die anderen drei Schiffe. Die anderen Sharkaner drehten auch ab und nahmen Kurs auf die drei Schiffe, die Kurs auf ein kleines Dorf genommen hatten, diese sahen die anderen Schiffe brennen und wendeten, um ihnen zu Hilfe kommen – doch das war ein Fehler! Vier Sharkaner-Schiffe kamen jetzt direkt auf die drei Menschenhändlerschiffe zugefahren, die Sharkaner lagen flach auf den Rücken, Pfeile lagen in der Glutpfanne und brannten. Die Menschenhändler standen bereit, auf unsere Schiffe zu springen. Jetzt schrie Karo – und alle Sharkaner schossen ihre brennenden Pfeile ab auf die Segel – und der zweite Pfeil traf die Besatzung! Dann gingen die Sharkaner wieder in Deckung und die Schiffe glitten dicht aneinander vorbei. Die Menschenhändler dachten nur noch daran, ihre Segel zu retten, doch die brennenden Pfeile klebten regelrecht an dem Segel. Jetzt wendete Karo sein Schiff und alle anderen machten es ihm nach; sie kreuzten jetzt gegen den Wind. Karo rief: „Wollen wir Gefangene machen?" „Drei von Karos Leuten waren aus den abgebrannten Dörfern. Sie haben unsere Eltern auch nicht verschont! Sie sollen sterben!" Von den anderen Schiffen tönte es auch: „Sie sollen sterben!" In sicherer Entfernung kreuzten wir an den Menschenhändlern vorbei, um dann zu wenden und mit voller Fahrt wieder Kurs auf die Schiffe zu nehmen. Jetzt standen die Sharkaner aufrecht auf dem Schiff; einige von ihnen waren erst zehn Winter alt, doch die Gesichter waren steinhart! Dies waren die Leute, vor denen die ganze Region so viel Angst hatte und die schon hunderte Menschen getötet und noch mehr verschleppt haben. Sie verdienen keine Gnade! Der Wind blähte die Segel auf – und jetzt legten die Sharkaner an. Karo hielt das Ruder; eine Kälte lag auf den Gesichtern und kein bisschen Angst! Die Menschenhändler dümpelten ohne Segel vor sich hin, der Wind riss das Schiff hin und her, die Wellen taten ein Übriges. Jetzt waren sie in Schießentfernung, die Menschhändler hatten auch ihre Bögen angelegt; doch die langen Bögen der Sharkaner schossen weiter: Die erste Salve der Sharkaner traf die Hälfte der Menschenhändler, doch dann kamen wir in die Nähe der Menschenhändler. Drei Sharkaner wurden getroffen! Urk sagte, sie sollen sich hinlegen und den Pfeil stecken lassen! Die anderen Sharkaner schossen jetzt, so schnell sie konnten. Alle Sharkaner wendeten ihr Schiff; die wenigen Menschenhändler, die noch lebten, rissen die Arme hoch; doch der Blick der Sharkaner sagte mir, sie kennen keine Gnade! Urk fuhr mit seinem Boot dicht am Boot der Menschenhändler vorbei. Die Sharkaner hatten die Bögen gespannt, die Menschenhändler fielen auf die Knie und rannten los, um auf unser Schiff zu springen. Sie hatten glänzende lange Teile in der Hand, aber weil die Sharkaner niemals vorhatten sie leben zu lassen, sausten ihre Pfeile in die fliegenden Körper – sie röchelten nur noch, als sie auf unserem Schiff aufschlugen! Wir sprangen auf das andere Schiff über, warfen die Leichen über Bord, Urk und ich nahmen das rote Segel mit den weißen Streifen aus einer Kiste und gaben es auf das andere Schiff. Kurze Zeit später erfasste der Wind das Segel und wir nahmen Kurs auf unsere Insel, auch auf den anderen Schiffen wurden die gestreiften Segel gesetzt und folgten uns. Rinja stand schon mit einigen jungen Männern am Strand und wartete. Vom Aussichtsfelsen hatten sie ihr Bescheid gesagt, dass sie zurückkommen. Urk fuhr zuerst in die Bucht und hielt sein Schiff direkt auf Rinja, seine Mutter. Die zwei jungen Männer riefen noch andere heran – und so wurden die Verletzten in das größte Haus gebracht. Es waren Liegen, so wie Sargow sie gehabt hatte, aufgestellt, worauf die Verletzten liegen konnten. Rinja entfernte vorsichtig den ersten Pfeil und drückte einen spitzen heißen Stein in die Wunde. Der Junge verlor sofort sein Bewusstsein. Dann nahm Rinja ihren Ziegenschlauch und träufelte davon in die Wunde, danach wurde sie verbunden. Insgesamt hatten wir sieben Verletzte, einer starb noch am selben Tag – er hatte einen Pfeil ganz tief in den Bauch bekommen und es hatte stark geblutet. Am Abend machte einer den Vorschlag, den Bauchraum mit mehrschichtigem Leder zu schützen. Dann nahmen wir Abschied von Erno. Seine Schiffsmannschaft erzählte, wie er einen Pfeil nacheinander abschoss, bis ihn ein Pfeil in den Bauch traf und er sich auf den Rücken legte, bis alles vorbei war. Am nächsten Tag fuhren wir mit unseren Booten zur Stadt, wo wir stürmisch begrüßt wurden. Der alte Mann, der das Sagen hatte, nahm mich in den Arm und drückte mich. Ich sagte ihm, wir bräuchten noch sechs neue Segel – und er meinte, er habe sie schon in Auftrag gegeben. Er meinte aber auch, in den Versammlungen, die sie abhielten, waren schon Stimmen laut geworden, dass es bestimmt keine Menschenhändler mehr gäbe und sie die Schiffsfahrten vor ihrer Küste teuer bezahlen würden. Dann fragte er, ob wir auch

Verluste gehabt hätten. „Nein," sagte ich, „wir hatten Glück und die bessere Taktik!". Die Sharkaner sollten als unbesiegbare Truppe dastehen! Er wollte Einzelheiten wissen, doch ich sagte zu ihm: „Werden Sie Sharkaner – und Sie werden alles erfahren, was Sie wissen müssen!" Sie veranstalteten ein großes Fest und gaben uns ein Haus als Eigentum, in dem wir übernachten konnten wenn wir in der Stadt waren. Nachts führte man uns zu dem Haus, es hatte hohe Wände – und als wir hineinkamen, einen erleuchteten Innenhof. Außen herum waren überdachte Gänge und Türen. Die Räume waren nicht groß, aber es waren Lager zum Schlafen eingerichtet. Alle legten sich hin und schliefen. Am nächsten Morgen reihten wir uns in die Küsten-Überwachung ein und machten unsere gewohnten Übungen. Nach kurzer Zeit hatten wir in unserem Haus auf dem Festland eine kleine Station eingerichtet, eine Schiffsbesatzung blieb immer sechs Tage lang auf dem Festland und führte Gespräche mit Leuten von der Stadt. Wir hatten auch schon junge Anwerber als Sharkaner. Wir arbeiteten eine Aufnahmeprüfung aus: Sie war bis jetzt die schwerste und wir sagten gleich, dass wir auch junge Frauen aufnehmen. Wir wollten nach jedem Winter höchstens zwölf Leute aufnehmen und dieses Jahr nur noch Aufnahmeprüfungen machen. Eines Tages kam ein edel angezogener älterer Mann in unsere Kaserna – so nannten wir unsere Festlandsunterkunft –, der wollte mich sprechen. Man sagte ihm, in drei Tagen würde ich mit Urks Schiffsbesatzung für eine Woche in die Kaserna einziehen. Kurzerhand meinte er, ob er nicht die anwesende Gruppe bei ihren Übungen beobachten könne. Karos Schiffsbesatzung hatte Dienst und der meinte; „Natürlich können Sie das! Wir haben nichts dagegen!" Er schaute zu, wie sie ihre Farben mischen. Dann war er verblüfft, dass die ganze Gruppe nach dem Bemalen auf einmal verschwunden war! Er suchte sie, aber sie waren weg. Dann stand er vor einer Hecke – und die Hecke machte: „Buh! Du bist tot!" Er fasste in den Busch und ertastete einen jungen Mann. An einer Wand hatte sich einer den

Oberkörper und das Gesicht so angemalt, dass er nicht von der Wand zu unterscheiden war. Der ältere Mann war überwältigt; auch die Schießübungen oder das Speerwerfen überraschten ihn. Dann fragte er nach den drei Kugeln, die am Bauch hingen, und Karo sagte zu einem jungen Sharkaner, er solle den Beinschutz anziehen und über den Platz laufen. Karo nahm die Kugeln, schleuderte sie im Kreis über den Kopf und ließ sie los; der junge Sharkaner war schon ein ganzes Stück gelaufen, doch die Kugeln wickelten sich um seine Beine und brachten ihn zu Fall. So haben unsere Eltern schon junge Büffel gefangen und mit Ziegenmilch großgezogen. Da fragte der alte Mann, wo denn die Eltern dieser jungen Sharkaner lebten. „Ein Teil wurde von Sargows Leuten getötet und ein Teil von den Menschenhändlern", sagte Karo, „doch Aron und seine Frau Rinja konnten als einzige entfliehen und kümmern sich um uns!" „Wie viele Sharkaner gibt es denn", fragte er, doch Karo meinte: „Das darf ich Ihnen nicht verraten – und alles andere können Sie von Aron erfahren!" Als ich ankam, stürzte er auf mich zu, stellte sich vor und sagte, ein hoher Fürst hätte von unserer Gruppe, den Sharkanern, gehört und würde sie gerne kennenlernen! Dann meinte er, ich solle eine Gruppe zusammenstellen und den Proviant besorgen, damit wir so schnell wie möglich abreisen könnten. Ich sagte ihm, dass ich zwar der Älteste sei, aber nicht solche wichtigen Angelegenheiten einfach so entscheiden könnte.
Bei uns ist es so, dass wir uns jeden Abend treffen und erzählen, was alles am Tag passiert ist.
Wenn Sie wollen, könnten ich und Urk Sie am nächsten Tag mitnehmen zu unserer
Versammlung; aber wir werden Ihnen die Augen verbinden und Sie werden diese Binde die ganze Zeit aufbehalten! Es war ihm nicht sehr angenehm, sich mit verbundenen Augen uns auszuliefern, aber er hatte anscheinend Anweisungen, wonach er sich auf alles einlassen musste, um an Informationen zu kommen. Talabeus hieß der alte Mann. Urk, ein Sharkaner

und ich gingen auf das Schiff. Ich hatte eine Kappe aus Leder mit Hilfe von Fäden gebaut, mit denen Stoffkleider zusammengenäht werden. Sie ging bis unter die Nase; mit Lederriemen konnte man sie hinter dem Kopf und unter dem Kinn so anziehen, dass das Sehen und ein schnelles Herunterziehen der Kappe nicht möglich war. Als wir aus dem Hafen ausliefen, machte Urk einige Wendemanöver, denn wir hatten gemerkt, dass er sich konzentrierte und jede Bewegung des Schiffes merken wollte. Doch nach einigen Kurswechseln entspannte er sich und wir erreichten die Insel ein wenig verspätet, aber die Zusammenkunft hatte noch nicht angefangen. Ich führte Talabeus bis zu unserem Versammlungsgebäude und setzte ihn so hin, dass ihn jeder sehen konnte. Kurze Zeit später war der Raum gefüllt und alle tuschelten miteinander. Einer fragte mich, wer neben mir sitzt: „Das ist Talabeus, er kommt von einem König, der Informationen über uns haben möchte! Talabeus möchte uns auch ein Angebot unterbreiten!" Talabeus stand auf und sprach: „Mein König hat von euch gehört und möchte eine Elitetruppe um sich haben, die mit ihm überall hinziehen soll, ohne zu fragen, wenn er es befiehlt. Es wird mit Gutshöfen oder anderen Besitztümern entlohnt!" Da meldete sich ein junger Sharkaner zu Wort und meinte: „Wie Sie sehen – oder hören, in Ihrem Fall, besprechen wir alles und stimmen ab, was wir tun! Bis jetzt haben wir immer die richtigen Entscheidungen getroffen, obwohl wir so jung sind!" Talabeus sagte: „Mein König ist um einiges jünger als ich und trifft auch die richtigen Entscheidungen!" „Ja," sagte der Sharkaner, „aber was passiert, wenn einer eine andere Meinung hat?" Da meinte Talabeus: „Der wird ausgepeitscht, wie es sich gehört!" Die Sharkaner meinten: „Wenn bei uns einer eine andere Meinung hat, reden wir darüber – und manchmal setzt sich dann auch die andere Meinung durch, weil er andere Gesichtspunkte berücksichtigt hat, die den meisten wichtig erscheinen!" „Trotzdem lade ich eine Gruppe von euch gerne ein, mich zu begleiten!" Ich meldete mich zu Wort und meinte, dass wir

Punkte ausarbeiten könnten, um sie dann als Bedingungen dem König vorzutragen.

„Wenn er sie akzeptiert, ist es gut, wenn nicht, ziehen wir wieder zurück auf die Insel!" Wir suchten gleich eine Gruppe zusammen, um die Bedingungen auszuarbeiten. Talabeus schickten wir Schlafen. Am nächsten Morgen hatte ich die Bedingungen im Kopf; meine Begleiter sollten sein: Karo, Saro und zehn Sharkaner. Wenn wir nach zwei Monden nicht wieder da sein sollten, würden die Sharkaner zusammen mit den Tigern kommen, um uns zu holen. Talabeus war überrascht, dass eine so große Gruppe so schnell zu einer Einigung gekommen war. Er fragte mich, wie das kommt – und ich sagte ihm: „Wir wollen alle das Beste für die Sharkaner!"

Zwei Tage später brachen wir auf nach Pella, die Reise war angenehm; und als der Mond voll war, sahen wir eine Festung – wie Talabeus es nannte –, das Tor war bewacht. Talabeus sprach mit den Wachen – und einer von ihnen rannte in die Festung, um uns anzumelden. Rund um die Festung war eine Stadt mit Ständen, auf denen Früchte, Gemüse und Tiere angeboten wurden. Talabeus ging mit uns durch das Tor, überall waren Krieger, einige marschierten, andere machten Schießübungen und ein Teil kämpfte mit Speeren, die keine Spitze hatten. Talabeus begleitete uns in einen größeren Raum, wo er uns verließ, um seinen König aufzusuchen. Die Sharkaner sammelten in dem Raum kleine weiche Steine, Verputz, der von den Wänden gebröckelt war, und gaben sie in kleine Säckchen. Die Wachen grinsten, sie tuschelten miteinander, doch als die Tür aufging, standen sie still und waren ruhig. Wir wurden von einem anderen Mann weitergeführt, der uns in einen Raum führte, wo es eine große Steinschale mit Wasser und Tücher gab. Also fingen wir an, uns zu reinigen. Jetzt ließ man uns allein, verriegelte aber die Tür. Zu vier Sharkanern sagte ich, sie sollten sich anmalen wie die Wände; die Farbe war überall gleich – und ich hoffte, dass auch beim König die Wand ocker ist.

Die vier sollten in diesem Raum, wo sonst nichts drin stand, bleiben und uns nachher nachkommen als Überraschung. Eine ganze zeitlang später kam der Mann wieder, sah uns an und führte uns zu seinem König; er schaute noch einmal in den Raum, schüttelte den Kopf, schaute noch einmal und führte uns in einen großen Innenhof. Die Bäume, die ich noch nicht gesehen hatte, trugen Früchte, die es auch auf dem Markt zu kaufen gab. Auch sehr große Bäume ohne Zweige sah ich – und als ich mich bewundernd umschaute, gab mir einer der Sharkaner, die uns gefolgt waren, ein Zeichen. Aus einem Gang trat ein Mann in meinen Alter mit Talabeus, alle verneigten sich, wir uns auch: Das musste der König sein!
Talabeus ließ uns vortreten, er schaute und sagte: „Das waren doch mehr Leute! Durchsucht den Innenhof und den Waschraum!" Er schaute mich an und fragte mich, wo die anderen wären. Ich sagte: „Es sind alle in diesem Innenhof!" und zwinkerte ihm zu. Der König fragte mich, ob wir in seine Diensten treten wollen; Talabeus hätte einige Sachen erzählt, die er nicht glauben könnte und dass wir Bedingungen stellen würden. Er wurde lauter und meinte, er sei der einzige, der Bedingungen stelle – aber er wolle sie hören – und lachte.
„Die Sharkaner folgen nur einem Auftrag von Ihnen, wenn sie damit einverstanden sind! Also nur, wenn sie genügend Informationen haben, um zu entscheiden, ob es gut oder schlecht ist.
Die Sharkaner leben außerhalb der Festung in einem Gebäude, welches nach unseren Angaben gebaut werden müsste.
Die Sharkaner können freiwillige junge Männer, die bei ihnen mitmachen wollen, aufnehmen und ausbilden.
Nur der König mit seinen zwei Hauptleuten kann den Sharkanern einen Auftrag erteilen.
Der Aufgabenbereich der Sharkaner ist zustimmungspflichtig von Ihnen!"
Als Besoldung nannte ich die dreifache Summe, die wir von den Küstenstädten bekamen.

Der König schwieg eine zeitlang, dann lief er rot an und brüllte: „Ich habe hier das Sagen und entscheide über Tod und Leben in meinem Reich! Ihr seid meine Untertanen und müsst froh sein, wenn ihr bei mir dienen dürft!
Eure Insel gehört mir auch! Wenn ich wüsste, welche es von den kleinen Inseln ist, würde ich euch von dort vertreiben!"
Wir Sharkaner standen ganz ruhig da; dann sagte ich: „Wenn ihr damit nicht einverstanden seid, können wir ja wieder gehen!"
Er schrie zu den Wachen: „Nehmt die Bande fest!" Im selben Moment waren vier Speere auf uns gerichtet. Ich hob die Hand – und aus den Wänden kamen Pfeil und Bogen, zum Abschuss bereit. Der König sagte: „Speere runter! Wo kommen diese drei Leute her? Es wurde doch alles durchsucht!"
„Herr, sie sind angemalt wie die Wand und deswegen haben wir sie nicht gesehen!" Das Tor öffnete sich und es kamen zwanzig schwer bewaffnete Krieger herein. Damit hatte ich nicht gerechnet, dass ein König auch nur ein Machtmensch ist wie Sargow. Man nahm uns gefangen und sperrte uns in einen Raum ohne Fenster. Einer von uns fehlte noch! War er nicht aus seiner Tarnung getreten und entkommen?

9. Kapitel Machtspiele

Zur selben Zeit schlich ein Sharkaner an der Wand, längs zum Pferdestall, er nahm sich ein Pferd und ging mit ihm an der Wand längs zum Tor. Dann beobachte er es: Ein Trupp von Reitern verließ die Festung; und als sie an ihm im Galopp vorbeiritten, sprang er auf das Pferd und ritt hinter der Truppe her. So bemerkte keiner, dass ein Sharkaner die Festung verlassen hatte. Das Pferd, welches er ausgesucht hatte, war ausdauernd; und so erreichte er nach zehn Tagen die Küste. Dann war es noch ein kurzer Weg zu der Kaserna. Dort meldete er sich, erzählte, was passiert war. Sofort wurde ein Schiff klargemacht und er wurde zur Insel gebracht. Rinja hörte sich seine kurze Geschichte an, ging zu den Sharkanerinnen und schickte sie als erstes mit ihren Pferden und den Tigern los. Der Weg war eine Händlerroute und daher leicht zu finden, Sambu war aufgeregt: Er merkte, dass Gefahr drohte! Rinja rief alle Sharkaner zusammen und teilte zwei Schiffsbesatzungen für den Schutz der Küste ein, alle anderen machten sich für den nächsten Tag zur Abreise bereit. Überall wurden Ausrüstung, Waffen und Lebensmittel überprüft. Die Schiffe waren schon wieder zurück und so konnte die erste Gruppe schon aufs Festland gebracht werden, sie sollten dann in der Kaserna schlafen. Am Morgen war alles voller Tatendrang, sie versammelten sich vor der Kaserna, Bürger liefen zusammen, um die Sharkaner zu sehen. Der Stadtrat kam und fragte, was los wäre, doch Rinja sagte: „Wir machen eine wichtige Reise, aber für Ihre Sicherheit ist gesorgt! Es bleiben genügend Sharkaner hier!" Rinja hatte die Schiffsbesatzung halbiert, sodass vier Schiffe besetzt waren und die Bürger sich sicher fühlten. Die vierzig Leute setzten sich in Bewegung und gaben eine schnelle, aber gleichbleibende Geschwindigkeit vor. Sie waren überwältigt, wie viele Sharkaner es gab, und fingen ein Lied an zu singen über eine Reise und eine gute Wiederkehr.

Als der Mond wieder voll war, trafen wir die Sharkanerinnen; sie hatten vier Tore ausgemacht und festgestellt, dass morgens Händler und Bauern mit Tieren und Gemüse eingelassen wurden, ohne große Kontrollen. Wir setzten uns zusammen und besprachen in sicherer Entfernung, wie wir in die Festung kommen. Die Sharkanerinnen hatten sich schon überlegt, in der Umgebung Kleider, und ein paar Tiere von den Wertteilen zu kaufen, die wir von der Stadt bekommen hatten. Andere wollten sich als reiche Kaufleute ausgeben und zum König vorgelassen zu werden. Rinja meinte: „Wir brauchen ein paar sehr schöne Kleider, um als Fürsten zu gelten, aber von den Bauern bekommen wir die bestimmt nicht!" Die Sharkanerinnen sagten, dass einige von ihnen schon in der Festung waren und ausgekundschaftet haben, wo der König und die hohen Frauen wohnen. „Dann machen wir uns Morgen auf den Weg!" Es wurden Gruppen eingeteilt, die sich als Bauern verkleiden sollten; und andere sollten Kleider des Königs und der Frauen stehlen. Die Bauern, bei denen die Sharkaner erschienen, um ihnen Tiere und Gemüse abzukaufen, waren überglücklich, denn sie bezahlten wahrscheinlich einen zu hohen Preis. Die Fuhrwerker versprachen, sie zurückzubringen.

Die Sharkanerinnen warfen sich einen Umhang über und gingen mit den Händlern, direkt hinter dem Fuhrwerk laufend, in die Festung. In der Festung verkrochen sie sich, um sich an zumalen wie die Wände. So gelangten sie, an den Wänden kriechend, zu den Räumen des Königs. Da hörten sie, wie er sagte, er wolle die Sharkaner, aber er sei der König und lasse sich nichts diktieren. Sie sollten noch eine zeitlang schmoren. Wenn sie dann nicht nachgeben, werde er sie freilassen. Sie schlichen sich in die Räume, wo die Frauen ihre Kleider aufbewahrten, und steckten einiges in einen Sack, der ockerfarben war.

Dann gingen sie in den Kleiderraum des Königs und suchten Sachen, die unten in den Kisten lagen, aber gut aussahen. Bei der Gelegenheit belauschten sie noch den König und hörten seinen Ratgeber sagen, dass er von den Händlern mehr Steuern nehmen müsste. Doch der König meinte: „Je weniger Steuern wir nehmen, umso mehr Händler kommen in unsere Festung! So werden wir immer mehr zur Handelsmetropole! Um die nötige Sicherheit für die Handelswege zu bieten, wäre eine Gruppe wie die Sharkaner schon wichtig!" Die Sharkanerinnen zogen sich zurück, um sich in einer ruhigen Ecke umzuziehen und die Farbe aus dem Gesicht zu entfernen. Der Händler, mit dem sie gekommen waren, packte schon seine Sachen zusammen; und so liefen sie wieder hinter seinem Wagen her, bis sie die Festung hinter sich gelassen hatten. Abends erzählten sie Rinja, was der König so gesagt hatte; und sie fand auch, dass er ein vernünftiger Mann sein müsse. Erst hatte Rinja vor, einen großen Teil der Menschen in der Festung zu töten und dann mit Gewalt Aron und seine Sharkaner zu befreien. Doch jetzt erzählte sie den anderen, wie es wäre, den Bewohnern der Festung mit einem kratzenden Stein Kratzspuren vorne am Hals zu verpassen, mit dem Hintergedanken: Wenn wir einen Feuerstein genommen hätten, wären alle tot gewesen! Das müsste ihm zu denken geben, dass wir es ernst meinen mit unseren Forderungen und keine Machtspiele mögen. Jeder suchte sich in der Umgebung einen Stein, den er für geeignet hielt; und am nächsten Morgen wollten wir losziehen und Aron mit seinen Sharkanern zu befreien. Sambu und seine jetzt schon großen Jungen wollten wir zurücklassen – und wenn es nötig wäre, durch den Schrei des Adlers rufen. Am nächsten Morgen machte ich Sambu klar, dass er sich verstekken muss, bis er den Schrei des Adlers hört, doch dann sollte er uns in der Festung suchen. Ich, Rinja, hatte mich gekleidet wie die vornehmen Frauen bei einer Veranstaltung; die Sharkanerinnen trugen unter ihren Kleidern ihre Anzüge, die Waffen trugen sie unter feinen Tüchern versteckt auf ihren Rücken. Zwei junge Männer in den Kleidern des Königs begleiteten uns, die andern hatten sich ein grobes Leinentuch über ihre Anzüge geworfen und ihre Waffen auf den Wägen versteckt, die sie erstanden hatten. So zogen wir in aller Frühe zur Festung: Die Wachen schickten gleich einen Mann los, um dem König auszurichten, dass hoher Besuch unterwegs sei. So kam ich ohne Kontrolle in die Festung, die Sharkaner, die hinter mir waren, wurden zwar schief angeschaut, aber auch durchgelassen – man kannte diese jungen Bauern nicht. Ich ging mit meiner Robe auf das größte Haus zu, denn neben mir führte mich eine Sharkanerin, die schon zweimal hier gewesen war. Es sah aus, als kenne ich mich aus! Die anderen Sharkaner versteckten sich und bemalten sich. Kurze Zeit später sah man hier und da etwas huschen, aber nur, wenn man darauf achtete. Dann hörte man hier und da einen Aufschrei, die Leute griffen sich an den Hals, etwas hatte sie gekratzt, aber es war keiner in ihrer Nähe, auch kein Zweig! Wir hatten uns in eine große Halle gestellt und warteten auf den König. Ein Diener kam vorbei und fragte, wie ich hieße und was wir wollten. Ich antwortete: „Ich bin Rinja, Hardewigs Tochter!" und der Mann neben mir sagte: „und ich bin Sargows Sohn, wir wollen den König sprechen, aber schnell!" Der Diener verschwand – und eine Ewigkeit später erschien er wieder mit dem König. Dieser ging zu den Frauen, begrüßte sie und auch Sargows Sohn. Er sagte, er kenne uns nicht und wollte wissen, was er für uns tun könne. Rinja sagte: „Ich fordere die sofortige Freilassung von meinem Mann Aron und seinen Begleitern, den Sharkanern!"

Der König lief rot an: „In diesem Ton lasse ich nicht mit mir sprechen!" „Die Hälfte Eurer Leute in der Festung wäre schon tot, wenn meine Begleiterinnen nicht gesagt hätten, Sie seien vernünftig! Lassen Sie sich die Hälse von Ihren Leuten zeigen!" Er ließ zehn Leute vor sich aufstellen und forderte sie auf, den Hals von den Tüchern, die manche trugen, frei zu machen. Sechs hatten hässliche Kratzspuren am Hals! Der König sagte: Das kann nicht sein! Alle beteuerten, dass die Kratzspur auf einmal da war, als ob man von einem rauen Zweig am Hals getroffen worden sei, aber es war keiner da, der es getan haben könnte. Der König ließ noch einmal zwanzig Leute anmarschieren: Doch bei denen war es genauso! „Jetzt lassen Sie bitte sofort die Sharkaner und Aron frei!" Ein Handzeichen – und kurze Zeit später waren alle da! Aron sagte zu Rinja: „Du bist sehr schnell gekommen!" Doch Rinja ging zum König und sagte: „Lassen Sie bitte alle Türen auf dem Weg zu uns auf – und die Wachen am Tor sollen sich verstecken!" Er gab erstaunt den Befehl, dass sich alle verstecken sollen auf dem Weg zu uns. Rinja ging zu einer Wandöffnung in der Richtung, in der sich Sambu verbarg. So laut sie konnte, schrie sie wie ein Adler. Dann sagte sie: „Jetzt heißt es Warten!" Sie nahm Aron in den Arm und sagte: „Gleich kommen die Tiger!" Von außen hörte man Menschen kreischen! Der König war sichtlich aufgeregt. Mit einem riesigen Sprung standen auf einmal drei Tiger im Raum, fletschten die Zähne und fauchten. Rinja und Aron sprangen auf die Tiger zu und beruhigten sie. Der König sagte: „Die Sharkaner sollte man nicht als Feinde, sondern als Freunde haben! Eure Bedingungen sind nicht übertrieben, wie ich am Anfang dachte!" Dann trat er auf Sambu zu, der sich hingelegt hatte, und sagte: „Woher haben Sie diese wunderbaren Tiger?" Einige Zeit später, als der König sich wieder beruhigt hatte, saßen wir zusammen und er akzeptierte, dass wir eine eigenständige Truppe sind. So kam alles zum Guten: Ein Teil der Sharkaner ging zurück auf unsere Insel, die er uns schenkte; und die anderen bezogen ein Haus in der Stadt, bis unsere Kaserna fertig gebaut war.

Einige Tage später lud König Philipp uns zum Essen ein. Bei der Gelegenheit erfuhr er unsere Geschichte. Ganz verwundert fragte er: „Ihr hättet Sambu ziehen lassen müssen, wenn er es gewollt hätte!" Rinja sagte: „Er ist unser Sohn, er hat meine Milch getrunken wie Urk und ist ein freier Sharkaner!" „Jetzt verstehe ich: Freiheit geht euch über alles!" Zum Schluss stellte er uns seinen Sohn Alexander vor, dreizehn Jahre alt, sehr aufgeweckt und neugierig. Seine erste Frage war: „Wann kann ich Sambu kennenlernen? Könnt ihr mich auch einmal auf die

Insel mitnehmen?" Ich fragte ihn, woher er von Sambu weiß und von der Insel; da meinte er nur: „Wie ich gehört habe, dass ihr kommt, habe ich mich im Nebenzimmer hingelegt und die spannende Geschichte mit angehört!" Dann meinte er noch, dass man alle von Sargows Leuten hätte töten sollen für das, was sie gemacht haben! Und sein Sohn ist jetzt ein Sharkaner! Ich sagte: „Die Umgebung prägt die Menschen! Du wärst nicht so wie du bist, wenn dein Vater dich nicht so frei erziehen würde!"Als der Frühling kam, war unsere Kaserna fertig: Sie stand außerhalb der Stadt; und um das Gebäude herum war viel Platz zum Üben. Außerdem konnten wir ausrücken, ohne dass wir jemanden störten. Die Leute in der Stadt hatten sich an uns gewöhnt. Sambu machte alleine Ausflüge – direkt von der Kaserna in die Wildnis. Alle paar Monde, aber mindestens drei Mal im Jahr, ritt ich mit einem weißen Hengst, den ich vom Fürsten geschenkt bekommen hatte, an die Küste. Die Kaserna an der Küste bildete jedes Jahr zwölf Sharkaner aus – und wer wollte, konnte auch mit mir in die Stadt gehen. So fand ein ewiger Wechsel statt. Es war eine kurze Zeit der Ruhe und des Friedens, die wir alle mochten. Der Anblick der Sharkanerinnen versetzte die Männer und Frauen der Stadt aber immer wieder in Angst. Dass Männer mit ihren Muskeln protzten, war normal; aber dass fremde Männer, die in der Stadt waren und die Sharkanerinnen anmachten, innerhalb von kurzer Zeit auf dem Boden lagen und um ihr Leben winselten, daran konnten sie sich nicht gewöhnen! Die Sharkaner wurden bei den Familien der Stadt eingeladen – die Sharkanerinnen nie! Eine Frau gehörte in eine Familie, mit dem Mann als Oberhaupt, der das Sagen hatte und keine Angst haben musste, von seiner Frau verprügelt zu werden!
Rinja bildete junge Frauen, die sie als fähig ansah, in der Heilkunst aus. Ihr Pilz in der Ziegenhaut, den sie aus der Höhle auf der Flucht gerettet hatte, tat ihr große Dienste dabei! Menschen, denen man keine Überlebenschance gab, brachte sie

manchmal wieder auf die Beine, wenn die Entzündung nicht zu weit fortgeschritten war.

So erlangte Rinja bald einen legendären Ruf als Heilerin. Viele junge Mädchen wollten eine Ausbildung bei ihr machen, doch sie ging von Kriterien aus, die nichts mit der Sharkaner-Auswahl zu tun hatte. Der Erfolg gab ihr Recht, denn alle diese jungen Frauen entwickelten sich zu Heilerinnen. Dazu brachte sie ihnen auch bei, wie man eine Frau bei der Geburt eines Kindes am besten unterstützt. Bei der Auswahl der Sharkas boten wir einen Ausbildungskurs an, bei dem am Ende die Aufnahmeprüfung stand. Eines Tages meldete sich Alexander, der Sohn des Königs, an, doch wir machten ihm klar, dass es für ihn keine Sonderbehandlung geben würde. Das wollte er auch nicht, sondern, weil man ihn in der Stadt nicht kannte, machte er den Vorschlag, man solle ihn Antonius nennen und er würde aus einem fernen Land kommen. Talabeus wäre ein Verwandter, bei dem er in der Festung wohnte: Das hörte sich gut an – und so konnte er die Festung betreten, wann er wollte, um seinen Verwandten zu besuchen.

10. Kapitel Antonius der neue Sharkaner

Bei der Ausbildung stellte sich Antonius sehr gut an. Seine Freunde, die er bald hatte, bildeten einen harten Kern in der Ausbildungsgruppe, die alle Herausforderungen, die auf sie zu kamen, meisterten. Nach einem halben Jahr schickten wir ihn zu Urk und Saro ans Meer und bei meinen Besuchen hörte man nur Gutes über Antonius, denn keiner wusste, dass er der Sohn vom König war.
So verging ein Jahr der Ausbildung. Am meisten machte es den jungen angehenden Sharkanern Spaß, mit den drei Tigern durch die Gegend zu ziehen und irgendwelche Orte aus der Umgebung zu beobachten und zu behalten, was vorgefallen war. Wenn sie angemalt waren, sich einfach in einen Busch setzten und darauf warteten, dass ein paar Leute sich in der Nähe unterhielten, auch das war sehr lehrreich. Denn die Intrigen, die manche Leute gegen andere in die Wege leiteten, waren manchmal böse, aber auch in manchen Fällen zu schlimm, um darüber zu schweigen. So geschah es, dass eine Frau von einem Händler eine andere Frau durch Schmuck dazu brachte, eine Falschaussage bei dem König zu machen, dass ein Händler, der ein gut gehendes Geschäft hatte, in der Stadt beschuldigt wurde, sich an ihr vergangen zu haben. Durch Zufall schlichen sich ein paar Sharkaner an die beiden heran und hörten das Gespräch mit an. Daraufhin verfolgten sie die Frauen und bekamen auch noch mit, dass der Händler seine Frau dazu angestiftet hatte, seinen Konkurrenten ins Verderben zu stürzen. Die jungen Sharkaner berichteten immer abends über die weiteren Vorkommnisse und so bekamen alle mit, dass man Beweise auch manipulieren konnte. Bei der Verhandlung war der Händler erschüttert über die Behauptungen, die die Frau vorbrachte, und dass die Beweise so genau passten, dass der Händler sich schon verloren glaubte. Denn vor einigen Wintern war schon einmal so etwas passiert

und ein Bekannter von ihm wurde mit Schimpf und Schande aus der Stadt gescheucht. Sollte es ihm jetzt genau so ergehen, obwohl er sich keiner Schuld bewusst war? Der König zog sich zurück, um nachzudenken: „War die Frau glaubhaft, was für Vorzüge hätte sie, wenn sie lügt?" Da klopfte es an die Tür: Antonius und ein paar Sharkaner betraten den Raum. Sie erzählten alles, was sie durch Zufall und nachher durch gezieltes Abhören mitbekommen hatten. Der König war außer sich, weil ihn die Händlerfamilie so an der Nase rumgeführt hatte! Doch was war zu tun? Er betrat wieder den Richtraum und fragte die missbrauchte junge Frau, ob sie die Händlerfamilie Sarkarius kennen würde. Sie sagte mit fester Stimme: „Nein!" „Man hat beobachtet, dass Sie von der Frau Sarkarius Geschmeide bekommen haben! Haben Sie Geschmeide?" Sie sagte: „Ein paar wenige Stücke, aber alles ohne großen Wert!" Eine Wache betrat den Raum und meldete, dass er gerade dieses Geschmeide aus dem Haus der jungen Frau geholt hätte. Der König hielt die kostbaren Stücke den Zuhörern hin und meinte: „Diese Stücke sollen nicht wertvoll sein!" Im selben Moment erhob sich ein älterer Mann aus der Menge und fragte, ob er die Stücke einmal sehen könne, nahm sie in die Hand, schaute sie eindringlich an und kam zu der Überzeugung, dass er den Schmuck vor vielen Wintern für die Mutter des Händlers Sarkarius hergestellt habe. Er zeigte auf ein kleines Zeichen, welches er in jedes Schmuckstück einschlägt, wenn es fertig ist. In den hinteren Reihen des Richtsaals war Unruhe. Der König gab ein Zeichen – und zwei Wachen schleppten jetzt das Pärchen Sarkarius nach vorn. Die junge Frau sagte: „Jetzt ist alles aus!" „Woher haben Sie den Schmuck?", fragte der König. „Jetzt reden Sie, wenn Sie eine milde Strafe haben wollen!" Frau Sarkarius sprach zum König, dass man ihr den Schmuck schon vor Jahren gestohlen habe und sie sei froh, dass sie ihn jetzt wieder hätte. Die junge Frau sagte, so sei es nicht gewesen; sie hätte den Schmuck nicht gestohlen, sondern für eine falsche Beschuldigung von Frau Sarkarius bekommen. Jetzt erzählte sie alles, so wie es sich zugetragen hatte. Frau Sarkarius wollte noch einige Male hineinreden, aber der König verbot jegliches Dazwischenreden. Der Angeklagte Moriatti meldete sich jetzt zu Wort und erzählte von seinem Bekannten Martoteles Sorbas, dem vor einigen Jahren genau das Gleiche passiert war – und es stellte sich heraus, dass er auch von Sarkarius hineingelegt worden war. Die Familie Sarkarius verlor ihr Hab und Gut und musste nur mit dem, was sie am Körper trug, das Land verlassen. Eine Gruppe älterer Sharkaner nahm den Auftrag an, den vor Jahren vertriebenen Händler Sorbas zu suchen, um eine Wiedergutmachung an ihn zu zahlen. Der König bot den Sharkanern an, den Handelsbetrieb weiterzuführen, wenn sie wollten. Die Sharkaner besprachen am Abend das Für und Wider. Zum Schluss meldeten sich vier und sagten, sie würden gerne im Auftrag der Sharkaner den Handelsbetrieb führen. Sie wollten aber trotzdem jeden Abend an den Übungen und Besprechungen teilnehmen. Als Händler vom Hause Sarkarius konnte man überall hinreisen und mit den Einnahmen Kasernas und Handelsbetriebe aufbauen. Doch das würde noch eine ganze Zeit dauern; jetzt wollten wir erst einmal den verstoßenen Händler Sorbas finden! Erstmals besuchten wir den Händler Moriatti, um herauszufinden, ob er Informationen über den Verbleib des Händlers Sorbas hätte. Wir wurden überschwänglich begrüßt, denn der König hatte ihm erzählt, dass die Sharkaner die beiden Frauen durch Zufall belauscht hatten und dadurch das Unrecht von ihm abwenden konnten. Moriatti sagte, vor Jahren wäre er mit einem Wagen voll Handelsware seinem Freund Sorbas nachgereist, um ihn zu unterstützen. Aber es war verboten. Um meine Familie nicht zu gefährden, übergab ich ihm den Wagen und er zog weiter nach Süden. Wir, die die Sorbas finden sollten, gingen zum Haus von Sarkarius und suchten in den Truhen nach passenden Kleidern für uns. Nach kurzer Zeit hatte jeder von uns passende Kleider gefunden, die er sofort anziehen konnte, sowie Wechselkleidung. Wir luden unsere Waren auf einen

Wagen; an den Seiten platzierten wir unsere Waffen so, dass wir sie jederzeit ergreifen konnten. Der König hatte uns für die Reise einen Esel gegeben, den Alexander früher geritten hatte. Wir waren sechs Männer – zwei davon kamen aus einer Händlerfamilie und waren schon mit ihren Vätern auf Reisen gewesen: Sie sollten die Geschäfte machen und für die Waren, die in unserer Stadt hergestellt wurden, andere Sachen eintauschen. Außerdem hatten wir noch Münzen dabei, die wir vom König und von der Stadt für unsere Dienste bekamen; sie waren in die Kleidung eingenäht.

Als der nächste Tag dämmerte, verabschiedete ich mich von Rinja und den Tigern auf unbestimmte Zeit. Der Tag war heiß und wir trotteten gemächlich hinter unseren Wagen her. So verging der erste Mond: Wir kamen in kleine Dörfer und fragten nach Sorbas. Sie meinten, es kämen viele Händler vorbei, aber sie zögen zur großen Stadt im Süden, hier würden sie nur rasten. Also zogen wir weiter, denn die Töpferarbeiten mit ihren reichen Verzierungen waren in der großen Stadt Athena sehr beliebt. Eines Abends wollten wir uns zur Ruhe legen und vorher noch die Hasen essen, die wir unterwegs erlegt hatten, als uns auf einmal vier Männer mit Schwertern bedrohten! Wir kannten diese neue Waffe von den Menschenhändlern – bloß diese waren länger und hatten einen Handschutz. Wir taten total verängstigt, wimmerten um unser Leben und gingen zum Wagen. Als drei beim Wagen waren, griffen wir die bereitgelegten Bögen und töteten zwei Männer mit einem gezielten Schuss in den Hals; die anderen zwei Männer drehten sich voller Panik um – und im selben Moment sprangen die Sharkaner sie an und zwangen sie zu Boden! Die im Hals getroffenen Männer lagen auf dem Boden, röchelten und zuckten am ganzen Körper. Ich fragte: „Wo kommt ihr her? Wo habt ihr euer Versteck? Und antwortet schnell, sonst röchelt ihr gleich wie die anderen!" „Das war unser erster Überfall!" „Falsche Antwort!" – und im gleichen Moment zog ich meinen Bogen durch. Der andere schrie: „Ich sage alles, aber lass meinen Bru-

der am Leben!" An seinem Umhang packte ich ihn und zerrte ihn fort hinter ein Gebüsch; dort sagte ich ihm, er solle uns zu ihrem Versteck führen. Dem anderen, der nichts sagen wollte, steckten wir Stofffetzen in die Ohren, einen Knäuel in den Mund und verbanden ihm die Augen. Er wollte nichts sagen, also sollte er nichts mehr sagen und auch nichts sehen und hören! Wir schnürten ihn zusammen und legten ihn auf den Wagen. Dem anderen sagte ich, wenn er uns nicht auf dem schnellsten Weg zu ihrem Versteck führen würde, „liegt dein Bruder auf dem nächsten Ameisenhaufen!" Er stammelte nur: „und dann?" „Dann fressen ihn die Ameisen so lange an, bis du uns zum Versteck geführt hast! Wie groß ist euer Trupp?" Er sagte: „Sie sind zu viert, aber jeder hat noch eine Frau – und ich und mein Bruder haben noch zwei kleine Kinder!" „Dann streng dich an, dass ihr eure Familien wiederseht!" Er lief los und führte uns bis zum Abend zu einer versteckten Höhle. Sie erinnerte mich an die Höhle, in der ich mit Rinja vor Jahren gelebt habe, und wir entschlossen uns, die Nacht im Schutz der Höhle zu verbringen. Als unser unfreiwilliger Führer eine Fackel anzündete, waren wir sehr überrascht, was sich alles in der Höhle befand: Tücher aus ganz weichem Material und andere Gegenstände aus dem glänzenden Material wie unsere Schwerter! Aus diesem Material waren auch Teile, die sich Frauen ins Haar stecken oder um den Hals tragen können – es war bloß schwerer. Ich sprach mit ihm darüber, was sie denn mit den Waren vor gehabt hätten; und er sagte: „Ab und zu kommt jemand in unserem Dorf vorbei und der gibt uns Münzen dafür! Aber mit Münzen können wir nur in einer größeren Stadt etwas kaufen!" „Jetzt hör' mal zu, was ich dir sage! Hast du noch einen Wagen?" „Ja, wir haben noch einen großen Wagen mit einem Esel!", antwortete er.
„Du gehst mit einem Sharkaner zu deinem Dorf und ihr übernachtet bei dir im Haus; dein Bruder bleibt bei uns – und morgen früh kommt ihr mit dem Wagen und dem Esel wieder! Euer Leben als Verbrecher hat ein Ende! Wir verkaufen die

Waren mit euch zusammen und ihr ersteht in Athena mit den Münzen neue Waren und bringt sie nach Pella zu unserem Handelshaus Sarkarius! Da werdet ihr entlohnt und bekommt vom Handelshaus wieder neue Waren. Zwischendurch könnt ihr immer eine zeitlang bei euren Familien verbringen! Bist du damit einverstanden, Marternios?" Seine Augen glänzten, er umarmte mich und sagte nur: „Ja!" Seinen Bruder befreite ich von seinen Fesseln und sagte ihm, dass Marternios jetzt mit einem Sharkaner zu seinem Haus gehe und morgen früh wiederkomme. Er wurde rot vor Zorn. Dann sagte ich ihm, er möge sich meinen Vorschlag anhören und dann könnte er seine Meinung dazu sagen. Mein Vorschlag fand auch ein offenes Ohr bei Sarkir und er fragte, wie die Entlohnung sei. „Ihr bekommt den fünften Teil von dem, was ihr transportiert!" Dann fragte ich ihn, wie sie zu dieser Gruppe gekommen waren. Er erzählte eine kurze Geschichte, dass ihr Vater von einer Gruppe Kriegern erschlagen worden war und dass sie von heute auf morgen die Familie versorgen mussten. „Zufällig kamen diese beiden Männer in unser Dorf und fragten uns, ob wir schnell viel Geld verdienen wollten!"
Dann fragte er: „Warum macht ihr uns einen solchen guten Vorschlag und wer seid ihr?" „Wir sind Sharkaner, die Schutztruppe des Königs, und suchen einen Händler mit Namen Sorbas! Als ich euch gesehen habe, wusste ich, dass die beiden älteren Männer die Schurken sind und ihr nur irgendwie da hineingeraten seid! Wenn ich euch anders eingeschätzt hätte, würdet ihr jetzt unter Sträuchern unmittelbar an der Straße liegen!" Am nächsten Morgen – die Sharkaner hatten abwechselnd Wache gestanden – begutachteten wir die Ware und luden alles auf unsere Wägen, die jetzt schon sehr verführerisch für jeden Banditen aussahen! Doch es gab keine Zwischenfälle mehr auf dem Rest des Weges nach Athena: Es war eine tolle Stadt – alle Häuser waren so weiß wie Schnee und die Fenster hatten Klappen aus Holz, die blau angestrichen waren. Auf einem Berg baute man gerade einen Tem-

pel, wie man uns sagte. Der Marktplatz waren riesengroß und unsere Waren hatten wir innerhalb von einen halben Mond verkauft. Unsere beiden Händler hatten schon Waren für den Rücktransport gekauft. Für Rinja hatte ich ein Geschmeide aus Gold, welches man sich um den Hals hängen kann – hatte der Händler gesagt – und ein Teil mit bunten Steinen, das man sich ins Haar steckt, gekauft.
Die Brüder schickte ich mit zwei Sharkanern zurück nach Pella, sie sollten in ihrem Dorf übernachten und am nächsten Tag weiterziehen. So bekamen die Sharkaner und Rinja Nachrichten über uns und über die schöne Stadt Athena.
Die nächsten Tage verbrachten wir damit, die Händler zu besuchen. Wir sprachen darüber, was Sorbas passiert war und dass er sich bei uns melden sollte. Gleichzeitig schauten wir uns nach einem Haus um, wo wir einen Trupp Sharkaner unterbringen konnten. Nach sechs Tagen kam ein gut gekleideter Mann zu uns: „Mein Name ist Sorbas! Ihr erzählt überall meine Geschichte, die ich die ganze Zeit über geheim hielt!"
Wir hatten ein Stück Papyri, womit Antonio die Verbannung aus Pella aufhob und ihm alle Besitztümer, die er hatte, zurückgab. Der König hatte das Dokument unterschrieben und mit einem Ring gesiegelt.
Das gefiel mir sehr gut: So konnte man Nachrichten in einem gerollten Zustand verschicken, ohne dass ein anderer sie lesen konnte! Sorbas war erfreut über die Wende des Schicksals; aber nach Pella wollte er nicht zurück! Dann erzählten wir ihm unsere Geschichte, wie sich alles zugetragen hatte. Daraufhin lud er uns ein paar Tage später zu einem Fest ein und ich erlebte das erste Mal, wie berauschend Wein sein konnte! Am nächsten Tag tat mir alles weh und es ging mir richtig schlecht! Aber wir hatten uns mit Sorbas angefreundet und darüber gesprochen, dass wir auch Sharkaner mit ihm schikken könnten, wenn er unterwegs war. Mit anderen Händlern hatten wir auch über eine Begleitung und Schutz auf der Handelsrute gesprochen, aber dass es etwas kosten würde, daran

konnten sie sich nicht erinnern! Also zog ich die Erkenntnis, dass man schnell mit Wein zu einem Ergebnis kommt, aber diese Absprache nicht viel Wert hatte! Doch Sorbas fand die Idee gut! Als Händler verkleidet, zogen immer zwei Sharkaner bei Sorbas und seinen Gehilfen mit. Nach einiger Zeit fanden wir ein Grundstück am Rande von Athena, es lag am Meer an einer kleinen Bucht und war total verwildert – mit Dornen und umgefallenen Bäumen. Sorbas schickte auch einen Sohn von ihm nach Pella, um seine Besitztümer dort zu verkaufen – und einen Teil, der ihm gefiel, sollte er mitbringen nach Athena. Vier Sharkaner schickte ich mit, um ihm zu helfen und Nachrichten an Rinja weiterzuleiten. Sie sollte Karo eine Information schicken, dass er mit zwei Schiffen voller Besatzung nach Süden, bis nach Athena fahren solle. Dann würde er an der Küste ein großes Tuch sehen und darauf solle er dann Kurs nehmen. Es waren nur noch zwei Sharkaner bei mir, deshalb fragte ich Leute von der Straße, ob sie uns mit helfen wollten: Sie lehnten dankend ab, es wäre zu anstrengend – Arbeit für Sklaven! Also gingen wir auf den Sklavenmarkt und waren erschüttert, wie menschenunwürdig sie behandelt wurden! Doch wir brauchten unbedingt Hilfe, also kauften wir drei kräftige Männer: Sie waren zusammengebunden und wurden uns wie Ziegen, die man gekauft hat, übergeben! Als wir in unserer Bucht ankamen, bekamen die drei Männer Umhänge, wie man sie in Athena trug; doch wir entfernten vorher alle Kennzeichen, die sie als Sklaven brandmarkte. Sie sahen sich gegenseitig an, unterhielten sich in einer Sprache, die wir nicht kannten – und als die Sharkaner dann ihre Waffen beiseite legten, um die Stämme beiseite zu schleppen, verstanden sie gar nichts mehr! Ich zeigte ihnen, wo das Holz und die Sträucher hin sollten und schon fingen sie an zu arbeiten! Nach einiger Zeit schickte ich einen Sharkaner los, er solle uns etwas zu essen schießen. Wenn sie jetzt zu fliehen versuchten, waren wir ihnen unterlegen! Sie schauten sich wieder an – der eine sagte etwas zu den anderen, doch sie arbeiteten weiter!

Ich machte ein Feuer; und als es dämmerte, kam der Sharkaner mit einem Reh wieder; es wurde gleich aufgebrochen und ans Feuer gehängt. Am Wasser war schon ein gutes Stück frei von Holz und Dornen und so entschlossen wir uns, eine Runde zu schwimmen. Jetzt wäre eine sehr gute Zeit zum Fliehen gewesen! Doch die drei drehten das Reh am Spieß und als wir wieder angezogen waren, machte ich sie durch Zeichen darauf aufmerksam, dass das Fleisch am Rücken und am vorderen Bereich schon fertig war. Sie nahmen sich einen Teil, sodass wir auch noch vom Rücken etwas abbekamen, dann aßen wir in aller Ruhe weiter. Die Sharkaner und ich sprachen darüber, dass wir gute Männer ausgesucht hätten und gut vorankämen. Dann schätzten wir, wann Urk mit seinen Schiffen wohl ankommen würde, und wir legten uns auf einen bis eineinhalb Monde fest: Dann wollten wir an der Klippe vor der Einfahrt immer ein Feuer brennen haben. Wir sprachen heimlich ab, dass wir heimlich Wache halten wollten; wir waren aber alle so müde von der Arbeit, dass wir erst am Morgen wach wurden! Die drei Sklaven waren schon aufgestanden, hatten mit einem Bogen von einem Sharkaner ein paar Fische gefangen, aufgespießt und ließen sie am Feuer brutzeln. Das war sehr leichtsinnig von uns gewesen, aber auch ein guter Beweis dafür, dass wir vor ihnen keine Angst haben mussten! Der eine sprach in unserer Sprache, ob wir uns nicht zu ihnen setzen wollten, es wäre genügend Fisch da. Weil er mein verdutztes Gesicht sah, meinte er, man lernt Menschen schneller kennen, wenn sie meinen, man versteht sie nicht. Die anderen fingen auch mit uns an zu sprechen und meinten, sie fanden es toll, dass wir sie gleich von den Symbolen der Sklaven befreit und mit ihnen alles geteilt hätten.

Wir drei fragten sie noch aus,, wo sie herkämen und ob alle bei ihnen diese dunkle Hautfarbe hätten. Der eine sagte, ihr Land heißt Nubien und bei ihnen gäbe es auch noch ganz schwarze Frauen und Männer; sie selber wären noch hell, weil ihre Väter Weiße waren, die sie aber nie kennen gelernt hatten, und

deshalb wurden sie auch als Sklaven verkauft. Wir versprachen, Abends unsere Geschichte zu erzählen, denn wir wollten die kühlen Morgenstunden nutzen, um die Küste von dem Unrat und Gestrüpp zu befreien. Denn was wir am ersten Tag geschafft hatten, war schon sehenswert! Wir sortierten Holz zum Verbrennen, zum Bauen und für unser Leuchtfeuer auf der Klippe am Eingang zu unserer Bucht. Einen Mond später war die Bucht soweit vom Dornen, Gestrüpp und Bäumen befreit, dass wir anfangen konnten, Hütten zu bauen. Die Sharkaner wechselte ich bei jeder Gelegenheit, wenn sie wieder von einer Handelstour kamen, aus. Was unsere Nubier auch nicht verstanden, war, dass wir jeden siebten Tag nicht arbeiteten. So vergingen die Monde bis zu Urks Ankunft mit den Sharkanern sehr schnell, doch eines Tages liefen drei Schiffe in unsere Bucht ein. Die Nubier guckten und wollten zu ihren Speeren und Bögen laufen, die sie sich in der Zwischenzeit gebaut hatten. Doch als wir alle anfingen zu winken, waren sie beruhigt – doch nicht lange: Drei Tiger sprangen ins Wasser und rannten auf mich zu! Sie warfen mich um, leckten und schnüffelten an mir herum! Nachher meinten die Nubier, sie hätten mein Ende schon gesehen. Nach kurzer Zeit rannten sie auch auf die Nubier zu: Diese gingen auf die Knie und drückten ihre Stirn in den Sand. Die Tiger beschnupperten sie nur kurz und rannten zu den anderen Sharkanern.
Diese wurden wieder stürmisch begrüßt! In der Zwischenzeit kam Urk auf mich zu und beglückwünschte mich zu der schönen Bucht, die wir gefunden hatten. Er sah mich an und meinte, was für Kämpfe ich hinter mir hätte! Doch ich zeigte nur auf die Dornen und das Gestrüpp und ging dabei mit ihm zu den Nubiern. Urk nahm sie in den Arm, begrüßte sie sehr herzlich und lobte die Arbeit, die sie schon geleistet hatten. Dann kam die größte Überraschung: Rinja war auch mitgekommen und sie trug das Geschmeide, welches ich ihr geschenkt hatte! Ich freute mich so, dass ich im ersten Moment keine Worte mehr fand! Wir drückten uns und wollten uns

gar nicht mehr loslassen! Dann erzählte ich ihr von Athena – wie schön die Stadt war – und zeigte ihr die schöne Bucht. Vier Sharkaner und die Tiger gingen auf die Jagd um etwas zu essen zu besorgen; ein Schiff lief aus, um Fische zu fangen. Die Übrigen halfen mit, um noch ein paar Hütten zu bauen, denn es regnete ab und zu.,Nachts wurde es auch schon ganz schön kalt. Also mussten noch ein paar Hütten gebaut werden, damit alle nachts im Schutz einer Hütte verbringen konnten. Nach einem Mond waren aus den kleinen Hütten ansehnliche Häuser geworden und bildeten schon ein kleines Dorf. Urk hatte sich intensiv mit dem Stein beschäftigt, der im Wasser schwamm und immer zum hellen Stern am Himmel zeigte. Er erzählte mir, dass er mit dem Stein aufs offene Meer fahren könne und immer wieder zurückfinden würde. Nach einigen Tagen merkte ich, dass Karo unruhig wurde. Ich fragte ihn, was ihm fehle. Er sagte nur: „Mir fehlt das Meer, ich muss mit dem Schiff raus auf das offene Meer!"
„Dann fahre!", sagte ich, „folge deiner inneren Stimme! Nimm genügend geräuchertes Fleisch mit und Ziegenfelle voller Trinkwasser! Vielleicht ist das die Zukunft, Waren kreuz und quer über das Meer zu transportieren! Haben wir noch ein paar Händler unter den Sharkanern, dann stell dir eine Mannschaft zusammen, mit denen du wochenlang auf dem Meer fahren kannst! Denke aber daran, dass es alle freiwillig machen müssen und Du das Sagen an Bord hast!" Vier Tage später fuhr Urk mit sechs Sharkanern nach einer großen Verabschiedung auf das offene Meer; wir hatten ihm noch schöne Sachen aus Athena und Münzen, die wir von der Stadt und vom Fürsten bekommen hatten, mitgegeben. Wir wussten nicht, wann er wiederkommt und wo das offene Meer ein Ende hat.
Die Sharkaner, die Sorbas begleitet hatten, waren überfallen worden, doch durch das besonnene und zurückhaltende Verhalten der Sharkaner war es gelungen, die Banditen zu überwältigen! Außerdem wurden sie gezwungen, ihr Versteck zu

verraten, was uns einen erheblichen Bestand an Waren zum Handeln einbrachte.
In der Bucht hatte ich schon einen Platz für ein Gebäude ausgesucht, wo wir zu viel Waren zwischenlagern wollten. Die Banditen wurden Athena oder der nächst größeren Stadt übergeben; dort wurden sie eingesperrt oder zur Abschreckung an den nächsten Baum gehängt! Als nach ein paar Monden bekannt wurde, dass man mit uns gut reisen kann, schlossen sich uns immer mehr Händler an. Jetzt waren es manchmal zwanzig Händler und sechs Sharkaner, die zusammen in Richtung Mittagssonne oder in Richtung Pella zogen. Die Folge war, dass die Überfälle drastisch abnahmen und die Händler meinten. jetzt wären die Sharkaner überflüssig! Eines Tages hatten sich Händler zu einem großen Trupp von vierzig Händlern zusammengetan, hatten Schwerter und Speere gekauft, die sie offen trugen, um etwaige Angreifer abzuschrecken. Sie zogen los, Richtung Mittagssonne – es waren alles Händler, die wir kannten, und sie hatten sich durch einen großen kräftigen Händler überreden lassen, das Geld zu sparen und lieber in Waffen zu investieren als es für die Sharkaner auszugeben. Dieser Händler war neu in der Stadt und sehr wohlhabend: Es kamen Händler in die Stadt, die nur ihn belieferten, das war ungewöhnlich! Mein Gefühl sagte mir, dass ich einen Trupp Sharkaner hinterherschicken musste, außerdem hatten sich uns noch sechs Sharkanerinnen mit ihren Pferden angeschlossen, weil sie in Pella Probleme bekommen hatten. So folgten zwölf Sharkaner dem riesigen Händlertrupp. Ein Mond verging und sie kamen in eine große Schlucht, die abseits von der Händlerroute lag und nach Angaben des neuen Anführers eine Abkürzung von mehreren Tagen sein sollte. Die Sharkaner mussten sich vor der Schlucht in Deckung begeben, sonst hätte man sie gesehen. Der Trupp entfernte sich immer weiter und auf einmal sah man, dass sie angegriffen wurden. Die Sharkanerinnen nahmen jede einen Sharkaner auf ihr Pferd und preschten los: Vor dem Kampfgewühl sprangen

die Sharkaner ab, rannten auf die Angreifer zu und kämpften. Die Händler wehrten sich tapfer, aber einige lagen schon mit schweren Verletzungen am Boden! Die Sharkanerinnen schossen mit ihren Bögen von ihren Pferden auf die Angreifer, so wie sie es geübt hatten – und hatten großen Erfolg! Doch ein in Panik geratener Händler nahm seinen Speer und warf ihn auf eine Sharkanerin, die auf ihn zuritt, um einen Angreifer hinter dem Händler zu töteten. Sie erschoss den Angreifer, aber konnte sich vor dem Speer nicht in Sicherheit bringen: Der Speer traf sie in der Brust und sie viel tot vom Pferd! Der Angreifer berührte noch den Händler, aber konnte ihn nicht mehr verletzen. Als sich der Händler umdrehte, steckte ein Pfeil in dessen Brust; erst jetzt merkte er, was er getan hatte! Er nahm die Sharkanerin in den Arm wischte ihr Gesicht sauber und weinte! Um ihn herum wurde getötet, gefochten und erstochen, aber das alles interessierte ihn nicht mehr! Nach einiger Zeit verzogen sich die Angreifer; einige Sharkaner waren verletzt und deshalb konnten sie nicht die Verfolgung aufnehmen. Von den Händlern waren acht tot und vierzehn verletzt; drei Sharkaner waren verletzt und eine Sharkanerin tot. Die Sharkaner versorgten die Verletzten und die Händler drehten ihre Wagen um, damit sie wieder auf die Handelsroute zurückkonnten. Doch ein Wagen von ihrem Anführer, der sie in die Schlucht geführt hatte, blieb stehen. Die Sharkanerinnen nahmen ihn und reihten den Wagen bei den anderen Händlern mit ein. Dann begruben sie die toten Händler und wollten dann auch die Sharkanerin begraben, doch der Händler hielt sie immer noch im Arm und nur mehrere Männer konnten den Händler losreißen. Dann setzten die Sharkaner sich um die Tote, jeder ging in sich und dachte an die Tote, wie sie im Leben war – manchmal konnte man ein Lächeln auf einem Gesicht erkennen. Die Händler beobachteten die Zeremonie mit Ehrfurcht und waren froh, dass die Sharkaner ihnen gefolgt waren, sonst wären sie jetzt alle tot! Der Trupp zog weiter, um an der Handelsroute die Nacht zu ver-

bringen, die weitere Reise verlief ohne Zwischenfälle. Als sie nach sechs Monden zurückkamen, erzählten die Sharkaner, dass dem neuen reichen Händler über Nacht sein ganzes Haus ausgeraubt wurde und sogar das Personal verschwunden war. Der Händler, der die Sharkanerin getötet hatte, ließ aus Marmor eine Sharkanerin auf einem Pferd anfertigen; die ganze Zeit über gab er genaue Anweisungen, wie ihr Gesicht aussah und wie sie auf dem Pferd saß. Nach sechs Monden lud er uns zu sich ein – und mitten im Garten stand unsere Sharkanerin – ganz aus weißem Marmor! Er erzählte immer wieder, wie sie auf ihn zugeritten kam und mit einem Pfeil hinter ihm einen Mann tötete, der ihn gerade töten wollte, und er aus Angst, sie könnte ihn für einen Angreifer halten, seinen Speer im selben Moment, als sie losschoss, warf. Erst als er den Pfeil in seinem Angreifer hinter ihm sah, wusste er, das sie ihm das Leben gerettet hatte – und er ihres genommen hatte! „Die Schuld werde ich mein ganzes Leben lang mit mir tragen – und euch werde ich unterstützen, wo es nur geht!"
Nach einem ausgiebigen Mahl verabschiedeten wir uns und gingen wieder in unsere Bucht, wo schon einige Häuser standen und die Sharkaner einen Steg ins Meer gebaut hatten, damit die Schiffe besser anlegen konnten. Athener, die unsere Idee von Freiheit gut fanden, schlossen sich uns an und brachten uns die Kunst des Schiffsbaus bei. So wurden an einem Teilstück der Bucht jetzt Schiffe gebaut – und mit dem ersten Schiff, welches fertig war, fuhr ich an der Küste entlang zu unserer Insel. Die Insel glich einer Festung: Überall standen Türme, die mit Sharkanern besetzt waren, welche nach Menschenhändlern Ausschau hielten!
Am Abend erzählte man mir, dass Söhne und Töchter aus reichen Familien jetzt Sharkaner geworden wären und Mitgift oder Erbe den Sharkanern vermacht hätten! Doch sie müssen genauso ihre Prüfungen machen wie jeder andere und wenn sie durchfallen, bekommen sie ihr Gold zurück. Einen großen Angriff der Menschenhändler konnten sie abwehren

und sogar noch sechs Schiffe erobern. Auf einem Schiff war auch ein schwimmender Stein, der immer zum hellen Stern zeigt. Dann erzählte ich, dass Urk mit seiner Mannschaft jetzt schon zwölf Monde auf offener See unterwegs wäre und mit Hilfe des Steins hoffentlich bald zurückkommt. Wir unterhielten uns noch bis spät in die Nacht: Die Begeisterung, wie ihre Gruppe zunahm – und alles ohne Druck – konnte man stark merken! Am nächsten Morgen zeigte er mir ein ausgeklügeltes System, wie die Wache funktioniert, ohne dass jemand Befehle erteilt. Die Wachtürme waren eine Ergänzung zu dem Berg mit seinem Aussichtspunkt, der jetzt sogar eine Hütte hatte. Nach dem Essen fuhren meine Mannschaft und ich mit unserem neuen Schiff auf das Festland, wo wir von dem Ältesten begrüßt wurden. Er erzählte vom großen Kampf, der direkt vor der Küste stattgefunden hatte. Er meinte, es wäre ihrer aller Ende gewesen, wenn die Sharkaner nicht da gewesen wären! Ins Gespräch vertieft, schlenderten wir zur Kaserna, wo ich mich von ihm trennte. Im Hof fanden gerade Übungen mit neuen Sharkanern statt, die in ein paar Monden ihre Prüfung machen wollten. Sie übten jetzt auch mit Schwertern aus Holz, die sich im Nahkampf als sehr wirksame Waffen erwiesen. Ein Sharkaner, den ich von früher kannte, kam auf mich zu – und wir umarmten uns und sprachen über Allgemeines, was so in der Stadt vorgefallen war. Dann sah ich etwas Neues: Ein Mann stand an einem gemauerten Hochofen und entnahm ihm flüssiges Metall, welches er in eine Sandform laufen ließ, die aussah wie ein Schwert! Im Hintergrund sah man Leute, die auf einem Stein das Metall zum Glänzen brachten und auch schärften.
An einer anderen Stelle wurden Handgriff und Handschutz befestigt; zum Schluss kamen wir in einen Raum – und dort sagte mein Begleiter: „Wenn ein Sharkaner zehn Winter bei uns ist oder durch eine besondere Tat positiv auffällt, kann er sich ein Schwert aussuchen!" Dann meinte er: „Wie lange sind Sie schon dabei? Also können Sie sich ein Schwert

aussuchen!" Die Auswahl war toll und dann stach mir eins richtig ins Auge: In den Griff war Fell von Sambus Mutter oder seiner Gefährtin eingearbeitet. Er gab es mir und meinte: „Es ist uns eine Ehre, wenn Sie von unseren Schwertern eines tragen!" Alle Leute von unserem Schiff trafen sich einige Zeit später in der Kaserna und die Leitung nahm das als Anlass für eine kleine Feier. Dann wurde ich gebeten, die Geschichte zu erzählen, wie Rinja und ich aus der Höhle entkommen waren und dass fast alle Sharkaner durch die Überschwemmung ihre Sippe und Eltern verloren hatten. Die Neuen hatten Sambu noch nicht kennen gelernt – und so durfte ich noch eine Geschichte von Sambu erzählen. Spätabends gingen wir in einen kleinen Raum schlafen, der für Besucher gedacht war.
Alles war friedlich. Am nächsten Tag fuhren wir mit einem Schiff voller Handelsgüter und Material zum Einrichten unserer neuen Häuser zurück.
Die Winter vergingen, unsere Händler machten gute Geschäfte. Jetzt hatten wir auch für Athena die Schutzrechte übernommen, denn vor einem halben Winter waren vermehrt Schiffe vor der Küste überfallen und ausgeraubt worden. Eines Tages – ich war im Warenlager – hörte ich von draußen Jubel und meine Hoffnung hatte sich bestätigt: Urk war mit seinem Schiff zurückgekehrt! Rinja stand schon an unserem Steg und konnte ihre Tränen nicht zurückhalten. Als Urk anlegte, standen alle am Strand und winkten. Auch unsere freigekauften Sklaven, die jetzt als vollwertige Sharkaner dienten, winkten ausgelassen, obwohl die meisten ihn nicht kannten. Rinja und ich nahmen ihn in den Arm und wollten ihn gar nicht mehr loslassen! Dann fing er an zu erzählen: Das Meer sei unendlich groß, überall gebe es friedliche Leute, die in kleineren oder größeren Städten oder Dörfern lebten. Sie sprechen die unterschiedlichsten Sprachen und leben vom Fischfang oder vom Handel. Er erzählte von wunderbaren Inseln, von schönen Städten und bezaubernden Landschaften. Es wurde ein großes Fest zu Ehren seiner Rückkehr abgehalten – und wir feierten,

bis es schon wieder hell wurde. Am nächsten Tag zeigte er uns die Waren, die er mitgebracht hatte. Eine Schale aus einem milchig-weißen, fast durchsichtigen Stein nannte er Alabaster; und in kleinen Krügen waren Düfte verborgen, die meine Sinne berauschten. Wir freuten uns über die gesunde Heimkehr von Urk und seiner Mannschaft! Man merkte allen an, dass sie an ihren Taten gewachsen waren, und jeder von ihnen konnte jetzt ein Schiff übers offene Meer navigieren. Dieses wollten wir uns zu Nutzen machen und acht Schiffe mit Waren in die anderen Länder schicken, denn Urk hatte eine Karte auf Leder angefertigt, die eine Küste zeigte, auf der überall große Städte zu sehen waren – und zu jeder Stadt wusste er eine Geschichte.

Sie waren auch unterwegs überfallen worden, konnten aber durch geschickte Segelmanöver die Räuber abhängen. Ein Schiff hatten sie gesehen, das hatte Ruder und ein großes gestreiftes Segel. Es war sehr lang und schmal – und wenn man selbst in einer Windflaute war, auch sehr gefährlich. Als sie von Weitem die Besatzung sahen, hat Urk alles gegeben, um vor diesen Leuten abzuhauen.

Wir lernten aber auch sehr viele liebe Menschen kennen, die an unseren Waren Interesse hatten. Und so konnten wir vieles tauschen oder es wurde mit Gold bezahlt. Urk und seine Männer erzählten abends nach getaner Arbeit immer wieder neue Geschichten, bis zu dem Tag, wo aus Pella eine Nachricht kam, dass der König in einen Krieg im Norden ziehen muss! Fürstentümer wollten keine Steuern mehr zahlen und sich von Pella und dem König lossagen. Alexander hatte sich zu einem großen Anführer der Sharkaner entwickelt und bildete schon eine Eliteeinheit bei den Sharkanern. Sofort ritt ich nach Pella, um Genaueres zu erfahren, doch als ich ankam, hatte Alexander schon alle Sharkaner davon überzeugt, dass es die Pflicht der Sharkaner sei, seinem Vater zu helfen. So hatte ich nur noch ein kurzes Gespräch mit dem König und erfuhr, dass Städte und riesige Länder im Norden des Landes die Unabhängigkeit von Pella anstrebten und alle Steuerzahlungen eingestellt hatten. „Wenn ich das nicht unterbinde, werden auch andere Städte und Fürstentümer von Pella abfallen!" Der König meinte, jetzt könnten die Sharkaner zeigen, was sie können. Ich fragte ihn, wieviel Einnahmen er jetzt hätte, nachdem Pella eine Handelsmetropole geworden sei; doch er sagte nur: „Wenn ich im Norden nicht hart durchgreife, fällt das Reich auseinander und unsere Nachbarn holen sich, was sie bekommen können! Menschenleben spielen da keine Rolle!" Wir unterhielten uns noch weiter und ich bemerkte, dass er wusste, was er tat.

11. Kapitel   Alexander zieht in den ersten Krieg mit seinem Vater

Am nächsten Tag setzte sich der Trupp in Bewegung. Alexander hatte sich als Sohn des Königs zu erkennen gegeben und ritt an der Spitze des riesigen Lindwurms, der sich bis zum Horizont hinzog. Sie zogen zwei Monde lang in Richtung Norden, dann trennte sich Alexander mit den Sharkanern von der Truppe – und ich bemerkte, dass ich keinen Einfluss mehr auf die Sharkaner in Alexanders Umgebung hatte! Sie ritten auf die erste Stadt zu, die für die Truppen noch einen halben Mond entfernt war. Als wir ankamen, wurde die Stadt kampflos übergeben. Alexander und die Sharkaner hatten sich zusammen mit Bauern und Händlern in die Stadt geschlichen und sich dann angemalt wie die Wände der Häuser. Danach waren sie bis zu den alten Männern, die die Stadt regierten, vorgedrungen, hatten die Wachen überwältigt und die alten Männer gezwungen, die Stadt zu übergeben, als die Truppen anrückten. Alexander wurde als Held gefeiert! Sein Vater wollte aber eine Abschreckung für die anderen Städte haben und schickte die Hälfte der Truppen ohne Wissen von Alexander zu einer kleineren Stadt. Sein Vater ließ Alexander feiern und frei entscheiden, was er mit der Stadt machen wolle. Als erstes setzte er die alten Leute ab, die die Stadt regierten, und an deren Stelle die Söhne von ihnen ein – dadurch kam es nicht zu Auseinandersetzungen.
Mit den jungen Leuten erörterte er den Handel zwischen den Städten, die Vorteile und den Schutz, den man genoss, wenn man einer großen Nation angehörte.
Zehn Tage später kam die Nachricht von der anderen Stadt, die sich nicht ergeben wollte und in der Nacht gestürmt wurde. Die Truppen hatten den Auftrag, ein Exempel zu statuieren: Sie schlugen Kindern die Köpfe ab, vergewaltigten Frauen viele Male nacheinander und schlugen sie dabei, bis

sie fast tot waren! Dann warfen sie die Frauen in den Dreck; und viele von ihnen gingen in den Fluss, um sich zu ertränken oder wurden hineingetrieben! Die Männer, die beim Kampf umkamen, hatten es am besten; die anderen wurden erniedrigt, indem man sie ihre eigene Scheiße fressen ließ oder man entmannte sie, ließ sie danach halbwegs verbluten, oder die Wunden entzündeten sich und sie bekamen Wundbrand, an dem sie starben. Zur gleichen Zeit hatte auch Athena erfahren, dass sich im Norden Städte unabhängig machen wollten. Da der König gerade im Norden beschäftigt war, meinten einige, es wäre ein guter Zeitpunkt, sich von Pella zu trennen. Als Alexander erfuhr, dass die Truppen in der anderen Stadt so gewütet hatten, war er erschüttert: So etwas hatte sein Vater angeordnet! Er konnte es nicht glauben! Darüber sprach er mit seinem Vater, doch der sagte nur, dass die Truppen es ein wenig übertrieben hätten. Alexander bekam einen Wutanfall und schrie seinen Vater an: „Zwei Drittel der Bewohner sind tot und die anderen sind nicht mehr arbeitsfähig! Die Stadt wird Jahrzehnte brauchen, um sich von dem Schlag wieder zu erholen, wenn sie sich überhaupt wieder erholt!" Sein Vater meinte: „Wenn man nicht hart genug vorgeht, bricht das ganze Reich auseinander und dann hat man gar nichts mehr!" Als die Lage sich zwischen Vater und Sohn entspannt hatte, kam die Nachricht, dass Athena sich als unabhängige Stadt ausgerufen hatte! Der König fühlte sich bestätigt und setzte den Trupp Richtung Süden in Bewegung. Aber Alexander meinte, dass die Abschreckung nichts gebracht hätte. Ich verabschiedete mich von den beiden, doch vorher machte ich dem König und Alexander den Vorschlag, mit allen Sharkaner-Schiffen in die Nähe von Athena zu fahren und dort zu warten, bis der ganze Trupp die Belagerung von Athena aufgenommen hat, um dann unsere Macht zu demonstrieren. Denn vom Meer aus ist die Stadt nicht geschützt. So könnten wir die Stadt zurückerobern, ohne Exempel zu statuieren – und die anderen Städte wären gewarnt! Alexander und der

König waren damit einverstanden – und so ritt ich noch am selben Tag los, die Sharkaner blieben bei Alexander. Von Pella aus ritt ich an die Küste, um mit dem Kommandanten alles zu besprechen. Es gab an der Küste jetzt einen Kommandanten, weil die Truppe zu groß geworden war – und so hatten sie eine militärische Struktur aufgebaut. In der Zwischenzeit verging ein ganzer Mond, bis ich an der Küste war. Der Kommandant war ein weitsichtiger umgänglicher junger Mann, den ich noch von den Anfängen der Sharkaner kannte. Wir umarmten uns und er war begeistert von Urks Reisen. Dann kamen wir aber gleich zum Kern meiner Angelegenheit. Er meinte, mit vier Schiffen könnte man die Küste überwachen. Alle anderen würde er zu unserem Stützpunkt bei Athena verlegen lassen. Nach einigen Tagen der Erholung ritt ich weiter nach Athena, wo ich dann die Neuigkeit Rinja erzählte. Sie war besorgt, weil wir uns mit der Stadtführung sehr gut verstanden. Doch anderseits hatte man uns merken lassen, dass sie es gerne sehen würden, wenn wir die Steuern für unser Handelsunternehmen in Athena bezahlen würden. Sie wussten nicht, dass der König uns Steuerfreiheit gewährt hatte! Ein paar Tage später ging ich mit einigen Sharkanern nach Athena, doch die Sharkaner mussten am Stadttor umkehren – nur ich durfte hinein, und zwar mit einem Mann der Stadtwache als Begleitung. In der Stadt herrschte reges Treiben: Die Mauern wurden verstärkt, überall waren Gruben mit Wasser zum Löschen von Feuer angelegt worden. Einer der Stadtfürsten, die das Sagen hatten, erzählten mir, dass sie vor kurzem von einem Massaker in einer Stadt ganz im Norden gehört hätten, wobei fast die ganze Stadtbevölkerung wegen ihrer Unabhängigkeit sterben musste. Ich sagte ihm, es wäre bestimmt noch nicht zu spät, wenn sie jetzt die Unabhängigkeit aufgeben würden! Gestern Abend hat unser Fürst entschieden, dass die Stadt mehr befestigt wird, unter anderem, dass die Mauer noch höher gezogen wird. Viele haben ihn vor den Folgen gewarnt: „dass unsere schöne Stadt brennt, wenn der König die Mauern überwindet,

und unsere Frauen geschändet werden!" Er meinte nur: „Seht zu, dass die Mauern halten, verteidigt euch und kämpft bis zum Tod! Denn wenn ihr das nicht macht, geschieht mit euch dasselbe, was im Norden mit der kleinen Stadt passiert ist!"
„Aber wenn wir es schaffen, ihn abzuwehren, dann springen noch andere Städte ab und die können sich dann mit Athena verbünden, natürlich unter unserer Führung!" So erzählte der ältere Mann von gestern Abend – und ich wusste: Diese Machtspiele darf es nicht geben, dass ein einzelner Mann, der noch dazu ein entfernter Verwandter des Königs ist, über Tausende von Menschenleben entscheidet!
Als ich mich von ihm verabschiedete, sah ich die Verzweifelung in seinem Gesicht. Athena war mir ans Herz gewachsen; die Menschen, die hier wohnten, waren sehr freiheitlich und reich! Der Handel hatte viele Bewohner wohlhabend gemacht: Sie leisteten sich auch in manchen Jahren ein Fest, auf welchem man Speere oder eine Scheibe aus Metall weitwerfen musste. Als ich wieder in unserer Bucht war, erzählte ich Urk, was Alexander, der König und ich abgesprochen hatten. Er sagte, wir müssten mit allen Schiffen überall im Hafen anlegen und so den Athenern einen Schock versetzen. Danach müssten wir das Schloss vom Fürsten stürmen und ihn gefangennehmen. Es vergingen noch einige Wochen der Vorbereitung. Wir hatten Lebensmittel für die Truppen gehortet und genügend Fleisch und Fisch gesalzen und geräuchert, damit sie die Stadt für einige Wochen belagern könnten, denn sonst würden die Truppen unsere Wälder durchkämmen und alles erlegen, was kreucht und fleucht! Wir hatten die letzten Jahre darauf geachtet, dass ein Gleichgewicht und immer genügend Wild im Wald zur Vermehrung vorhanden ist. Außerdem hatten wir ein großes Waldstück eingezäunt und junge Wildschweine darin ausgesetzt.
Ein paar Tage später kam Alexander zu mir und ich meldete ihm, dass Athena jetzt bald belagert wird. Ich zeigte ihm unsere Flotte von dreißig Schiffen und man sah ihm seine Über-

raschung an. Dann meinte ich nur noch: „Und alle sind mit seetüchtigen Sharkanern besetzt und nicht mit Fischern! Alle Sharkaner, die zur See fahren, können genauso gut fischen wie kämpfen! Wenn sie vor Athena und der umliegenden Küste kreuzen, sind sie immer auf Fischfang! Wir haben eine kalte Höhle und darin wird der Fisch bis zum nächsten Morgen gelagert, dann auf dem Markt verkauft oder geputzt, gesalzen und geräuchert. Wir haben genügend Lebensmittel für die nächsten Wochen für euch gehortet; so könnt ihr eure Leute übermorgen mit viel Lärm aufmarschieren lassen als wenn der Sturm auf die Stadt jeden Moment anfangen könnte. Wir fahren dann mit der ganzen Flotte in den Hafen, stürmen das Schloss des Fürsten und nehmen ihn fest! Dann zwingen wir ihn, von seinem Turm aus die Öffnung des Tors zu befehlen! Falls er sich weigert, werfen wir ihn in den Hof!"
Der nächste Tag verging noch damit, dass wir genau planten, wer wo anlegen soll – und damit legten wir auch die Reihenfolge der Einfahrt in den Hafen fest. Morgens fuhren wir aus dem Hafen schon in der Formation aus, wie wir in Athena einlaufen wollten. Nach einer kurzen Zeit hatten wir Athena erreicht: Es war ein erhabener Anblick, als wir in den Hafen einliefen. Die Schiffe legten an, als ob sie jeden Tag diese Übung fahren würden! Die Bewohner, die uns sahen, kannten unsere Segel! Es wurde nicht einmal Alarm gerufen! Ein kleiner Teil der Besatzung blieb bei den Schiffen zurück und die anderen marschierten den Berg zur Burg hinauf. Es stellte sich ihnen keiner in den Weg, denn jeder kannte die Uniform der Sharkaner – niemand sah eine Bedrohung in ihnen. So kamen sie zur Burg. Die Wachen waren so überrascht, dass sie keinen Widerstand leisteten! So besetzten die Sharkaner das Tor und schlossen es; es waren nur noch einige Krieger zum persönlichen Schutz des Fürsten mit seiner Familie in der Burg, dessen Überwältigung für die Sharkaner eine Kleinigkeit war. Mit zwanzig Mann stürmten wir die privaten Gemächer des Fürsten und nahmen ihn gefangen. Wir behandelten ihn

absichtlich grob – und die Angst um seinen Leben war ihm ins Gesicht geschrieben. Wir zerrten ihn nach draußen und sagten ihm, dass er die Öffnung des Tors befehlen solle. „Nein, das werde ich nicht!", meinte er. „Ich bin ein Verwandter des Königs! Behandelt mich mit Respekt!" Im selben Moment nahmen zwei Sharkaner ihn ohne Befehl an die Beine und ließen ihn mal kurz über die Brüstung hängen. Er fing an zu schreien und bettelte, ihn nicht loszulassen, also zogen sie ihn wieder hoch – und er gab laut und deutlich den Befehl, das Tor zu öffnen. Das Tor öffnete sich: Alexander und der König kamen hereingeritten und wurden von der Bevölkerung jubelnd empfangen! So wurde Athena von der Brandschatzung und dem wahllosen Morden verschont! Alexander gefiel es in Athena und so sprach er mit seinem Vater ab, dass er zur Sicherung mit seinen Sharkanern in der Stadt bleiben wolle. Dann wurde ein Fest veranstaltet – Alexander und der König gaben sich hemmungslos dem Wein hin. Als der Winter vergangen war, bekam Alexander die Nachricht, dass sein Vater unter merkwürdigen Umständen in Pella gestorben war. Anteilnahme verströmte er nicht gerade – nach der Beisetzung des Königs ließ er sich zum König krönen. Alle Sharkaner, die zu Alexander gehörten, wurden befördert und bekamen den Auftrag, Männer für eine größere Armee auszusuchen und auszubilden. Alexander hatte scheinbar vor, sein Land nach Süden zu vergrößern! Im Frühjahr zog er los und viele Städte machten ihre Tore gleich auf, wenn er mit seinen Truppen die Stadt belagern wollte. Die Abschreckung trug Früchte! Sobald er auf eine größere Stadt zumarschierte, schickte er seine Freunde, die Sharkaner, als Händler verkleidet, schon vorher in die Stadt. Wenn er dann vor der Stadt erschien und sie nicht freiwillig das Tor öffneten, brannte die Stadt, nachts von den Sharkanern angezündet. Öffneten sie dann immer noch nicht die Stadttore, wurden die Sharkaner unsichtbar und meuchelten die Stadtväter und deren Familien. Die Stadt Theben hatte drei von den Sharkanern erwischt, als sie gerade

des Nachts die Stadt anzünden wollten – und hängten sie zur Abschreckung am nächsten Morgen an der Stadtmauer auf. Es waren drei seiner besten Freunde, sie kannten sich schon seit Pella. Er war außer sich vor Wut und bekam einen Jähzorn-Anfall, ließ einen riesigen Rammbock bauen und auch ein tragbares Dach, mit dem er die Leute, die den Rammbock bedienten, schützte. Dann gab er Wein aus, die Hetzparolen, mit denen er dann die Leute anpeitschte, hatte nichts mit der Realität zu tun, aber die Krieger und die Sharkaner kamen immer mehr in Stimmung! Sie rannten mit dem Rammbock so schnell, dass das Dach zu ihrem Schutz gar nicht so schnell folgen konnte, und schlugen so kräftig gegen das Tor, dass die ersten Balken krachend durch die Luft flogen und zahlreiche Krieger, die auf der anderen Seite des Tores standen, verletzte. Alexanders Krieger gaben Kampfgeräusche von sich, sodass die Krieger auf der Mauer vergaßen, Steine oder heißes Pech auf die Angreifer zu schütten! Dann war auch gleich das schützende Dach zur Stelle und der zweite und dritte Stoß ließ das Tor zerbersten! Die Leute warfen von der Mauer Steine und flüssigen Teer, doch das Dach war spitz und deshalb konnte es dem Dach nichts anhaben. Die Leute, die das Dach getragen hatten, waren auch gleich voller Eifer an den Rammbock gesprungen – und dann brach das Tor!
Jetzt konnte der Sturm auf Theben beginnen: Alles Wertvolle, was sie fanden, konnten sie behalten. Die Frauen sollten vergewaltigt und dann erschlagen werden. Die jungen Männer und Frauen sollten geknebelt und nachher versklavt werden. Die Krieger stürmten die Stadt: Alles, was sich ihnen in den Weg stellte, wurde erschlagen; denen, die sich niederknieten und sich ergaben, wurde der Kopf abgeschlagen, wenn sie zu alt waren. Überall hörte man schreiende Frauen und Kinder. Die Babys wurden aufgespießt und auf der Lanze herumgetragen: Es war ein richtiger Blutrausch – man erkannte die Krieger nicht wieder – und die Sharkaner waren kein Stück besser! Einige Sharkaner gingen aus der Stadt hinaus und schlugen

sich in die Büsche, um zu verschwinden. Später hörten sie, dass nur die Menschen, die als Sklaven verkauft wurden, das Massaker überlebt hatten! Die Häuser wurden angezündet. Das hatte Alexander so befohlen – und Theben wurde dem Erdboden gleich gemacht, niemand sollte sich jemals wieder an diese Stadt, die seine besten Freunde tötete, erinnern. Die Truppen sammelten sich, einige von Alexanders engsten Freunden sowie Sharkaner nahmen sich der Sklaven an und brachten sie zur nächsten Hafenstadt, um sie zu verkaufen. Die nächste Stadt wurde gleich gestürmt und die Leute erschlagen; seine Wut wollte nicht enden! Doch diese Stadt sollte nicht brennen! Er ließ die Leichen aus den Straßen entfernen und vor dem Stadttor verbrennen. Diese Stadt sollte Alexandria heißen; dorthin schickte er die verletzten Krieger, die schon zu einem Ballast für ihn geworden waren.
Alexander zog mit seinen Truppen weiter bis zur nächsten Stadt, die sich kampflos ergab. Viele junge Bewohner konnte er sogar als Krieger werben, denn es war ruhmreich, unter Alexander dem Großen zu dienen! So zogen sie von einer Stadt zur nächsten, bis sich ihm ein riesiges Heer entgegenstellte: Die Perser hatten ein riesiges Heer zusammengezogen, um Alexander aufzuhalten. Alexander hatte sechstausend Krieger. Die Perser wollten ganz sichergehen und hatten ihm dreißigtausend Krieger mit zweihundert Streitwägen entgegengeschickt. Die Streitwägen hatten Spezialachsen mit langen Schwertern, mit denen man in das gegnerische Heer fuhr und den Kriegern die Beine abmähte. Alexander hatte immer noch Skrupel, diese Streitwägen einzusetzen, doch jetzt sah er sich einer Übermacht an Kriegern gegenüber und dazu noch zweihundert von diesen schrecklichen Streitwägen! Er setzte sich mit den Sharkanern und einigen Heerführern zusammen und es wurde von Flucht gesprochen, aber davon wollte Alexander nichts wissen! Ein Sharkaner, der sich gut mit Pferden auskannte, meinte, es müsste, wenn der Streitwagen auf eine Truppe zupprescht, eine kleine Furche gebildet werden, in die

das Pferd hineinprescht, um es dann kurz danach durch Speere zu stoppen, bevor die Schwerter die Beine absäbeln. Dann müsse man durch einen gezielten Speerstich den Lenker töten. So wurde es noch mit einem Speer in den Sand gezeichnet, wie es gemeint war – und Alexander sagte: „Ja, so machen wir es!", bevor die Heerführer Einwände dagegen vorbringen konnten. Das Schlachtfeld stand fest: Es war eine große Ebene – und so wie sich die Perser aufstellten, war die Übermacht erdrückend. Er hatte seine Heerführer angewiesen, nachdem die Streitwägen erfolgreich zerstört worden sind, sich in zwei Gruppen zu spalten und den linken und rechten Flügel anzugreifen. Sie waren außer sich, hatten sich aber schon daran gewöhnt, dass Alexander auch für den Gegner nicht kalkulierbar war. Er hatte dadurch schon manche Schlachten gewonnen! Alexander hatte es sich angewöhnt, immer in der ersten Reihe zu kämpfen, umgeben von Sharkanern. Alexanders Truppen hatten sich sechzehn Kämpfer nebeneinander und sechzehn Reihen hintereinander aufgestellt; sie hatten am Arm ein kleines Schild gegen Pfeile und einen viel längeren Spieß als die Perser. Auf einer Anhöhe hatte sich der persische Herrscher auf einem Thron niedergelassen, er war sich sicher, er würde ein Schauspiel der Sonderklasse erleben! Der Perser ließ eine Fanfare ertönen und schon setzten sich zweihundert Streitwägen in Bewegung. Sie preschten auf Alexanders Truppen los und verteilten sich auf der ganzen Länge. Bedrohlich standen sie Alexanders Heer gegenüber! Dann ertönte wieder die Fanfare: Jetzt preschten sie los, um die Reihen der Gegner zu lichten und den Kampfgeist zu schwächen. Die ersten erreichten Alexanders Truppen: Würde der Trick gelingen? Die Krieger öffneten für die Pferde eine Schneise und sie liefen hinein! Am Ende dieser Schneise rissen die Krieger ihre Speere hoch und die Pferde blieben sofort stehen! Jetzt war der Lenker erst einmal überrascht, denn er hatte das wirkungsvollste Kriegswerkzeug zum Töten. Innerhalb von kurzer Zeit standen alle Streitwägen – und ihre Lenker waren tot! Der Perser beobachtete dieses Trauerspiel, sah, dass Alexander die Flanken angreifen ließ und dachte: „Jetzt bis du dran!" Die Fanfare erklang und auch seine Truppen teilten sich in der Mitte! Wie aus dem Nichts sammelten sich die Sharkaner um Alexander und preschten mit ihren Pferden und zu Fuß auf die Mitte zu! Jetzt erst merkte der Perser, dass er auf eine List von Alexander hereingefallen war! Er rannte den Berg hinauf; aber Alexander und die Sharkaner hatten sich schon durch die restlichen Krieger hindurchgekämpft; er schaute zurück und sah, dass der rechte Flügel stark in Bedrängnis geraten war! Alexander überlegte kurz: Den Perserfürsten erschlagen oder seine Männer aus einer kritischen Situation retten? Er wendete sein Pferd und preschte mit lautem Kampfgeheul auf seine Kämpfer zu: Das Blatt wendete sich und so konnte der Kampf von Alexander gewonnen werden!. Die feindlichen Krieger legten ihre Waffen nieder. die meisten der Perser schlossen sich Alexander an und die anderen wurden versklavt. Die Verwundeten schickte er zurück in die neue Stadt Alexandria. Danach eroberte er Persien und machte sich mit den Sitten und Gebräuchen bekannt. Der Lebensstil der Perser gefiel ihm so sehr, dass er sich wie sie kleidete und sich auch mit persischen Adeligen umgab. Doch Alexander zog es immer weiter – von Persien nach Ägypten und dann bis nach Indien. Er gründete mehrere Städte mit Namen Alexandria, so auch in Ägypten, wo sich eine Stadt entwickelte, die seinesgleichen suchen konnte: Sie war tolerant gegen alle Glaubensrichtungen und sonst auch sehr offen für alles Neue. Diese Geschichten über Alexander erfuhren wir aber erst viele Winter später von Sharkanern, denen Alexander manchmal zu brutal und ungestüm vorging. So brachten die Sharkaner, die Theben erlebt hatten, die ersten Nachrichten von Alexander und seiner Brutalität zurück.

Händler erzählten von riesigen Königreichen, die er unterworfen hatte, und dass er sogar zum Pharao von Ägypten gemacht wurde. Doch auch in Pella gab es Neues: Die Sharkanerinnen waren immer wieder mit den Männern in der Stadt zusammengestoßen – und dann hatte die Stadt beschlossen, dass die Sharkanerinnen in der Stadt nicht mehr willkommen waren! Daraufhin nahmen die Sharkanerinnen ihre Pferde und ritten zu uns nach Athena. Es war ein Anblick, den ich mein Lebtag nicht mehr vergessen sollte: Die Haare waren oben auf dem Kopf zusammengebunden, die Schultern waren mit dick genähten Polstern versehen und die Brust aus einem Panzer aus Metall und Leder. Die Frauen waren auch älter geworden, hatten Muskeln, traten sehr selbstsicher und gefährlich auf. Sie hatten sich zu einer Eliteeinheit entwickelt – doch heiraten wollte sie keiner – und die wenigen, die eine feste Bindung hatten, waren an einer Hand abzuzählen! Sie lebten ein halbes Jahr bei uns, vierunddreißig Sharkanerinnen, unsere Tochter war auch unter ihnen – sie war ihre Heilerin, zog sich aber genauso wie die Kriegerinnen an. Wenn wir Wettkämpfe veranstalteten, waren einige von ihnen auf dem Siegertreppchen. Dann freundeten sich immer mehr Sharkaner mit ihnen an und eine ganze Zeit lang sah man überall Pärchen umherlaufen oder im warmen Sand liegen. Ich dachte mir, dass diese Entwicklung mir am besten gefiel und vielleicht die Sharkanerinnen etwas ruhiger und ausgeglichener werden würden.

12. Kapitel Die Sharkanerinnen – eine Elitetruppe

Dann bekamen wir Nachrichten darüber, dass sich im Norden wilde Horden zu Pferde herumtreiben würden. Bei unseren abendlichen Treffen erzählte ich von den wilden Horden. Die Sharkanerinnen unterhielten sich kurz und meinten dann, sie würden nach Norden reiten und die wilden Horden zurücktreiben oder vernichten. Einige Männer schauten sich an und sagten, dass sie auch mit nach Norden reiten würden, es waren die Freunde der Sharkanerinnen. So verließen sie uns bei Tagesanbruch und unsere Tochter mit ihnen, ein ganzes Jahr waren sie weg und dann erzählten sie uns Geschichten, was alles passiert war: Wenn sie unterwegs auf Menschen trafen, wurden sie sehr feindselig behandelt, man kannte keine Kriegerinnen! „Dann nach einem Mond trafen wir", erzählte meine Tochter, „auf feindliche Krieger! Sie hatten kleinere Pferde und trugen Kappen aus Fell auf dem Kopf! Sie griffen gerade ein Dorf an. Dort hatten sie schon fast alles abgeschlachtet! Dannah, unsere Anführerin, sagte einer Gruppe von Sharkanerinnen, sie sollten den brutalen Horden folgen und ausspionieren, wo sie rasten und ob man ihre Sprache verstehen könne. Als die wilden Horden abgezogen waren, schauten wir uns in dem Dorf um: Diejenigen, die noch lebten, hatten so schwere Verletzungen, dass ich nichts mehr tun konnte! Alle Häuser brannten! Dann sahen wir auch einen Toten von der wilden Horde! Was uns als erstes auffiel, waren seine Augen – es waren schmale Schlitze; auch die Kopfform war ungewöhnlich! Sein Bogen war kunstvoll gearbeitet und hatte eine andere Form als unsere. Auch das Schwert, das er hatte, war gebogen und kunstvoll verziert. Wir konnten hier nichts mehr machen, nahmen aber die besonderen Sachen und verstauten sie auf ein Packpferd. Dann nahmen wir die Spuren von den Sharkanerinnen auf und folgten ihnen, auf einer Bergkuppe trafen wir sie. Alle hatten sich schon angemalt und waren mit

Sträuchern und Gras getarnt. Da hörten wir etwas rascheln; alle versteckten sich, aber unsere Pferde wurden entdeckt! Diejenigen von uns, die schon getarnt waren, schlichen sich zu den wilden Reitern, sie betasteten die Pferde und schauten sich immer wieder um. Dann banden sie ein paar weibliche Pferde los und wollten verschwinden. Der Ruf des Adlers beendete diese Aktion, zwei Pfeile durchbohrten ihre Brust. Zwei Sharkanerinnen verhinderten durch einen Sprung und einen Schnitt im Hals, dass sie keinen Ton mehr von sich geben konnte. Jetzt mussten als erstes die Pferde versteckt werden! Wir schauten uns um und entdeckten einen Felsvorsprung, hinter denen die Pferde ein wenig Sichtschutz hatten. Vier Sharkanerinnen blieben bei den Pferden, die anderen malten sich an und zogen in Richtung der wilden Horden Diese hatten keine Hütten aus Holz; sondern dünne elastische Stäbe, die nicht viel wogen, waren mit Fell bespannt. Es sah aus wie ein Spähtrupp, denn es waren nur Männer; ihre Pferde waren klein und zottelig – und viele Männer waren klein, aber total von Muskeln bepackt. Dann kamen einige Männer aus den Hütten, sprangen mit einem Satz auf ihre Pferde und einer nahm ein gefülltes Ziegenfell mit. Er hängte es in einen Baum – und jetzt ritten alle vorbei in voller Geschwindigkeit und schossen mit ihren Bögen auf das gefüllte Ziegenfell. Der eine hing auf der Seite vom Pferd und schoss über den Rücken immer noch zielsicher auf das gefüllte Ziegenfell. Ein anderer hing auch an der Seite des Pferdes und schoss unter dem Pferd hervor; sie hatten kleine Sättel auf ihren Pferden, woran sie sich mit den Beinen festklammern konnten. Wir hatten schon Sättel für Pferde gesehen, aber nicht so praktische wie diese – und bestimmt waren sie auch einfach in der Herstellung! In einem Gebüsch setzten wir uns zusammen und beratschlagten, was zu tun war. Eine Sharkanerin meinte, zu Pferde sind sie uns weit überlegen; aber die Nacht ist unser Freund und da müssen wir zuschlagen! Die anderen meinten auch, die Nacht wäre günstig und es müsste diese Nacht sein, sagte unsere

Anführerin. ‚Wenn wir sie vertreiben, dann kommen sie mit einer noch größeren Truppe!' meinte eine Sharkanerin. ‚Also müssen wir sie alle in der Nacht töten!' Am Tage waren sie uns überlegen, sie durften keine Möglichkeit der Gegenwehr haben. Es waren zehn Hütten – wir teilten uns auf und jede Gruppe bekam eine Hütte zugeteilt. Als es Nacht wurde und bis auf die Wachen alles schlief, wurden zuerst die Wachen ausgeschaltet, zwei Gruppen übernahmen jeweils eine Wache. Sie schlichen sich heran, umkreisten die Wache, dann sprang eine von hinten an, stach dem Mann mit dem Dolch von der Seite in den Hals und schnitt nach vorne durch. Im selben Moment rissen ihm zwei Sharkanerinnen die Beine nach hinten weg, so spritzte das Blut auf den Boden, dann nahmen sie ihn an allen vier Gliedmaßen und drückten ihn ins Unterholz, so wie sie es unzählige Male geübt hatten. Ein paar Sträucher über ihn und schon sah man ihn nicht mehr; dann riefen von überall her Waldkäuzchen, was bedeutet, dass alle Wachen tot waren. Jetzt schlichen sie sich zu den Hütten, eine Hütte öffnete sich und ein Mann erleichterte sich in einem nahen Gebüsch. Neben dem Gebüsch saß eine Sharkanerin, die sich aber nicht rührte, auch wenn sie manchen Spritzer des Urins abbekam, das war auch geübt worden. Wenn man ein Strauch war, war man ein Strauch und verfiel in eine innere Ruhe, sodass man auch eine Stunde und mehr so verbleiben konnte. Der Mann ging wieder in seine Hütte, jetzt hieß es noch einige Zeit verweilen – und dann ertönte wieder von überall der Ruf des Waldkauzes. Wir gingen in die Hütten und töteten alle auf einmal mit dem Stich in den Hals und dem Schnitt nach vorn. Weil die meisten auf dem Rücken lagen, pulsierte das Blut aus der Schnittwunde mit einem kräftigen Strahl, von dem manche Sharkanerin getroffen wurde. Dann kamen von überall her die Rufe des Waldkäuzchen und jeder zählte mit: Es war getan, alle trafen sich schweigend beim Fluss und wuschen ihre blutverschmierten Körper ab. Langsam und in uns versunken gingen wir dann zu den Pferden zurück, wo schon

überall Heu zum Schlafen lag. Die Wachen und die Männer, die bei uns waren, hatten alles gerichtet; wir ruhten bis zum Morgengrauen. Alle, die in der Nacht getötet hatten, gingen am nächsten Morgen noch einmal zur Stelle des Todes, bauten die Hütten ab und packten die Wertsachen, die sich durch Plünderungen angehäuft hatten, auf die kleinen Pferde. Überall summten schon Fliegen, die durch den Geruch des Blutes angelockt worden waren – und die ersten Wölfe waren auch schon da!
Wir verließen den Ort des Grauens. An unserem Übernachtungspunkt trafen wir auf die anderen Mitglieder unser Gruppe. Es war gut, dass keiner von den wilden Reitern am Leben geblieben ist. Auf dem Rückweg besuchten wir unsere Freunde, die wir vor etlichen Wintern zurückgelassen hatten, Als wir den Eingang zum Tal erreicht hatten, war alles mit Bäumen zugewachsen und wir befürchteten schon das Schlimmste!. Wir ritten zum Berg und entdeckten einen versteckten Gang, der direkt an den Felsen vorbeiführte. Wir stiegen von den Pferden ab und gingen alle nacheinander durch die Schlucht. Es war schon spät und so schlugen wir unseren Rastplatz am Bach auf. Die Fellhütten hatten wir schon Tage vorher gewaschen, sodass kein frisches Blut mehr darauf war. Doch die Blutflecken hatten sich dunkel gefärbt und erinnerten uns immer wieder an unsere grausige Tat! Am nächsten Morgen ritten wir zur Hütte von unseren Freunden: Sie freuten sich sehr über unseren Besuch – und wir mussten erzählen, was so alles passiert war. Vier kleine Kinder liefen vor dem Haus umher, sie hatten Angst vor uns, doch nach wenigen Tagen spielten sie mit einigen Sharkanerinnen. Die beiden hatten eine kleine Herde von Wisenten gezüchtet; diese waren zahm, man konnte ihnen Milch abzapfen und dann trinken. Sie brauchten jetzt aber ein neues Männchen. Wir boten ihnen an, eins zu fangen, und machten uns nach dem Mittagessen auf dem Weg. Als wir uns durch das Unterholz schlichen, sahen wir einen Reiter mit Speer und Bogen, der etwas vor sich her trieb. Jetzt stach er

mit dem Speer zu und noch einmal, doch er stieg nicht ab, um das erlegte Wild mitzunehmen. Er ließ es liegen – aber warum? Als wir uns das vermeintliche Wild anschauten, war es eine junge Frau! Ich schaute nach ihr und sah, dass sie lebensgefährlich verletzt war! So wie sie gekleidet war, wohnte sie mit ihrer Sippe in einer Höhle. Dann sah ich noch, dass sie zwischen den Beinen blutete! Dieses Schwein hatte ihr also erst Gewalt angetan und sie dann gejagt wie ein Tier! Ich wollte sie unbedingt gesund pflegen, damit sie erzählen kann, wie man mit ihresgleichen umgeht und dass die Herkunft egal sein muss. Es müsste ein Grundrecht für alle Menschen geben – so würde auch die Sklaverei aufhören! Wir hatten auch vor nicht allzu langer Zeit in Höhlen gewohnt und ich würde auch wieder in eine Höhle ziehen, wenn die Umstände es erfordern. Die Blutungen konnte ich schnell stoppen. Wie meine Mutter es mich gelehrt hatte, wurden dann noch saubere Verbände angelegt, die ich immer in einer Tasche bei mir trug. Damit sich die Wunde nicht entzündet, hatte ich auch ein Elixier von meiner Mutter aufgetragen. Wir machten ihr eine Trage, legten sie vorsichtig darauf und schleppten sie zurück in unser Tal des Friedens. Zwei Tage schlief sie, fing aber nicht an zu fiebern. Dann wachte sie auf und sprach wie mein Vater früher – sie hieß Tinka. Der größte Teil der Sharkanerinnen war mit einigen Packpferden gleich weitergezogen, die anderen Pferde sollten zur Zucht in dem Tal bleiben. Die Kinder waren von den kleinen Pferden begeistert! Die Sättel wurden eingefettet und eingelagert, natürlich konnte die kleine Familie frei über alles verfügen. Sechs Sharkanerinnen waren bei mir geblieben. Vier von ihnen versuchten, ein kleines Wisent-Männchen zu fangen, dazu gehörte aber auch, dass die Mutter getötet werden muss – und das war sehr gefährlich! Wenn die Speere nicht richtig treffen, kann nichts ein Wisent aufhalten, es überrennt alles, was sich bewegt! Drei Sharkanerinnen spielten mit den Kindern; eines der Pferde hatte es dem kleinen Mirko besonders angetan, es war ein schwarzer Hengst.

Die Sharkanerinnen streichelten das Pferd und summten eine Melodie dabei, dann nahmen sie den Sattel und legten ihn vorsichtig auf das Pferd. Jetzt nahmen sie Mirko und setzten ihn ebenfalls auf das Pferd, zwei Sharkanerinnen saßen auch startbereit auf ihren Pferden. Jetzt sagten sie dem Mirko, dass sie das Pferd loslassen. Mirko nickte mit dem Kopf und schon ging es los; irgendwie waren die Pferde genauso wild wie ihre ehemaligen Reiter! Mirko stellte sich in die Steigbügel und das Pferd schoss los, die beiden Sharkanerinnen hinterher. Mirkos Mutter schlug die Hände über dem Kopf zusammen, als ihr Kleiner wie ein Großer an ihr vorbeischoss – und die Sharkanerinnen hinterher! Sie merkten aber, dass Mirko die Wildheit des Pferdes Spaß macht und blieben hinter ihm. So ritten sie einen großen Bogen und kamen nach einiger Zeit zurück. Dem kleinen Pferd hatte der wilde Ritt nichts ausgemacht und Mirko auch nicht; er gab dem Pferd von dem Dinkel-Getreide – und da hatte er einen neuen Freund! Jeden Tag ritten sie im Tal herum und bald waren die beiden unzertrennlich. Wir sagten ihm aber, dass es gefährlich wäre, außerhalb des Tals zu reiten, denn die wilden Horden – sollten sich hier noch welche herumtreiben – würden sofort eines ihrer Pferde erkennen! Die anderen Sharkanerinnen gingen auf die Jagd – und nach einem Mond hatten sie Glück und töteten ein Wisentweibchen. Das Junge war ein starkes kleines Kerlchen; sie hatten große Probleme, den kleinen Kerl von seiner Mutter zu trennen. Aber irgendwie kamen sie mit ihm im Tal an. Dann zerlegten wir dessen Mutter und brachten das Fleisch auch ins Tal. Tinka war ein tapferes junges Mädchen, sie trank ihre kräftigenden Tees und nahm regelmäßig ihre Tinkturen, die meine Mutter entwickelt hatte. Aber sie sprach nur sehr wenig und hatte vor den Sharkanerinnen Angst. Als ich sie eines Tages nach draußen führte und sie die kleinen Pferde sah und erkannte, wusste sie überhaupt nicht mehr, was los war. Weil ich die Sprache meines Vaters noch sprechen konnte, erzählte ich ihr, dass diese Männer alle tot seien. Nach einem

Mond fing sie langsam an zu erzählen, dass einige Männer zu Pferde regelmäßig Jagd auf ihre Sippe gemacht hätten und so nach und nach alle Männer ihrer Sippe getötet hatten. Die wilden Horden hatte sie bloß von Weitem gesehen, als sie mit einer kleinen Gruppe durchgezogen war. Tinka brauchte noch einen ganzen Mond, bis sie reisefähig war und einigermaßen reiten konnte. Die Kinder hatten sich jeder ein Pferd ausgesucht, fütterten es und kümmerten sich um sie, ohne ihre anderen Pflichten, die sie hatten, zu vernachlässigen. Doch jetzt mussten wir los, wieder heimwärts ziehen in die Wärme, denn den Winter wollte ich hier nicht erleben.
Für Tinka würde die Reise hart werden. Ich fragte sie, ob sie ihre Sippe noch einmal besuchen wolle, doch sie sagte, dass alle, die sie mochte, gestorben waren und die anderen wollten sich auf den Weg machen zu einer anderen Sippe. So machten wir uns Morgens in aller Frühe auf dem Weg, die Nächte waren schon empfindlich kalt und wir hüllten uns dicke Felle um. Wir ritten nicht so schnell wegen Tinka, aber sie hielt sich gut auf dem Pferd. Am Abend konnte sie kaum noch laufen, aber sie klagte nicht – sie war sehr zäh! Wir übten schon die ganze Zeit die für sie neue Sprache und sie war willig, sich auch mit den anderen Sharkanerinnen zu unterhalten. Bei allen Gelegenheiten zeigte ihr eine Kriegerin einen Gegenstand und sagte das Wort in ihrer Sprache dazu und sie wiederholte es immer einige Male. Ihre Wunden waren zwar gerötet, platzten aber nicht wieder auf, sonst hätten wir doch noch ein Lager für den Winter suchen müssen. Nach zwei Monden hatten wir es wieder geschafft; die Sonne hatte es auf der Reise gut mit uns gemeint – wir hatten nur wenige Regentage. Die Freude war groß – und das war meine Geschichte, was ich nach dem letzten Winter erlebt habe, sagte ich zu meinem Vater." Urk war schon wieder unterwegs. Wir hatten gehört, dass Alexander auf dem Weg zur untergehenden Sonne war und schon viele Völker unterworfen hatte. Immer mehr Sharkaner, die uns mit Alexander verlassen hatten, kamen zurück und er-

zählten Geschichten von seinen brutalen Schlachten. Jetzt war er am Meer vor einem Reich mit unvorstellbarem Reichtum., Die Stadt hatte er wieder Alexandria getauft. Den Fluss, dem dieses Land seinen Reichtum verdankte, nennt man Nil: Er ist so lang, dass man seine Quelle noch nicht gefunden hatte. Urk sprach mit seinen Seeleuten: Alexandria war ihr nächstes Ziel. Einen halben Mond verbrachten sie noch mit ihren Familien und mit Packen, dann stachen sie in See. Wir sollten lange Zeit nichts mehr von ihnen hören, unser Leben ging weiter, doch auch mit Veränderungen. Die Handelswege wurden immer sicherer und die Fürstentümer und Königreiche, durch die diese Handelswege führten, kümmerten sich immer mehr um die Sicherheit in ihren Gebieten. So verloren wir immer mehr Aufgaben. Die Menschhändler kamen auch nicht mehr zu den Küsten unseres Gebietes – wir hatten einfach zu gut gearbeitet! Auf die Sklavenmärkte kamen immer mehr braune bis ganz schwarze Menschen, sie waren kräftig und widerstandsfähig, man konnte sie gut von den anderen Bediensteten unterscheiden. Athena hatte sich zwanzig größere Schiffe gebaut und von unseren Sharkanern schon einige abgeworben, so blieben uns nur noch das Fischen und der Handel, obwohl wir mit dem Handel auch fast nichts mehr zu tun hatten: Die meisten Waren kamen über das Meer und liefen direkt die großen Städte am Meer an. Manche Schiffe von uns fuhren nur noch Waren für unsere Handelsgruppe und kamen nicht mehr in unseren Hafen, weil überall Kontore eingerichtet wurden. Das Militante war zurzeit nicht gefragt in unserer Region, obwohl Alexander immer noch auf Eroberung aus war. Die wilden Horden, die im Norden in das Reich eingefallen waren, ließen sich nicht mehr blicken. Das Gerücht, Waldgeister hätten sie alle getötet, verbreitete sich wie ein Lauffeuer – und dass sie dann mit den Pferden spurlos im Wald verschwanden und nie mehr gesehen wurden. Die Sharkanerinnen wollten uns auch verlassen, mit unserer Tochter Rinka. Sie wollten den Sklavenhandel unterbinden

und mussten deswegen das Land suchen, wo die braunen und schwarzen Menschen lebten.
Rinka war ihre Heilerin, sie war fest integriert in der Gruppe und fühlte sich auch wohl bei ihnen. Tinka hatte sich mit Rinja angefreundet, lernte bei ihr das Heilen und zeigte sich sehr begabt. Die Einnahmen für unseren Hafen gingen immer mehr zurück. So sprachen wir abends bei unseren Versammlungen darüber – und einer meinte, dass wir eigentlich schon sehr lange hier wohnen und er nichts dagegen hätte, weiterzuziehen. Andere meinten, sie fühlten sich wohl bei Athena – und der Fischfang könnte ihre Familien ernähren.

13. Kapitel   Eine neue Heimat

Wir gaben uns sechs Tage Zeit zum Überlegen und dann sollte sich jeder entscheiden, ob er fortziehen oder im Hafen bleiben wollte. Ich ritt nach Pella zu meinem Sohn Arko, um ihn zu fragen, ob er mit fortziehen wolle oder in Pella zufrieden ist. Er überlegte nicht lange, ging kurz fort und kam mit einem jungen hübschen Mädchen wieder. Er nahm mich in den Arm und sagte: „Wir kommen mit dir! Die Sharkaner gehören schon fest zur Besatzung der Burg, aber ich will einige fragen, ob sie wieder mit uns auf Wanderschaft gehen wollen!" Es meldeten sich noch zehn Sharkaner, die mit uns ziehen wollten. Dann zogen wir weiter zur Küste und meldeten uns bei Karo und Reike. Doch als wir bei ihnen ankamen, tollten zwei kleine Jungen im Garten vor ihrem großen Haus umher. Sie begrüßten uns sehr innig und er erzählte, dass er in der kleinen Stadt als stellvertretender Bürgermeister gewählt worden war. Dann fragte er uns, was für einen Grund unser Besuch hat – und wir sagten ihm, dass wir uns nur verabschieden wollten. Wir würden in nächster Zeit nach Süden aufbrechen. Er fragte: „Wo ist Süden?" und ich erzählte ihm, dass Urk bei anderen Seefahrern die Einteilung gelernt hätte: Wo der Polarstern ist, ist Norden – entgegengesetzt ist Süden; wo die Sonne aufgeht, ist Osten – und wo sie untergeht, ist Westen. Dann meinte er, auf der Insel und in der Kaserna will er bei der nächsten Versammlung ansprechen, ob uns jemand begleiten will. So bekamen wir noch zwanzig Sharkaner dazu sowie zehn Frauen, die mit den Sharkanern zusammen waren. Von den Handelshäusern bekamen wir Gold und Wertgegenstände – und wir wünschten ihnen alles Gute für die Zukunft. Die Brüder Marternios und Sarkir trafen wir auch auf unserer Reise. Sie bewohnten mit ihren Frauen ein schönes Haus mit Garten und einige Kinder rannten umher.

Sie meinten nur, sie seien jetzt angesehene Bürger der Stadt und ohne uns wären sie bestimmt schon irgendwo erschlagen oder als Verbrecher aufgehängt worden. So zogen wir weiter und sahen erst jetzt im vollen Unfang, was sich alles zum Guten verändert hatte: Die Handelsgesellschaft war ein gutes Geschäft. Die Leute, die für sie arbeiteten, konnten sehr gut davon leben – und es war genügend übrig, um das Geschäft weiter auszubauen. Auch die Schiffer, die das Handelsgut transportierten, konnten gut davon leben und sich noch neue Schiffe bauen lassen, falls eines im Sturm sinken sollte. Die Stadtfürsten hatten durch den Handel auch mehr Steuereinnahmen und inzwischen sogar eigene Schiffe, mit denen die Handelsschiffe bewacht, aber auch überwacht wurden. Die weitblickenden Sharkaner waren schon in den Diensten einiger Stadtfürsten als Ausbilder bei ihren Kriegern, weil sie immer das Letzte aus den Kriegern herausholten und ihnen ihre Grenzen zeigten.

Aber eine ganze Gruppe von Sharkanern einzustellen, war ihnen zu gefährlich; sie hatten viele Geschichten über die Sharkaner gehört – und es wurde auch viel übertrieben! Wir passten nicht mehr in die Zeit des Friedens, man mied uns sogar – und es kam zu Feindseligkeiten! Wir verkauften unsere Kaserna an den Stadtfürsten, der uns einen guten Preis dafür bezahlte. Den Hafen mit den Lagerhallen überließen wir einem Händler mit seiner Familie und den Fischern. Wir schrieben aber genau auf, wer was bekommen hatte, damit es keine Streitereien gab. Die Insel vor der Küste mit ihren Sharkanern hatte eine gute Struktur und lebte von dem, was es auf der Insel gab, vom Handel und vom Fischfang. Der Kommandant hatte es so aufgebaut, dass er alle Entscheidungen traf; aber es fanden noch Versammlungen statt. Seine Leute bekamen zu essen und konnten in den Hütten schlafen, dasselbe galt auch für deren Frauen und den Kinder. Dafür wurden aber auch alle zu Tätigkeiten jeglicher Art herangezogen und man durfte sich nicht widersetzen. Der Kommandant war ein netter, umgänglicher Mensch, hatte eine Frau und vier Kinder und alles, was er seinen eigenen Kindern nicht zumuten würde, mutete er anderen Kindern auch nicht zu. So war die Lage auf der Insel – was in einigen Jahren passieren würde, konnte man nicht sagen.

Wir packten getrockneten Fisch, getrocknetes und geräuchertes Fleisch und Obst in geflochtene Körbe. Unsere Waffen und Wertgegenstände nahmen wir auch mit und packten alles so, dass wir es nur noch auf die kleinen Pferde der wilden Horden zu packen brauchten. Es gab noch ein kleines Fest im Hafen und am nächsten Morgen zogen wir los. Die Angst vor uns war in den letzten Monden so angewachsen, dass wir ohne Abschied an Athena vorbeizogen. Nach einem Mond kamen wir an eine Stadt, von der die Händler schon erzählt hatten. Im Westen dieser Stadt befand sich unser bekanntes Meer – und auf der anderen Seite, im Osten, war ein fremdes Meer. Weil wir in unbekannte Gebiete wollten, überquerten wir die Meerenge und gingen nach Osten; manchmal blieben wir für kurze Zeit an einer Stelle, aber dann trieb es uns weiter. Nach etlichen Monden sahen wir in der Ferne ein Gebirge: Wir waren uns einig, das würde unsere neue Heimat! Doch zwischen uns und den Bergen lag noch eine große trockene Wüste. Die Händler hatten uns gesagt, wenn man in unbekannte Gebiete reist, solle man die Küste oder einen Fluss nicht verlassen. Doch unser Weg, wenn wir zu den Bergen wollten, führte uns durch ein sehr trockenes Gebiet. Wir rasteten vierzehn Tage, füllten unsere Vorräte auf. Die Ziegenschläuche wurden mit Wasser gefüllt. Vierzig Menschen zogen einer neuen Zukunft entgegen! Dann war es soweit: Die Pferde wurden bepackt und einer nach dem anderen setzte sich in Bewegung. Die Sonne brannte am Tage auf uns nieder und in der Nacht wurde es eisig kalt. Die Frauen hatten für alle aus Schilf Kopfbedeckungen geflochten, die sich jetzt als sehr nützlich erwiesen! Sambu und die anderen beiden Tiger hatten uns auf der Reise schon viel geholfen – sie sorgten immer für eine Abwechs-

lung, für frisches Fleisch. Nach einem Mond näherten wir uns den Berge immer mehr und wir merkten, dass sie uns anzogen wie ein Magnet, die Geschwindigkeit nahm von Tag zu Tag zu. Rinja und Tinka hatten viel zu tun: Ein gebrochenes Bein eines Jungen machte ihnen zu schaffen; aber Rinja dachte an ihre Vergangenheit und wollte ihn nicht zurücklassen. Bei einer Rast hatten alle zusammen geholfen und aus langen Stäben und Schlafmatten eine Liege gebaut, die jetzt von einem Pferd gezogen wurde. Sie war an den Tragevorrichtungen beim Pferd angebracht und reichte drei Manneslängen mit dem dünnen Teil nach hinten, dadurch federte die Liege und der Junge konnte so mit seinem geschienten Bein liegen. Blutige Füße wurden mit Rinjas Tinktur eingerieben und mit Tüchern aus unseren Gewändern umwickelt. „Wenn es so weitergeht, sind wir bald alle nackt!" scherzten die Männer. Es war ein schweigsamer Marsch, jeder konzentrierte sich darauf, wo er hintrat, doch keiner verlor das Ziel – die Berge – aus dem Auge. Es dauerte noch zwei Monde, bis wir am Ziel waren. Dann standen wir vor einem Tal, durch den sich ein Bach züngelte. Von Anfang an hatten wir unsere Lebensmittel rationiert und auch das Wasser, deshalb hatten wir zwar immer gehungert, aber keiner war verhungert oder verdurstet. Alle stürmten zum kühlen Nass und tranken; danach wuschen sich alle. Wir hätten noch eine Woche lang marschieren können, danach wären die Pferde geschlachtet worden. Ein neues Leben begann! Die Tiger verschwanden zuerst im Tal!
Einige suchte ich aus, die frisches Fleisch besorgen sollten. Die anderen fingen an, ein provisorisches Nachtlager zu errichten. Rinja und Tinka kochten in einem Steingefäß Wasser, um die Wunden zu reinigen. Dann wurden alle Binden abgekocht und zum Trocknen aufgehängt. Viele waren nur marschiert und hatten nicht gemerkt, dass ihre Füße wund waren und mit Blasen übersät. Ich sprach mit Rinja und sie meinte – zehn Tage und dann könnten wir in die Berge ziehen. An den nächsten Tagen schickte ich Suchtrupps los, sie sollten nach Menschen

und Höhlen Ausschau halten sowie das Vorkommen von Wild erkunden. Abends setzten wir uns zusammen und die Späher erzählten, dabei kamen sie ins Schwärmen. Sie hatten kleine Seen mit Fischen entdeckt, großes Wild mit Riesen-Geweih und Wildschweine. Sie hatten aber auch Kratzspuren von Bären und Raubkatzen an den Bäumen entdeckt! Nach Höhlen wollten sie die nächsten Tage suchen; so vergingen die Tage wie im Flug und jeder pflegte seine Füße, damit sie schnell verheilten. Die abendliche Erzählung von unseren Spähern war immer das Tagesereignis, sie hatten ein Gebiet entdeckt, in dem es viele trockene Höhlen gab – doch einige wurden von Bären genutzt. Das gebrochene Bein des Jungen und auch die wunden Füße waren wieder in Ordnung. Bei der abendlichen Zusammenkunft gaben Rinja und Tinka das Zeichen zum Weiterziehen. Am nächsten Morgen wurde alles zusammengepackt und wir zogen zu dem Platz, den die Späher für uns ausgesucht hatten. Drei Tage lang waren wir unterwegs, denn unsere Feuer sollten nicht vom Fuße der Berge aus gesehen werden. Wir hatten abgesprochen, ein ruhiges Leben führen zu wollen. Doch wir wollten nicht auf unsere Übungen verzichten und auch das Tarnen sollte nicht vernachlässigt werden. Als wir ankamen, fand man überall an trockenen Stellen bearbeitetes Holz! Ich bekam einen Schreck: Was ist hier los gewesen? Es gab Anzeichen von Techniken, die man beim Schiffsbau verwendete. An manchen Holzstücken war noch schwarzes zähes Zeug, welches man erhitzte, um Schiffe von innen auszustreichen. Doch als ich sah, dass manches Holz Abnutzungen durch den Wind hatte, wusste ich, dass es schon über einen längeren Zeitraum hier herumliegen musste. Rinja, Arko, seine Frau Aloe und ich machten uns auf die Suche nach einer passenden Höhle. Wir gingen auf ein paar zerklüftete Klippen zu und hinter einem Felsvorsprung war eine Höhle. Das war Glück! Wir beseitigten das Gestrüpp und dann konnte man den Eingang gut erkennen. Wegen dem dichten Gestrüpp vor der Höhle konnten wir davon ausgehen, das kein Tier hier wohnte, doch wir mussten vorsichtig sein: Vielleicht gab es noch einen zweiten Eingang! Die Höhle war trocken, doch irgendwo hörten wir Wasser plätschern. Mit den Fackeln gingen wir jetzt tiefer hinein. Hier lagen Knochen von Tieren, aber sie waren alt – und dann sagte Rinja: „Merkst du den Luftzug?" Sie kam von einem kleinen Seitenarm und zeigte uns den Weg, den wir gehen mussten. Nach einer ganzen Zeit wurde es am Ende der Höhle hell: Ein Wasserfall plätscherte über den zweiten Eingang, die Luft hatte eine angenehme Frische – und wir waren überglücklich, eine so schöne Höhle gefunden zu haben! Wir hatten immer frisches Wasser, konnten Feuer machen und Fleisch räuchern! Rinja schaute sich um und zeigte mir eine Nische: Hier würde sie wieder eine Kammer für ihre Pilze einrichten. Wir besichtigten die Höhle noch weiter und entdeckten eine Abzweigung, die schräg nach unten führte, wir folgten ihr und entdeckten einen kleinen See im Berg. Wir hatten abgesprochen, uns abends zu treffen. Als wir ankamen, brannte schon ein Feuer und ein Teil der Gruppe war anwesend. Die anderen kamen auch nach und nach, sie machten alle einen zufriedenen Eindruck! Alle erzählten von den Höhlen, die sie gefunden hatten, manche hatten schon Höhlengemeinschaften gegründet. Eine Höhle hatte eine große Halle und viele kleine Nebenhöhlen. Hier hatten sich zehn junge Männer zusammengefunden, außerdem wollten sie die Halle für Versammlungen nutzen. Es gab genügend Wild und Ziegen und in dem Fluss, den die Suchtrupps entdeckt hatten, waren Fische. Es erinnerte uns an unsere Heimat, nur das Klima war viel milder! Wir richteten uns ein und das Leben machte wieder Spaß – etwas aufzubauen aus dem Nichts! Doch wohin mit unseren Wertgegenständen: Goldstücke, Geschmeide, den wertvollen Kopfschmuck, die kunstvoll gefertigten Schwerter – wir brauchten es nicht mehr! Bei unseren abendlichen Versammlungen wurde beschlossen, dass nur ich die Wertsachen in einer meiner Abzweigungen in meiner Höhle verstecken sollte. So brachte man mir das schwere Zeug vor meine Höhle und ich versteckte es in einem trockenen Seitenzweig. Dann ging ich zu Arko, nahm ihn mit und zeigte ihm die Stelle: Man musste mit der Fackel direkt davor stehen, um den Eingang zu sehen. Doch sagte ich ihm, er solle keinem sagen, dass er die Stelle kennt, und nur seinem ältesten Sohn die Stelle zeigen, aber nicht öffnen. Ich hatte die kleine Höhle mit Steinen zugepackt und dann Steinmehl mit Wasser vermengt und in die Ritzen geschmiert – jetzt sah es aus wie eine Felswand! Dann malte ich mit Blut heilige Tiere an die Wand – den Büffel und anderes Wild.

Nach Jahren der Abgeschiedenheit von der anderen Welt kamen Fremde in unser Gebirge: Es waren sechs Leute mit Pferden, zwei Frauen und vier Männer. Wir beobachteten sie, doch dann entdeckten sie einige unserer Kinder, die auf Jagd waren, und setzten ihnen mit den Pferden nach. Wir nahmen sie fest, brachten sie in unser Lager und machten ihnen klar, dass sie bei uns leben könnten oder sterben würden. Freilassen würden wir sie nicht mehr! Dann holte ich Sambu: Sie erschraken und bebten vor Angst – Sambu schnupperte an ihnen; Surka und Saron, seine Schwester, kamen auch noch, alle beschnupperten die sechs.

Dann erklärte ich ihnen, dass sie frei herumlaufen und an unserem Leben teilnehmen können; sollten wir aber bemerken, dass einer oder mehrere fehlen, schicken wir die Tiger los. Wenn die Tiger dann wiederzurückkommen, könnten sie davon ausgehen, dass die Geflohenen tot sind. Wir wollten vermeiden, dass unsere neue Heimat bekannt wird, und erreichen, dass dieses Gebirge als gefährlich eingestuft wird. Wer da hinauf geht, kommt nicht mehr zurück! Unsere neuen Mitbewohner wurden voll in den Gruppen intrigiert: Sie machten die Kampfausbildung mit; eine der Frauen interessierte sich für Rinjas Heilkunst. Nach zwei Monaten fühlten sie sich alle geborgen und zufrieden; nach sechs Monaten konnte man sie nicht mehr von den anderen unterscheiden. Eines Morgens hörten wir einen Tiger brüllen! Sambu, Surka und Saron waren bei uns. Saron war ganz aufgeregt und ich schlich mit ihr nach draußen, hielt sie aber fest. Dann sahen wir einen riesigen Tiger durch die Büsche streifen. Saron hatte ein Lederband um den Hals, welches ich gleich löste; dann drückte ich sie noch einmal kräftig, um sie dann fortzuschicken. Vielleicht würde sie mit ihren Jungen mal vorbeischauen, man wusste es nicht! Mir war immer klar gewesen, dass die Tiger nicht unser Eigentum sind und wenn sie fort wollten, weil die Natur es von ihnen erwartete, dann war das in Ordnung! Saron sprang auf den Tiger zu, der um einiges größer war als sie; beide beschnüffelten sich und waren verschwunden. Auch Surka war manchmal tagelang verschwunden, bis er auf einmal ganz fort blieb, wahrscheinlich hatte er ein Weibchen gewittert und konnte nicht gegen seine Natur an. Doch so ist es richtig! Sambu war auch einmal einige Tage fort, aber er war jetzt auch schon älter und kam nach einigen Tagen immer mit einem kleinen Geschenk zurück.

So vergingen die Winter. Es kam noch einmal eine Gruppe von dreißig Menschen, die auf der Suche nach einer neuen Heimat waren: Man brauchte sie nicht lange zu überreden! Von ihnen hörten wir, dass Alexander in jungen Jahren gestorben und sein Riesenreich wieder auseinander gefallen war. Rinja, ich und Aron erlebten einen wunderbaren Lebensabend, bis ich zuerst starb.

ENDE

Inhaltsverzeichnis

1. Kapitel	Rinja tritt in mein Leben	5
2. Kapitel	Saro, der Onkel von Rinja	46
3. Kapitel	Die Sharkaner	63
4. Kapitel	Sargow – eine neue Bedrohung	82
5. Kapitel	Mein Freund Garon	98
6. Kapitel	Die Sharkanerinnen und ich auf dem Weg zu Sargow	109
7. Kapitel	Das Ende naht	119
8. Kapitel	Ein neues Leben	133
9. Kapitel	Machtspiele	156
10. Kapitel	Antonius der neue Sharkaner	163
11. Kapitel	Alexander zieht in den ersten Krieg mit seinem Vater	181
12. Kapitel	Die Sharkanerinnen – eine Elitetruppe	192
13. Kapitel	Eine neue Heimat	201